Margarete Koppetsch

Der Frosch in der Milchschüssel

HERDER / SPEKTRUM

Band 4300

Das Buch

Markus ist anders – anders als die ältere Schwester und auch anders als die gleichaltrigen Kinder. Erst langsam merkt die Mutter es und kann es sich eingestehen. Denn nach der Geburt und in den ersten Monaten schien alles normal zu sein. Und war er nicht vielleicht ein „Spätentwickler"? Doch Markus stellt seine Umgebung vor immer neue Rätsel: Manchmal schreit er so, als hätte er keinen Boden mehr unter den Füßen. Und irgend etwas sinnvoll tun, das kann er auch nicht. Auf der anderen Seite greift er zielsicher nach dem richtigen Glas im Vorratsschrank. Schließlich, nach langen Irrwegen von Arzt zu Arzt, ist die Diagnose deutlich: Autismus. Margarete Koppetsch erzählt von ihrem Kampf: Wie schwierig es ist, für den „anstrengenden Markus" einen Kindergartenplatz zu finden, später eine Schule und noch später eine Arbeit in einer Werkstätte. Und wie sie mit einer unglaublichen Zähigkeit und Zuversicht um das Recht ihres Sohnes kämpft. Sie erzählt von ihrer Familie, von den beiden Schwestern von Markus, denen gegenüber sie manchmal ein schlechtes Gewissen hatte. Auch von den Konflikten mit ihrem Mann, Konflikte, die in fast allen Familien auftauchen, die ein „Problemkind" haben. Und sie erzählt davon, wie sie zusammen mit ihrem Mann eine neue Zukunftsperspektive entwickelt: gemeinsam mit Markus alt zu werden, ihn nicht abzuschieben. Aber: auch Hilfen von außen zu organisieren und Zeit für sich selbst zu finden. Doch immer bleibt das Rätsel: Versteht Markus nicht viel mehr als es scheint? Und: Wo liegt der Schlüssel, der sein Geheimnis aufschließt? Ein Buch, das zu Herzen geht und Mut macht.

Die Autorin

Margarete Koppetsch, geb. 1940, ist die Mutter von Markus und zwei gesunden Töchtern. Sie leitet ehrenamtlich Musikgruppen.

Margarete Koppetsch

Der Frosch in der Milchschüssel

Eine Mutter kämpft für ihr autistisches Kind

Herder

Freiburg · Basel · Wien

Originalausgabe

Satz: G. Scheydecker, Freiburg im Breisgau
Druck und Bindung: Freiburger Graphische Betriebe 1994
Umschlaggestaltung: Joseph Pölzelbauer
Umschlagfoto: © Ursula Markus
ISBN 3-451-04300-9

Sicherlich werden Sie diese Parabel kennen!
Zwei Frösche fallen in eine Milchschüssel. „Da kann man nichts machen", sagt der eine – und geht unter. Der andere aber strampelt und strampelt, bis aus der Milch Butter wird. Nun hat er festen Grund unter den Füßen.

Der Frosch ist für mich ein Symbol für Hilflosigkeit und Ausdauer.

Wie dieser Frosch, so habe auch ich gestrampelt – mein halbes Leben. Für meinen Sohn. Für eine seinen Möglichkeiten angepaßte Lebensform.

Unser Markus. Für Psychologen ist er ein interessanter, ja faszinierender Fall. Für Erzieher eine kaum zu bewältigende Aufgabe. Für uns einer, der liebt und geliebt wird.

Auch wenn er sich in den Augen der „Normalen" absonderlich benimmt; er ist Geschöpf Gottes, ein Mensch.

Und auch für ihn gilt Artikel eins unseres Grundgesetzes: Die Würde des Menschen ist unantastbar ...

Inhalt

„Mit deinem Jungen stimmt etwas nicht ..." 9
Wie eine Schallplatte, die hakt 19
Markus feiert seinen vierten Geburtstag 27
Nicht mehr die Superfrau aus der Waschmittelwerbung 31
„Ihr Kind ist schwerbehindert!" 42
Mit einer Beruhigungsspritze ins neue Jahr 50
Von einem Arzt zum anderen 57
Eingesponnen im Kokon 63
„Wenn du mit dem Jungen nicht fertig wirst ..." 68
Sand, Erde, Wasser und Schlüssel 75
„Nehmen Sie Ihr Kind, und gehen Sie!" 85
Alles umsonst? 90
„Haben Sie schon einmal etwas von Autismus gehört?" 99
Beziehungskrisen 109
Schulerfahrungen 116
Wie eingesperrt 124
Was kann Markus wirklich? 132
Was kommt nach der Schulentlassung? 139
Aufräumen und Unfälle 143
Ich habe mir meinen Sohn nicht aussuchen können ... 151
Täglich fünfzehn Stunden Markus 161
Rausgeschmissen 166
Hinhaltetaktik 174
Ende der Irrfahrten 182

„Mit deinem Jungen stimmt etwas nicht ...“

Bis zu jenem Sonntag im Juni 1966 waren wir eine ganz gewöhnliche Familie: Vater, Mutter und zwei Kinder. Wir waren jung, hatten nette Freunde und unser finanzielles Auskommen. Nicht, als ob alle Tage Sonnenschein gewesen wäre. Es gab auch trübe Zeiten wie bei anderen auch. Aber auf das Leben, wie es ab jetzt auf uns zukam, wie es uns gleichsam übergestülpt wurde, waren wir in keiner Weise vorbereitet gewesen.

Der Einschnitt kam nicht plötzlich, nicht wie der Blitz aus heiterem Himmel. Eher so, als ob fern am Horizont eine Wetterwand aufzieht, die man zunächst unbekümmert ignoriert.

Ich erinnere mich noch gut an diesen Sonntag. Nach dem Mittagessen, als meine Kinder schliefen und ich mich gerade auf ein kleines Lesestündchen eingestellt hatte, läutete es an der Haustür. Nur ungern riß ich mich von meiner Lektüre los, und nur ungern wollte ich die Tür aufmachen. Die dreijährige Anne-Kathrin und den acht Monate alten Markus nicht mitgerechnet, war ich allein in dem großen Haus, in dem ich mich ohnehin vor den dunklen Ecken und den knackenden Geräuschen, die das alte Gebälk von sich gab, fürchtete. Mein Mann Siegfried war in der Kur. Ich lief zum Schlafzimmerfenster, von wo aus ich den Hauseingang überblicken konnte. Unten stand meine Mutter mit Koffern, Taschen und Elke im Sportwagen. Ich muß nicht gerade begeistert ausgesehen haben, denn sie rief ungeduldig herauf: „Mach doch mal endlich auf, ich komme ja um vor Hitze!“ Bei der zweiten Tasse Kaffee rückte meine Mutter damit heraus, warum sie mich mit der Kleinen überfallen hatte. Schwägerin Hildegard mußte für ein paar Tage ins Krankenhaus. Sie wollte mir bei der Hausarbeit helfen, hatte sich meine Mutter überlegt, und ich sollte dafür Elke übernehmen. Kleine Kinder waren nicht gerade Mutters Spezialität. Eigentlich verwunderlich, wo sie doch sechs Kinder großgezogen hatte.

Ergeben setzte ich Mutters Elke und meinen Markus in

einen Wagen; ein Kind ans Kopfende und eins ans Fußende. Bei diesen Ausfahrten fiel mir auf, daß es zwischen dem Verhalten der neun Monate alten Elke und dem des um einen Monat jüngeren Markus Unterschiede gab. Auch meine Mutter hatte die beiden beobachtet. Einmal sagte sie: „Elke ist so ganz anders als Markus." Das war mehr eine Feststellung, keine Wertung. Und ich war noch weit davon entfernt, mich in meiner Sorglosigkeit aufschrecken zu lassen. „Ja, natürlich, Mutter, jedes Kind ist anders."

„Ich weiß nicht", meinte sie gedankenvoll, „Elke hat ihre Augen überall und fängt schon an zu plappern."

„Mutter, du sagst doch selbst immer, daß sich Mädchen schneller entwickeln als Jungen, und der Altersunterschied von einem Monat macht bei den Kleinen schon viel aus."

Damit war das Thema erledigt. Ich wollte nicht hören, was meine Nichte schon alles konnte. Das hatte ich noch von Elsa, meiner Schwester, und Gabi, meiner anderen Schwägerin, in Erinnerung. Es hatte regelrechte Konkurrenzkämpfe zwischen den beiden Müttern gegeben. Wer konnte die ersten Zähnchen vorweisen, wer hatte zuerst laufen gelernt und wer zuerst Backe-Kuchen gemacht? Damals hatte ich mir vorgenommen, keine Vergleiche zu ziehen.

Auch wenn ich es mir nicht eingestehen wollte, aber mit der Zeit wurde ich immer unsicherer. Ohne mit Siegfried oder meiner Mutter darüber zu sprechen, beobachtete ich meinen kleinen Sohn und registrierte, was er tat oder nicht tat.

Noch war der Himmel über mir blau, aber einzelne Wolkenfelder hatten mich erreicht und warfen Schatten auf meine Seele.

Wie an einem Morgen, als ich den Kleinen in mein Bett holte, um ihm das Fläschchen zu geben und ein bißchen mit ihm zu spielen. Mir fiel auf, wie mühsam das war. Und genauso wie ich neulich nicht sagen konnte, *was* den Unterschied zwischen Elke und Markus ausmachte, so konnte ich auch diesmal nicht sagen, *warum* es so mühsam war. Es fehlte dieses Mitschwingen, etwa das Erwidern eines Lächelns, überhaupt die Resonanz auf meine Mimik. Oder lag es an mir selber? Lag es daran, daß ich heute alles durch die trübe Brille sah? Weil mir der richtige Schwung fehlte? Weil ich mich müde und abgespannt fühlte? Der Kleine versuchte, über mich hinwegzukrabbeln. Vielleicht gefiel ihm der Wecker auf dem Nachttischchen? Ich hielt das lauttickende Monstrum an sein Ohr.

„Tick-tack", sagte ich mehrmals, „die Uhr macht tick-tack."

Aber anstatt zu lauschen, kicherte er in sich hinein. Ich fand sein Benehmen sonderbar, hatte aber keine Zeit, darüber nachzudenken. War es der Geruch seines neuen Cordhöschens, der mir widerlich intensiv in die Nase stieg, oder die Enttäuschung über mein Baby? Oder beides? Jedenfalls sprang ich plötzlich aus dem Bett. Geistesgegenwärtig hob ich das Kind ins Gitterbettchen, schaffte es gerade noch bis in die Küche zum Spülstein und erbrach mich. Wieder und wieder stülpte sich mein Magen um, bis ich einen bitteren Geschmack von Galle im Mund verspürte. Mit zitternden Knien sackte ich auf den erstbesten Stuhl.

Diese morgendliche Übelkeit kam mir doch bekannt vor. Also erwartete ich doch wieder ein Kind! Was wohl Siegfried dazu sagen wird? Eigentlich hatten wir uns von Anfang an drei Kinder gewünscht. Aber dies neue Baby hier, das hätte sich ruhig noch etwas Zeit lassen können, fand ich.

Wieder war es meine Mutter, die mich auf Markus hin ansprach. Diesmal fest und unumwunden.

„Du, mit deinem Jungen, da stimmt etwas nicht."

Ich schluckte zweimal trocken und fragte hastig: „Was soll mit ihm nicht stimmen?"

Darauf konnte meine Mutter so ohne weiteres nicht antworten.

„Kannst du dich denn nicht mehr an Anne-Kathrin erinnern, wie sie in dem Alter war?"

Und wieder versuchte ich, meinen kleinen Sohn zu entschuldigen.

„Doch schon", gab ich zu, „aber Anne war ein Kind, das

sich ausgesprochen früh entwickelte. Ich finde es nicht richtig, Geschwister miteinander zu vergleichen, denn jeder Mensch ist ein Original. Und ein Sprichwort sagt: ‚Alle Not kommt vom Vergleichen.'" Am Abend fütterte ich Markus mit seinem geliebten Grießbrei.

„Alle, alle", sagte ich im singenden Tonfall, und prompt hob er mit seinem Protest an.

„Na bitte, Mutter! Genau wie Anne. Die hat auch immer geschrien, wenn sie es am Teller kratzen hörte."

Später spielte ich mit ihm „Hoppe Reiter". Da mußte man ihn mal erleben, wie er sich jauchzend nach hinten plumpsen ließ! Aber um nichts zu versäumen, nahm ich mir vor, zum Arzt zu gehen.

Das Wartezimmer beim Kinderarzt zeugte vom Babyboom, den wir in den sechziger Jahren in Deutschland hatten. Achtzehn Kinder zählte ich, die vor uns an der Reihe waren. Mindestens zweieinhalb Stunden Wartezeit standen mir bevor. Und das mit meinem quicklebendigen Jungen! Andauernd drehte und wendete er sich auf meinem Schoß, hopste er und trat mich in meinen unübersehbaren Bauch. Die anderen Mütter wurden schon auf uns aufmerksam. „Ein richtiger Junge", meinte die eine. Um aus ihrem Blickfeld zu gelangen, stand ich auf und zeigte ihm Bilder an den Wänden, die ihn aber nicht interessierten. Ich summte ihm leise etwas vor, woraufhin er sich auf meinem Arm rhythmisch bewegte. Abwechselnd setzte ich mich und stand wieder auf. Ich ließ Markus auf den Fußboden hinunter, aber er zog sich jedesmal an meinen Beinen wieder hoch. Bereits nach einer Stunde fühlte ich mich so erschöpft, als ob ich zwei Zentner Kohle geschaufelt hätte.

Auf einmal kam mir eine Idee! Ob der Kleine mich wohl unter diesen fremden Menschen herauskannte? Sicherlich würde gleich der Arzt nach diesem und jenem fragen. Ich setzte ihn weitab, in die Mitte des Warteraumes, mit dem Rücken zu mir, drehte ihn einmal um die eigene Achse, wie beim Blinde-Kuh-Spiel und ging schnell zu meinem Platz. Spontan kam er auf mich zugekrabbelt. Ich hielt meinen Jungen auf dem Schoß, als ich dem Arzt meine Befürchtungen sagte. Das heißt, es waren ja eigentlich Mutters Befürchtungen. Er untersuchte das Kind, und was er dann sagte, ging mir hinunter wie Honig.

„Lassen Sie sich mal nicht verrückt machen", meinte er.

„Kann man ihn nicht irgendwo testen lassen?" sagte ich dringend.

„Testen lassen?" dehnte er seine Worte. „Wo wollen Sie denn ein vierzehn Monate altes Kind testen lassen? Kann er sprechen?"

„Ja, hier und da mal ein Wort. Aber er gebraucht es nicht fortwährend", räumte ich wahrheitsgemäß ein. Im Laufe des Gesprächs sagte Dr. Kleinert einen Satz, dessen Sinn mir zu Hause erst richtig aufging.

„Kann er spielen?" fragte er. „Mit Spielzeug umgehen?"

„Ja, natürlich."

„Nein, ich meine richtig, sinnvoll spielen. Mal ein paar Klötzchen aufeinanderschichten oder so etwas Ähnliches."

Diese Frage konnte ich so ohne weiteres nicht beantworten.

Markus lernte erst mit siebzehn Monaten laufen. Kein Wunder, war er doch den ganzen Winter über krank! Ende November fing es mit einer handfesten Lungenentzündung an. In den ersten Tagen kam Dr. Kleinert täglich, um ihm Spritzen zu geben. Nach dieser Krankheit konnte und konnte er sich nicht erholen. Immer, wenn ich meinte, es wäre überstanden, kam eine neue Bronchitis dazu. Allmählich erholte er sich. Und eines Tages war es geschafft! Er konnte laufen! Nicht nur ein paar unsichere Schrittchen. Nein, als er es einmal über sich gebracht hatte, sich loszulassen, pendelte er auf sicheren Beinchen zwischen Couch und Schrank.

Zwei Wochen nach diesen ersten Schritten kam unser drittes Kind. Die Freude über Cornelia, wie wir sie nannten, lenkte mich von Markus und seinen Ungereimtheiten ab. Der Papa kam mit einem Strauß Nelken ins Krankenhaus; weiße mit rosa Bändchen. Aber er kam nicht ganz so freudestrahlend, wie ich es erwartet hatte.

„Du bist enttäuscht, weil es kein Junge ist", sagte ich.

„Weißt du – es ist nur – ich hatte mich auf einen Jungen eingestellt – Frau Bienelt hatte uns das doch versprochen."

„Frau Bienelt? Was hat unsere Nachbarin mit unserem Kind zu tun?"

„Ja weißt du denn nicht mehr, wie sie gesagt hat, sie könne den Müttern immer auf den ersten Blick ansehen, ob es ein Junge oder ein Mädchen wird?"

Da lachte ich auf, herzlich und befreit!

„Und das hast du allen Ernstes geglaubt?"

Einen schrecklichen Moment lang hatte ich nämlich gedacht, er hätte sich deshalb noch einen Sohn gewünscht, weil er meinte – nun man konnte ja nie wissen – so für alle Fälle …

Nicht nur die Ankunft der Kleinen, auch die Mehrarbeit, die unser Familienzuwachs verursachte, brachte mich auf andere Gedanken. Mein Sechzehnstundentag war nicht nur damit ausgefüllt, Kinder zu wickeln und zu füttern und die hundert Kleinigkeiten des Haushaltes zu erledigen; wir waren auch noch Hausmeister in einem Gemeindehaus. Vor zwei Jahren hatten wir unsere für die damaligen Verhältnisse geräumige Vier-Zimmer-Wohnung unter mehreren Bewerbern zugesprochen bekommen. Siegfried hatte die renovierungsbedürftige Behausung mit viel handwerklichem Geschick hergerichtet. Es war eine sogenannte nebenberufliche Hausmeisterstelle. Das bedeutete, daß ich den Dienst im Haus übernehmen mußte, wenn Siegfried Nachmittagsschicht hatte. Ich mußte Gruppenräume in Ordnung bringen, bei kaltem Wetter heizen und Kaffee machen. Außerdem wurde an dem alten Gemäuer dauernd etwas umgebaut und instand gesetzt, was mir natürlich eine Menge Extradreck bescherte.

Lange Zeit habe ich auf die einzelnen blauen Felder am Himmel gestarrt, den Wetterwolken, die sich weiter und weiter nach vorne schoben, beharrlich den Rücken wendend. Blauer Himmel! Es hieß für mich: Alles, was Markus schon kann!

So etwas wie Stolz kam in mir auf, wenn ihm kein Stuhl

und keine Eckbank zu hoch waren und wenn ihm das Gitter an seinem Bettchen kein Hindernis bot. Wenn er auf strammen Beinchen durch die Wohnung stapfte, alle Türen zuschob und sich dadurch manchmal selbst aussperrte. Wie die Türen geöffnet wurden, zeigten wir ihm absichtlich nicht. Aber eines Tages bekam der Winzling unvermutet die schwere Haustür auf und lief den Gehsteig entlang. „Wo kommst du denn her?" rief der Papa aus, der sich gerade mit einem Nachbarn unterhielt. Ein freudiger Unterton schwang in seiner Stimme.

Fragte ich: „Was möchtest du essen?", stellte sich der Knirps auf Zehenspitzen, um auf den Tisch gucken zu können, und führte meine Hand zum Leberwurstglas. Oder er holte das kleine blaue Töpfchen, indem ich immer seinen Brei kochte, hervor. Am liebsten aber saß er in seinem Schaukelstühlchen. Häufig summte er vor sich hin, Bruchstücke von Liedern, die ich ihm oft vorsang. Er war erst sechzehn Monate alt, als wir ihn das erste Liedchen summen hörten. Das konnte selbst Anne in diesem Alter noch nicht.

Aber daneben gab es die vielen Warums. Warum bekam man keinen Blickkontakt zu ihm? Weder mich noch sonst jemand sah er an. Es war, als wiche er absichtlich seinem Gegenüber aus. Und warum blieb mir immer ein leiser Zweifel, ob er von den wenigen Worten, die er konnte und hin und wieder plapperte, auch wirklich den Sinn verstand? Bei Anne hingegen hatte sich das immer so zielsicher angehört. Ihr erstes Wort war Aa. Es war eindeutig: Das Wort und das rosa Töpfchen, das ich gerade hervorholte, gehörten zusammen. Von Markus kam alles so unbestimmt, so nebenbei. Und dann diese Ungereimtheiten! Fragte man ihn, um ihn zu prüfen: „Wo ist der Papa?", so kam absolut nichts. Kein Hindeuten mit dem Händchen, kein noch so flüchtiger Blick. Hieß es aber: „Papa fährt Auto", dann lief er, so schnell er konnte, hinter Papa her.

Der Aufenthalt im Freien, in unserer Straße, wurde zum Fiasko. Sobald ich ihn von der Hand losließ, lief er schnurgerade los, immer weiter, ohne sich einmal umzusehen. Rief ich: „Markus, komm zurück!", tat er so, als ob er taub wäre, so daß ich zur Belustigung der Nachbarn immer hinter ihm herflitzen mußte. Sagte ich dagegen aber: „Wer in meine Arme kommt, den hab' ich lieb", drehte er sich spontan um, kam jubelnd auf mich zu und ließ sich im Schwung herumdrehen.

Was für ein Kind war Markus nur? Warum reagierte er nur, wenn er es wollte? Einerseits war er seinen Altersgenossen voraus, andererseits schien ihm Grundlegendes zu fehlen. Was war es, was ihn davon abhielt, sich wie andere Kinder zu geben? Es sollten noch Jahre vergehen, bis ich dem Geheimnis auf die Spur kam.

Meine Wünsche und Hoffnungen hingegen waren weniger geheimnisvoll. Sie fingen sehr realistisch mit einem „Wenn er erst mal... " an: Wenn er erst mal ein paar Klötzchen aufeinanderschichten können wird. Wenn er erst mal anfangen wird, sich für die Dinge seiner Umgebung zu interessieren, wenn er sie anfassen wird, um sie im wahrsten Sinne des Wortes zu „begreifen". Bis zu diesem Zeitpunkt brauchte ich keine Angst zu haben, daß er sich am Ofen verbrennen oder am Messer schneiden würde. Ihm fehlte die umfassende Neugier, die Kinder alles, was sie erreichen können, erforschen läßt. Nicht als ob er kein Spielzeug in die Hand genommen und damit hantiert hätte. Aber es sah so zufällig aus, so interessenlos – ja so nebenbei.

Einmal beobachtete ich, wie er sein Händchen auf die Tür des Küchenschrankes gelegt hatte. Fieberhaft angestrengt, so als könnte ich ihn über ein Suggestionsband beeinflussen, stand ich hinter ihm. Nun mach schon! Mach schon die Schranktür auf! Gestern ist sie dir aus Versehen aufgegangen. Sieh doch mal nach, was drinnen ist. Hol es heraus. Beschäftige dich damit. Mach von mir aus auch etwas kaputt. *Aber tu endlich etwas!*

Geschrei war das Markenzeichen unseres Sohnes. Sicherlich, andere Kinder schreien auch, wenn sie ihren Willen durchsetzen wollen. Oder wenn sie ihre Trotzphasen haben. Markus' Schreianfälle hingegen haben Phasen und Zeiten und Jahre überdauert. Wenn er loslegte, war es zum Steinerweichen! Und wenn ich versuchte, ihn abzulenken, zu trösten, war es, als ob ich mit einem Stein redete. Er zeigte keinerlei Reaktion. Überall erregte ich Aufsehen. Wie sollte das Kind aber hinzulernen, wenn ich es abkapselte? In diesem Zusammenhang fiel mir Anne-Kathrin ein. Daß sie sich so früh entwickelte, hing das nicht auch mit der intensiven Mutter-Kind-Beziehung zusammen? Ob zum Wäscheaufhängen oder zum Kellerputzen, ob zum Kaffekränzchen oder zum Einkaufen, immer waren Mama und Töchterchen gebündelt aufgetreten. Für diesen Nachmittag hatte ich mir vorgenommen, Markus mitzunehmen. Und zwar nur Markus. Und genauso, wie ich früher Anne auf alles aufmerksam gemacht hatte, so zeigte ich jetzt Markus dieses und jenes, ließ ihn an einer Blume riechen und wies ihn auf ein Kartoffelfeuerchen hin. Daß es wieder mühsamer war als bei unserer Ältesten, sollte mich nicht entmutigen. Mein Kleiner jedenfalls saß vergnügt im Kinderwagen und schien den Ausflug zu genießen.

An der Post machte ich zuerst Station. Ich klemmte die Bremse fest, hängte die Einkaufstasche an meinen Arm, hob den Jungen aus dem Sportwagen, und genau in dem Moment, als ich den Schalterraum betrat, ging die Sirene los. Beim Metzger erging es mir ebenso. Die Metzgerfrau wollte ihm etwas Gutes tun und reichte ihm ein Stückchen Wurst. Aber er hatte sich bereits so weit weggeschrien, daß er die Wurst nicht mehr sah. Ohne etwas gekauft zu haben, stürzte ich hinaus. Am Textilgeschäft, wo ich ihm ursprünglich eine Hose kaufen wollte, hielt ich gar nicht erst an. Nichts wie weg, raus aus der Ortschaft! Am Ende der Straße begegnete mir Frau Klienatz, die Markus auf die Welt geholfen hatte. Auch das noch! Sie hockte sich neben den Wagen und versuchte, auf ihn einzureden. Ohne Erfolg.

„Was hat der Kleine?“ wandte sie sich an mich. „Er schreit ja, als hätte er keinen Boden mehr unter den Füßen.“

„Ich weiß es nicht! Ich weiß es wirklich nicht!“

Nur mühsam beherrschte ich mich. Wenn ich doch nur einen winzigen Anhaltspunkt gehabt hätte, weswegen er so fassungslos war. Was sollte die Hebamme von mir denken, wenn ich nicht einmal wußte, was meinem Kind fehlte. Blind vor Tränen rannte ich nach Hause.

Ebenso ungnädig benahm er sich am darauffolgenden Samstag. Für den Nachmittag war Altenfeier angesagt. Mit vollem Haus.

Ich liebte die Atmosphäre, die die großen Feiern ausstrahlten. Wenn sich die graue Maus, unser großer Saal, festlich herausputzte, das Weiß der Tischdecken glänzte, die Blumensträuße flammten. Doch heute wußte ich nicht, wo mir der Kopf stand. Zu allem Unglück mußte Siegfried heute noch arbeiten. Wie gut, daß ich die frühen Morgenstunden genutzt hatte, als die Kinder noch schliefen. Denn nach dem Frühstück, als ich anfangen wollte, den Flur zu putzen, wurde ich dauernd unterbrochen: vom Bäcker, der den Kuchen anlieferte, vom Pastor, der schon mal den Projektor für den Diavortrag aufstellen wollte und die Verlängerungsschnur suchte. Meiner Meinung nach viel zu früh erschienen die beiden Damen von der Frauenhilfe, die die Tische schmücken wollten, jede mit einem Karton bewaffnet. Als erstes aber beschwerten sie sich darüber, wie kalt es noch im Saal sei.

Dann irgendwo, aus den hinteren Räumen, die affektierte Stimme der Leiterin der Laienspielgruppe. Als sie mich erblickte, kam sie auf mich zugeeilt: „Ach, liebe Frau Koppetsch, bitte, haben Sie nicht irgendwo in der Ecke ein altes Stückchen Teppich, das wir nachher auf die Bühne legen können?“

Nein, ich hatte kein altes Stückchen Teppich in irgendeiner Ecke. Sie hätte es sich genausogut mitbringen können. Auf einmal schämte ich mich wegen meiner Aggressivität. Einer unserer Grundsätze war, alle Mitarbeiter, die ins Haus kamen, die in der Regel ehrenamtlich arbeiteten und für ihre Mühe keinen Pfennig bekamen, zu unterstützen.

Da, schon wieder die Klingel! Meine Mutter stand in der Tür. Welch ein Lichtblick! Wie hätte ich dem Wust von Anforderungen gerecht werden können, wenn sie nicht täglich gekommen wäre?

„Mutter, bleib bitte stehen, bis ich hier aufgewischt habe.“

„Was hat denn Markus?“ fragte auch sie.

„Ich weiß es nicht. Was soll ich nur machen?“

Sie sah mir gedankenverloren zu.

„Ich glaube, du machst das ganz verkehrt.“

„Wieso, ich gebe mir so viel Mühe beim Putzen.“

„Daran zweifle ich nicht. Aber kümmere dich doch erst mal um das Kind. Das Putzen läuft dir nicht weg.“

Weglaufen nicht. Aber wenn du wüßtest, wieviel ich in die Zeit bis zur Altenfeier, bis ich wieder hier auf meinem Posten zu stehen habe, hineinpressen muß.

Meine Mutter nahm Markus auf den Arm und ging die Treppe hinauf.

Auf einmal Stille oben! Wie hatte Mutter das geschafft? Ich ließ Putzeimer und Schrubber stehen, um mir das Wunder mit eigenen Augen anzusehen. Der kleine Heulbruder saß rittlings auf Omas Schoß. Das Köpfchen hatte er, wie nach Geborgenheit suchend, unter ihren Arm gesteckt. Und Oma schaukelte ihn und sang ihm leise etwas vor.

Wie eine Schallplatte, die hakt

Wie mit einem Sog, dem ich mich nicht widersetzen konnte, zog es mich zum Spielplatz, um Gleichaltrige mit Markus zu vergleichen. Bis dahin hatte ich das Vergleichen immer abgelehnt. Da war die kleine Heike, drei Monate jünger als Markus. Sie sammelte Steine, Stöckchen und Stiele vom Eis und legte sie auf ein Häufchen zusammen. Ein durchaus sinnvolles Spiel. Für meinen Geschmack war Heike allerdings zu fein angezogen: weißes Strickkleid, weiße Strümpfchen, schwarze Lackschühchen. Aber Heike machte sich nicht schmutzig. Mein Blick schweifte zu Markus hinüber, der abseits an einer Hecke stand, ausnahmsweise mal ruhig und ganz in sein Spiel vertieft. Zum ersten Mal fiel mir auf, daß er sich ja auch nicht schmutzig machte. Er riß Blätter ab und zerpflückte sie in kleine und kleinste Fitzelchen.

Er beschäftigte sich immer und nur und ausschließlich damit. Den ganzen Sommer über. Und letzten Winter auch schon. Da war es die Tapete über seinem Bett, die er abgerissen und zerfitzelt hatte. Wie eine Schallplatte kam er mir vor, die an einer Stelle hakt. Wie sehr wünschte ich mir damals, er würde nach einem Regenguß im Sandkasten matschen, durch Pfützchen patschen und sich so richtig dreckig machen! Wenn er erst mal im Sandkasten spielen wird, dann ...

Nach solchen Spielplatzaufenthalten, bei denen das Defizit meines Kindes krasser denn je zum Ausdruck kam, war mir sterbenselend zumute. Ich verkroch mich ins Kinderzimmer, und starrte in die Luft. Die Menschen um mich herum freilich ließ ich nicht wissen, wie es in mir aussah, nicht einmal Siegfried und meine Mutter. Wenn wir mit Freunden zusammen waren, gab ich mich ausgesprochen fröhlich.

Ich lachte viel – um mein Weinen zu verbergen.

Um zu vergleichen, brauchte ich schon bald nicht mehr zum Spielplatz zu gehen. Da war Cornelia. Wie oft in den vergangenen Monaten hatte ich gequält am Kinderwagen gestanden und unser drittes Kind beobachtet. Wie würde sie sich entwickeln? Würde die Schere bei ihr auch so auseinandergehen wie bei Markus? Denn so sehr ich grübelte, da gab es nichts Besonderes in Markus' ersten Lebenswochen und -monaten. Selbst in der Mütterberatung, die ich regelmäßig in Anspruch genommen hatte, war er nicht aufgefallen. Mir kam in den Sinn, wie ich ihn nach der Geburt zum erstenmal im Arm gehalten und staunend gedacht hatte, daß alles, aber auch alles an ihm dran sei. Die Taufe stand mir deutlich vor Augen, als ich den Segen der Mutter empfangen hatte: Gott, der Herr, der dir in der Stunde der Gefahr geholfen hat und dir dies gesunde Kind ans Herz gelegt hat ...

... dies gesunde Kind! Nein, es war für mich keine Selbstverständlichkeit, ein gesundes Kind zu haben. Wie sehr habe ich Gott dafür gedankt. Und nun? ...

Bei meinen Nachgrabungen in der Vergangenheit stieß ich auf ein Foto. Es zeigt Markus, wie ihn ein größeres Mädchen aus der Nachbarschaft auf dem Schoß hält. Daneben sitzt

Anne-Kathrin. Sie bläst in eine Art Papierschlange, die sich kerzengerade aufrichtet, sobald man hineinbläst und wieder zusammenrollt, wenn die Luft entweicht. Auf dem Bild ist nun zu sehen, wie Markus danach greift. Unter dem Bild steht das Datum. Er war sieben Monate alt. Wie ließ sich das aber damit vereinbaren, daß ich ihm später, so mit zwei oder drei Jahren, oft ausdrücklich ein Spielzeug in die Hand geben mußte, weil er von selbst nicht danach griff? Handelte es sich dabei auch wieder um eine seiner Ungereimtheiten? Oder war es am Ende kein Fehler von Geburt an?

Inzwischen war Cornelia ein Jahr alt und so herzig, daß mich manchmal wildfremde Leute auf der Straße anhielten, um mit ihr zu schäkern. Wenn sie das winzige Näschen krauste und die Vorübergehenden schelmisch anlächelte, konnte ihrem Charme so leicht keiner widerstehen. Aber auch unser Junge war ein ausgesprochen schönes Kind. Mit Genugtuung stellte ich fest, daß flüchtige Beobachter, wie die Frau aus dem Strandkorb nebenan während unseres Ostseeaufenthaltes, den kleinen Draufgänger für ein pfiffiges, aufgewecktes Kerlchen hielten.

Noch war er in manchem, was er konnte und wußte, seinem Schwesterchen voraus. Aber wie lange noch? Bei diesen Überlegungen angekommen, stöhnte ich laut auf. Ich mußte etwas unternehmen. Gleich! Heute noch! Wenn Siegfried nach Hause gekommen sein würde, wollte ich zu Dr. Kleinert fahren. Es müßte doch eine Stelle geben, eine Klinik oder so etwas Ähnliches, wo man uns beraten, uns helfen konnte. Über ein Jahr war es her, seit ich das erste Mal beim Kinderarzt gewesen war. Und was war in dem verflossenen Jahr geschehen? Der Arzt hatte Nerventonikums und Cerebralsäfte aufgeschrieben und nach der Wirkung gefragt: „Die Wirkung war wechselhaft, Herr Doktor." Wechselhaft wie der ganze Junge! Auf meinen Wunsch hin vereinbarte er einen Termin mit der Kinder- und Jugendpsychiatrie in M.

Auf diese Untersuchung in der Kinderpsychiatrie setzte ich große Hoffnungen. In der Woche drauf, am Sonntag, machten Siegfried und ich einen Spaziergang. Nach langer Zeit mal wieder allein, ohne unseren Nachwuchs. Wir wanderten am Fluß entlang. Siegfried verfiel in einen wahren Sturmschritt, ein sicheres Zeichen, daß er innerlich aufgewühlt war. Ich hatte Mühe, meine Schritte anzupassen. An der Stelle, wo das Wasser durch ein Wehr gestaut wird, blieben wir stehen und sahen den Enten zu. Endlich packte ich das heiße Eisen an.

„Was meinst du? Hat uns die Untersuchung in M. etwas gebracht?"

„Was hast du denn erwartet?" gab Siegfried kurz zurück.

Ja, was hatte ich erwartet? Ich wollte Klarheit. Ganz bestimmt wollte ich Klarheit. Hatte ich aber nicht auch unterschwellig gehofft, etwas Beschwichtigendes zu hören? Und zwar von kompetenter Seite? Etwa so: „In zehn Jahren fragt keiner mehr danach, wieviel Ihr Kleiner mit drei Jahren gesprochen hat." Oder so: „Ihr Sohn ist zwar entwicklungsmäßig im Rückstand. Aber wir hatten ähnliche Fälle. Warten Sie noch ein bißchen. Er wird mit der Zeit schon alles aufholen." Oder dann wenigstens so: „Wir geben ihm jetzt mal diese Medikamente. Damit wird sich seine geistige Entwicklung allgemein bessern, und die Unruhe wird nachlassen."

Was hatte ich doch damals für ein unbegrenztes Vertrauen zu der Allwissenheit und Allmacht der Medizin!

Mit dem Bericht, den die Klinik an den Kinderarzt schickte und den er mir zur Einsicht überließ, konnte ich nur wenig anfangen, weil er keine meiner brennenden Fragen beantwortete. Unter anderem hieß es darin:

„Psychisch zeigte das Kind eine erhebliche Unruhe, reagierte zwar etwas auf Zuwendung durch die Eltern, jedoch nicht auf andere Personen, war auch nicht zu einem Spiel fixierbar. Die EEG-Untersuchung war nur nach medikamentöser Sedierung mit Megaphen möglich. Es fanden sich dann schlaftypische Elemente, die das normale Maß gelegentlich etwas überschritten und einen steileren Verlauf zeigten, zur Registrierung sicherer Krampfpotentiale kam es jedoch nicht. Wir würden deshalb jedoch eine Kontrolle in etwa einem Vierteljahr empfehlen."

Und im letzten Abschnitt wurde folgender Vorschlag gemacht: „Um die motorische Unruhe des Kindes zu dämpfen und es dann pädagogisch zugänglich zu machen, würden wir eine medikamentöse Sedierung mit Truxalettensaft empfehlen."

Eine Zeitlang gab ich Markus dieses Beruhigungsmedikament. Er war zwar gedämpft, aber von „pädagogisch zugänglich", wie es in dem Bericht so schön heißt, konnte keine Rede sein. Es war schlicht und einfach nichts mit ihm anzufangen, weil er nur noch vor sich hindöste. Wie aber hätte er hinzulernen können, wenn er gar nicht aufnahmefähig war. So hatte ich mir das nicht vorgestellt! So nicht!

Und wieder kam ich mir allein gelassen vor.

Vielleicht war er doch so etwas wie ein Spätzünder? Meine Mutter, im Grunde ihres Herzens genauso hin und her gerissen wie ich, nährte diese Hoffnung. Sie erwähnte immer wieder den kleinen Werner aus unserer früheren Nachbarschaft, der bis zu seinem fünften Lebensjahr nicht sprechen konnte. Ich selber war zwar auch noch ein Kind, erinnere mich aber gut an ihn, daran, wie seine Mutter, eine abgezehrte Flüchtlingsfrau, ihn immer auf dem Arm schleppte - laufen wollte der kleine Faulpelz nämlich auch nicht - und wie er mit seinem Fäustchen in die Gegend zeigte und dazu Brummlaute von sich gab, die so etwas wie „daaa" bedeuten sollten. Dann aber kam die Wende. Noch bevor Werner zur Schule kam, konnte er sprechen und sogar lesen und schreiben.

Er ging später ins Gymnasium.

Der Sommer 1969. Im nachhinein empfinde ich ihn als letzte Stille vor dem Sturm. Der Betrieb im Gemeindehaus lief während der Schulferien auf Sparflamme. Und mit dem Haushalt machte ich mir ebenfalls nicht viel Arbeit. Frotteehöschen, die einzige Bekleidung meiner Kinder während dieses Bilderbuchsommers, waren schnell gewaschen und getrocknet. Selbst der Aufwand des Essenkochens fiel weg, weil Siegfried, der Urlaubsvertretung machte, lange arbeiten mußte und deshalb mittags in der Kantine aß. Wenn er abends nach Hause kam, lagen seine Sprößlinge frisch gebadet in den Betten und ließen sich im Halbschlaf „Gute Nacht" sagen. Ich sprang dann ebenfalls unter die Dusche und zog mich um. Dem Abendbrottisch zu zweit gab ich mit Tischdecke und Blümchen eine besondere Note. Wie abgespannt Siegfried mir gegenübersaß! Von den drei Wochen Ostsee war nicht mehr viel übriggeblieben.

„In gut vierzehn Tagen kommt Anne-Kathrin in die Schule", stellte ich fest. „Kannst du nicht einmal eher Feierabend machen, damit ich für den ersten Schultag einkaufen kann?"

„Vielleicht habe ich nächsten Samstag frei", meinte er.

„Vielleicht, vielleicht. Und was mache ich, wenn du nicht frei hast?"

„Probleme hast du. Dann warte eben ab, bis deine Mutter nächste Woche von ihrer Reise zurückkommt. Oder nimm die Kinder mit zum Einkaufen."

„Wenn du wüßtest, wie schwierig das ist. Markus sperrt sich immer noch, wenn wir ins Geschäft wollen. Allein schon der Weg dorthin! Du müßtest mal so eine Expedition mitmachen. Anne-Kathrin möchte sich mit mir unterhalten. Für sie besteht die ganze Welt aus lauter ‚Warums'. Ich muß meine Aufmerksamkeit aber auf Markus konzentrieren. Im Haus ist er zwar wieselflink, aber unterwegs will er nicht laufen. Er läßt sich hängen, geht rückwärts, reißt sich dann aber plötzlich von meiner Hand los. Unterdessen quengelt Cornelia. Sie will nicht mehr im Sportwagen sitzen. Auch gut. Also setze ich Markus hinein. Aber auf einmal, während der Fahrt, klettert er hinaus und rennt auf die Fahrbahn. Bremse festsetzen und Markus vor dem herannahenden Auto in Sicherheit bringen! Nun schreit Cornelia fürchterlich, weil sie sich beim Ruck des Bremsefestsetzens derb auf den Po gesetzt hat."

Nach dem Abendessen gingen wir in den Garten, räumten Eimer, Förmchen und Planschwanne beiseite und setzten uns in die Laube. Wie friedlich die Welt war! Ringsum in den Gärten saßen die Nachbarn, hier und dort hörte man Lachen. Der Urlaub und vor allem die ruhige Zeit danach hatten mir gutgetan. Der Betrieb im Gemeindehaus, der unweigerlich wieder auf uns zukommen würde, Annes Schule und Markus' Probleme, all das zählte heute abend nicht. Ich lehnte meinen Kopf an Siegfrieds Schulter, und wir sahen zu, wie der Mond aufging.

Das Unwetter, das unaufhaltsam näher gerückt war, stand jetzt geradewegs über uns und verwüstete ein harmonisches, geordnetes Familienleben.

Denn wie einem Regen, der unaufhörlich auf uns niederkam, so waren wir Markus' Gewohnheiten ausgesetzt. Gewohnheiten, die wir nicht einordnen konnten, die uns anfangs harmlos erschienen.

Eine davon hatte mit Sand zu tun! Sand und nochmals Sand! Und dabei hatte ich mir doch nichts sehnlicher gewünscht als das. Ich erinnere mich noch gut an den Tag, als er aufhörte, den Fliederbusch überm Sandkasten zu attackieren, und plötzlich den Sand zu seinen Füßen entdeckte. Ich lief zu ihm, lobte und küßte ihn und wußte mich vor Freude nicht zu fassen. Eine neue Ära hatte begonnen! Ab jetzt würde er sich so entwickeln wie andere Kinder auch. Sand in Eimer schaufeln, mit Förmchen und Sieben spielen und später Höhlen und Burgen bauen.

Doch für Markus zählte nur, daß der Sand trocken war. Sonst nichts. Er stand im Sandkasten, griff mit der rechten Hand hinein und streute den Sand über Bord. Als das Pflaster ringsum bedeckt war, suchte er sich andere freie Flächen. Gartenmöbel zum Beispiel. Aber auch geteerte Wege oder Terrassen taten ihm gute Dienste. Auf diese Weise bekam er in zwei Sommern den Sandkasten leer.

Hatte ich mir nicht gewünscht, unser Junge möge sich so richtig schmutzig machen? Auch dieser Wunsch ging in Erfüllung. Als er mit dem Sandkasten fertig war, geriet er an Gartenerde. Ganz genüßlich setzte er sich hin, streute die schwarze Masse zuerst auf seine nackten Beine, auf den Körper und schließlich auf den Kopf. Um ihn wiederzuerkennen, mußte er erst mal in die Wanne gesteckt werden. Sogar vor jeder Mahlzeit mußte er geschrubbt werden. Tagelang, wochenlang, den ganzen Sommer lang, immer das gleiche.

Ging die Gartensaison zu Ende und kam der Herbst, setzte er in der Wohnung sein Spiel fort. Er griff nach allem, was sich streuen ließ: Mehl, Zucker, Haferflocken, Kakao. Die ewig verstreuten Lebensmittel und der knietief mit Katalogpapier übersäte Fußboden im Verein mit herumliegendem Spielzeug verwandelten unsere Wohnung in ein Chaos.

Hatte ich mir jemals gewünscht, er könne ganz allein die Schranktür aufmachen? Auch dieser Wunsch ging in Erfüllung. Zuerst hatte ich unsere Vorratshaltung im Unterschrank verstaut. Aber wer wie ich ein paarmal einen ganzen Liter Öl vom Fußboden aufwischen mußte, wird nachvollziehen können, daß ich ihm verbot, die Schranktür zu öffnen. Daß er meine Verbote nicht verstand – oder nicht verstehen wollte – das konnte ich zu der Zeit noch nicht begreifen; es machte mich, je nach eigener Verfassung, aggressiv oder ließ mich resignieren. Schließlich räumte ich alles vom Unterschrank in den Hängeschrank. Kein Hindernis für unser Schlitzohr! Schon bald stellte er sich auf einen Stuhl. – Das war es ja, was ich lange Zeit nicht verstehen konnte! Einerseits bekam man das Allereinfachste nicht in ihn hinein, und andererseits war er fähig, Gedankenabläufe folgerichtig zu konstruieren: Stuhl heranrücken, hinaufklettern, Schrank öffnen, Lebensmittel herausholen.

Ich war also keinen Schritt weitergekommen und mußte mich in unserer Wohnung nach etwas Abschließbarem umsehen. Das Kämmerchen unter der Treppe im Flur bot sich an. Aber immer, wenn ich meinte, ein Problem gelöst zu haben, kam ein neues hinzu. Schon bald konnte er das Kabäuschen aufschließen. Ich zog den Schlüssel ab und legte ihn oben aufs Regal, unter ein Deckchen. Es dauerte nicht lange, bis er ihn da entdeckt hatte. Von da an versteckte ich den Schlüssel bald hier, bald dort, bis ich selbst nicht mehr wußte, wo ich ihn hingelegt hatte, und beim Essenzubereiten rappelig nach dem Schlüssel suchte, nicht ans Mehl kam, während das Fett im Topf verbrannte.

Schon bald erweiterte er seinen Radius. Wie ein Süchtiger alles daransetzt, um an sein Suchtmittel zu kommen, so paßte

Markus jede Gelegenheit ab, um hinauszulaufen, um an *seinen* Stoff zu kommen, nämlich an „alles, was sich streuen läßt". Das Tückische daran war, daß man nie im voraus wissen konnte, was er vorhatte, es nie an seinem Gesichtsausdruck, seiner Haltung ablesen konnte. Er tat es, ohne hinzusehen, so im Vorübergehen. Aus der Summe der Erfahrungen seines kleinen Lebens entwickelte er eine Gewieftheit, die uns in Erstaunen versetzte. Um ihn nicht immer wieder von der Straße zurückholen zu müssen, schlossen wir die Etagentür ab. Von uns unbemerkt zog er Schlüsselbünde aus unseren Taschen (sogar in einem Klinikbericht für alle Zeiten festgehalten), und mit einer leisen Heimlichkeit, die man dem Rabauken, an dem alles nur auf Lautstärke und Grobmotorik ausgerichtet zu sein schien, nicht zugetraut hätte, fand er auf Anhieb den richtigen Schlüssel heraus. Das war um so fataler, weil wir uns doch diesmal wegen der abgeschlossenen Tür sicher gefühlt hatten.

Markus feiert seinen vierten Geburtstag

Ich war gerade dabei, Eischnee für die Käsesahnetorte zu schlagen. Auf einmal hielt ich inne. „Cornelia, du darfst doch nicht die Mandarinchen aufessen. Die brauche ich noch zum Garnieren." Meine kleine Putte verzog das Gesichtchen zum Weinen. Sie hatte geglaubt, die wären übriggeblieben.

„Komm, das konntest du ja nicht wissen", tröstete ich sie.

Ich war ziemlich nervös an diesem Morgen. Markus hatte Geburtstag. Er wurde vier Jahre alt. Am Nachmittag sollte die ganze Verwandtschaft kommen. Obwohl meine Mutter schon da war, um mir zu helfen, wurde es ein hektischer Vormittag. Anne-Kathrin ging um halb neun zur Schule. Zwei Stunden später war sie bereits wieder da. Siegfried hatte Nachmittagsschicht und somit länger geschlafen. Dadurch blieb der Frühstückstisch bis in den halben Vormittag stehen. Und kurze Zeit später mußte ich ans Mittagessen denken. Dazwischen Kartoffelsalat und Torten herrichten!

Aber nicht allein deswegen war ich so kribbelig. Unser Geburtstagskind! An Tagen wie diesem, an denen ohnehin alles drunter und drüber ging, war er immer besonders hektisch. Schon zweimal mußte ich ihn von der Straße zurückholen.

Dann verpaßte er mir eine Menge Extraarbeit, indem er im Bad Waschpulver verstreute und auf der Empore des Gemeindehauses weiße Fußstapfen machte.

Denn auch darin war Markus anders. Immer strebte er von der Familie fort, so daß ich alle paar Minuten meine Arbeit unterbrechen mußte. Kein Wunder, wenn ich abends überdreht war.

Die Bescherung an Kindergeburtstagen hatte bei uns immer einen bestimmten Ablauf. Die ganze Familie versammelte sich um den Gabentisch, und alle sangen: „Markus hat Geburtstag ...". Als beim „Hoch soll er leben ..." Papa seinen Sproß in die Höhe warf, jauchzte das Bürschchen. Das war aber auch so ziemlich das einzige, was ihm an seinem Ehrentag gefiel. Den Gabentisch würdigte er keines Blickes. Schokolade und Obst mochte er damals noch nicht, und Spielzeug bedeutete ihm nichts. Dafür inspizierten seine Schwestern um so eifriger den Geburtstagstisch.

Wenn nur einer aus der Familie gewußt hätte, wie deprimiert ich deswegen war. Schon Wochen vorher hatte ich mir den Kopf zerbrochen, was ich ihm schenken könnte. Natürlich hat er etwas zum Anziehen bekommen. Aber normalerweise freut sich ein vierjähriger Junge mehr über Spielzeug. Ich hatte also im Spielzeugladen gestanden und mich umgesehen. Ein Auto zum Aufdrehen? Davor hatte er Angst. Oder ein Bilderbuch? Hatte er in einem Tag zerrissen. Ein Katalog tat dieselben Dienste und war viel umfangreicher, was die Blätter zum Zerreißen anbetraf. Die Verkäuferin sprach mich an.

„Ich möchte ... Haben Sie ... Bitte zeigen Sie mir Spielzeug für ein zweijähriges Kind", stotterte ich. Zu sagen: „Mein Kind weiß mit altersentsprechendem Spielzeug nichts anzufangen", brachte ich nicht über die Lippen.

„Wenn Sie sich an dieses Regal hier bemühen würden?" sagte sie. Da fiel mein Blick auf eine Zahnradmühle; ein schwarzes Brett mit bunten Rädchen, und wenn die Rädchen auf die richtigen Stöpsel gesetzt wurden, bewegten sich alle Zahnräder auf einmal.

„Das Kind lernt dabei das Kombinieren", erläuterte die Verkäuferin. Ich erschrak über den Preis.

„Das hier ist mit dem Prädikat ‚Spielgut' ausgezeichnet", sagte sie. Nun gut. Markus würde auf den Rädchen herumbeißen, aber ansonsten konnte er hier dran wirklich nichts kaputtmachen. Und ich würde mich mit ihm und dem Spiel befassen.

„Eigentlich ist von dieser Geburtstagsfeier kaum jemand begeistert, höchstens die Mädchen", dachte ich laut.

Siegfried hatte das aufgeschnappt. „Warum dann noch dieser Aufwand?"

„Ja eben, deshalb", sagte ich.

„Weshalb?" Siegfried sah mich verständnislos an.

„Eben wegen der Mädchen. Ich will ihnen damit zeigen, daß ihr Bruder keine Ausnahme ist, daß er genauso behandelt wird wie sie."

Gleich nach dem Mittagessen fing Anne-Kathrin mit ihren Hausaufgaben an. Dazu setzte sie sich immer ins Wohnzimmer, und ich schloß von außen ab. Hatte sie etwas zu fragen, klopfte sie an die Tür. Das war bestimmt kein Idealzustand! Denn außer hinter Markus herzurennen, mußte ich auch noch auf Annes Klopfen reagieren. Es war wie verhext! Heute klopfte sie noch öfter als sonst.

„Was hast du für Probleme?" fragte ich so ruhig wie möglich.

„Mama, wir müssen diese Seite aus dem Lesebuch auf die Tafel malen. Und jetzt habe ich erst drei Kinder abgemalt, und die Tafel ist schon halb voll. Aber auf dem Bild hier sind zweiunddreißig Kinder." Das durfte doch nicht wahr sein! Die ganze Seite sollte sie abmalen? Ich sah mir Annes „Gemälde" an und konnte mir ein Lachen nicht verkneifen. Seit kurzem hatte meine Sechsjährige erkannt, daß der Mensch außer Nase, Mund und Augen auch noch Ohren hat. Und so hatte sie jedes dieser Strichmännchen mit überdimensionalen Ohren versehen.

„Weißt du, was ich an deiner Stelle machen würde? Ich würde zuerst die Spielgeräte malen. Den Kletterturm, die Schaukel, den Sandkasten. Und dann nur ein paar von den Kindern. Nicht alle, hörst du."

Anne schaute verständnislos zu mir auf. Wie konnte die eigene Mutter einen dazu verleiten, seine Schulaufgaben nicht vollständig zu machen? Und jetzt flossen auch schon Tränen. Das konnte noch heiter werden! Ich hätte mich jetzt neben sie setzen und ihr in Ruhe erklären müssen, was auf dem Bild wichtig und was weniger wichtig ist. Aber ich war zunehmend nervös geworden. Das Kribbeln spürte ich bis in die Finger- und Fußspitzen. Wo mochte Markus sein? Was mochte er wieder angestellt haben? Wieviel würde ich wieder in Ordnung bringen müssen?

Nach dem Kaffeetrinken war es passiert! Auf einmal zog ein wohlbekannter Geruch durchs Wohnzimmer. Sofort hatte ich Markus in Verdacht. Ich riß das Fenster auf. Ach, war mir das peinlich! Ich warf einen schnellen Blick auf meine Schwägerin Gabi. Ihre Kinder waren angeblich bereits mit einem Jahr sauber gewesen. Mein Sohn hingegen war heute vier geworden und machte noch alles in die Hose. Was konnte ich dafür, wenn er sich steif machte wie ein Brett, sobald er das Töpfchen sah?

Ich schnappte mir meinen Jungen und verschwand ins Bad. Ich schloß von innen ab und ließ mich deprimiert auf den Wannenrand fallen. Jetzt werden sie wieder über mich herfallen. Sie wird mit dem Jungen nicht fertig, werden sie sagen. Es wäre besser, wenn sie ihn in ein Heim gäbe, da gibt es geschultes Personal, da würde ihm wenigstens noch etwas beigebracht.

Aber ich wollte nicht. Er gehörte doch zu uns. Wer von dem Personal dort würde sich soviel mit ihm befassen können, ihm soviel Liebe und Zuwendung geben wie wir?

Du liebe Zeit! Wie lange hatte ich hier gesessen? Als ich ins Wohnzimmer zurückkam, hatte sich der Gestank noch immer nicht verflüchtigt. Und dann sah ich die Bescherung. Am Schaukelstuhl hing noch ein dicker Klecks, den Markus sich beim Schaukeln aus der kurzen Hose herausgequetscht haben mußte. Am liebsten hätte ich mich unsichtbar gemacht. Seit kurzem war das Verhältnis zwischen meinen Verwandten und mir nicht gut.

Einmal war Siegfried nach Hause gekommen.

„Sie reden über dich", hatte er gesagt.

„*Was* reden sie über mich?"

„Du ließest den Jungen im Haus unmöglich herumlaufen."

„Ja, das stimmt! Zufällig kamen Richard und Maria bei uns vorbei, als ich Markus eine abgelegte Hose von Anne-Kathrin angezogen hatte, die ihm aber noch viel zu groß war. Denn drei hatte er kurz zuvor hintereinander vollgeschissen und Nummer vier und fünf hingen noch auf der Leine zum Trocknen." Ich war sehr aufgebracht.

Ein anderes Mal mußte ich bei Maria etwas abgeben. Die Türen standen offen. So gelangte ich direkt ins Zimmer, wo man in großer Runde beisammensaß und bei meinem unerwarteten Erscheinen herrschte plötzlich Schweigen. Ich hätte es ihnen auf den Kopf zusagen können: Ihr hattet mich doch wieder mal zwischen den Zähnen!

Nicht mehr die Superfrau aus der Waschmittelwerbung

Als wir vor etlichen Jahren ins Gemeindehaus einzogen, hatte ich bestimmte Vorstellungen von mir als „Hausmutter". Ich sah mich als adrette junge Frau; immer ausgeglichen, zu allen freundlich und zuvorkommend. Wer zufällig einen Blick in unsere Wohnung warf, konnte sich davon überzeugen, daß bei uns alles stimmte, angefangen beim Fußboden bis hin zum appetitlich gedeckten Tisch. Und die Kinder selbstverständlich immer wie aus dem Ei gepellt.

Zuerst ging alles tadellos. Auch noch bei drei Kindern. Aber jetzt! So sehr ich mich bemühte, immer mehr blieb liegen.

Ganz zu schweigen vom Chaos in unserer Wohnung, das Markus in Kettenreaktionen in Szene setzte. Während ich noch in der Küche Haferflocken auffegte, trieb er im Schlafzimmer sein Unwesen. Bis ich das in Ordnung gebracht hatte, hatte er sich bereits mit dem Pudding übergossen, den ich zum Abkühlen hoch oben auf dem Schrank gestellt hatte.

Einen großen Teil der Zeit verbrachte ich unproduktiv damit, hinter Markus herzurennen – und drei angefangene Arbeiten zu beenden. Dabei zeichnete sich schon bald ein Muster ab: Je hektischer Markus war, je mehr er anstellte, desto nervöser und unkonzentrierter verrichtete ich meine Arbeit und desto mehr selbst angerichteten Schaden hatte ich wiedergutzumachen. Und da schloß sich der Teufelskreis: Je mehr ich von einer Schadensstelle zur anderen hetzte, desto hektischer wurde Markus …

Das sah beispielsweise so aus: Hatte ich im Bad etwas zu tun, nahm ich den Widerwilligen fest an die Kandare und zog ihn hinter mir her. Entweder riß er sich unterwegs los, oder er wartete, bis ich beide Hände zum Waschmaschinefüttern brauchte, um blitzschnell zu verschwinden. Nun hatte ich zwei Möglichkeiten: Entweder ich holte ihn noch mal zurück, oder ich füllte jetzt schnell die Maschine, stellte sie an und hoffte inständig, daß er sich zwischenzeitlich brav verhalten würde. Eilig lief ich in die Wohnung. Na, ein Glück, er saß friedlich auf der Fensterbank. Wie immer, ein Auge auf Markus und eins auf die Arbeit, begann ich Betten zu machen.

Bereits beim zweiten Bett sprang er herunter und ich hinterher. Die Einlegegurken waren mir eingefallen! Ich hatte sie zum Wässern auf die Empore gestellt, ganz hinten in die Ecke, kaum sichtbar. Doch bevor ich am Tatort angelangt war, hatte Markus ganze Arbeit geleistet, Gurken samt Wasser übers Geländer in den großen Saal gekippt und die Schüssel hinterhergeworfen.

Es wurde höchste Zeit, sich ums Mittagessen zu kümmern. Zum Kartoffelholen nahm ich ihn mit. Eine langweilige Prozedur über zwei Treppen. Er, der eben noch vor überschäumender Aktivität herumgesprungen war, ließ sich hängen, unfähig einen Schritt vor den anderen zu setzen. Nur als die Haustür in Sicht kam, der Weg ins Freie, wurde er wieder flott. Diesmal sollte er mir nicht entwischen! Mit einer Hand ihn krampfhaft festhaltend, sammelte ich mit der anderen Kartoffeln in den Eimer. Dann stand ich vor dem Vorratsregal.

„Schätzchen, wo habe ich nur das Sauerkraut gelassen?" redete ich mehr zu mir selbst. Auf einmal hielt er die Dose in der Hand. Ich war sprachlos. Da war es wieder, was ich nicht einordnen konnte! Hier fischte er auf einen halb vor mich hingemurmelten Satz aus fünfzehn Konserven die richtige heraus, und andererseits wußte er die allereinfachsten, alltäglichsten Begriffe nicht. Zum Beispiel, daß die Dinger, die er da an seinen Füßen trug und immer wieder auszog, „Schuhe" hießen. Und das, obwohl ich ihm das Wort vielleicht fünfzig-, wenn nicht sogar hundertmal vorgesagt hatte. Hielt er uns vielleicht nur zum besten? Wußte er mehr, als wir alle vermuteten?

So, nun mal sehen, wie weit die Waschmaschine war. Wieder mußte Markus mit. Doch was ich dann im Bad entdeckte, ließ mich fast verzweifeln. Auf dem Fußboden stand knöcheltief Wasser und gefühllos, ohne ein Einsehen mit mir zu haben, pumpte die Maschine gerade neue Wassermassen hinzu. Der Abflußschlauch! Ich hatte vorhin in der Eile vergessen, ihn ins Waschbecken zu hängen. Jetzt mußte gehandelt werden! Ich warf Badetücher auf den Fußboden, raffte große, saugfähige Teile aus der Wäschekiste, schleuderte zwischendurch meine triefnassen Schuhe von den Füßen und wischte und wrang um mein Leben, damit wenigstens die Decke des darunterliegenden kleinen Saales nicht in Mitleidenschaft gezogen wurde. Und immerzu dachte ich: Markus! Ich rannte zurück in die Wohnung. Die Korridortür stand weit offen. Natürlich! Ich hatte nach dem Gang in den Keller vergessen abzuschließen.

Drei Häuser weiter, bei Bienelts, traf ich ihn dabei an, wie er eifrig Kies in den Hauseingang streute.

„Mußt du doch nicht tun", versuchte Frau Bienelt freundlich, Markus davon abzuhalten. Gewöhnlich reagierte er aber nur, wenn man ihn überlaut ansprach, um nicht zu sagen, anschrie. Erst dann merkte er, daß er gemeint war. Also verhielt er sich mal wieder wie immer, tat so, als stünde niemand da, als spräche niemand mit ihm! Und dann sein Erscheinungsbild! Am liebsten wäre ich in ein Mauseloch gekrochen. Das Hemd hatte sich vom Hopsen aus der Hose gearbeitet und sein vorwitziges Schwänzchen hüpfte im selben Takt mit, auf und nieder. Der nicht mehr funktionsfähige Reißverschluß und das lahme Gummi am Unterhöschen ließen es herausgucken. Nicht einmal die Kinderkleidung schaffte ich in Ordnung zu halten. Das war es, was ich meinte. Meine Vorstellung von der allzeit properen Hausmutter! Wunsch und Wirklichkeit klafften weit auseinander.

Ein scharfer Geruch empfing mich in der Diele. Das Sauerkraut war angebrannt. Meine Mutter, die vormittags beim Arzt war, stand am Herd, als ich mit dem Ausreißer zurückkam, und versuchte zu retten, was noch zu retten war. Das schlimmste für mich waren die Auseinandersetzungen mit Siegfried. „Wenn ich so arbeiten würde wie du, hätte man mir längst gekündigt.“ Solche Kommentare, aber auch meine eigene Fahrigkeit kratzten erheblich an meinem Selbstwertgefühl.

Lange Zeit vermochte ich nicht, Markus' Defizit zuzugeben. Warum auch sollte ich meine Befürchtungen breittreten? Man weiß ja, wie lange so etwas als Makel haftenbleibt, selbst wenn das Kind längst aufgeholt hat. Und die Leute aus unserem Umfeld? Sie spielten mit. „Aber ich bitte Sie, das tun doch alle Kinder.“ Wobei für mich offenblieb, ob meinem Kleinen nicht bereits mit diesem Ausspruch eine Sonderstellung eingeräumt worden war. Überdies wurde ich zu solchen Vertuschungsmanövern geradezu verleitet, denn Markus war ein hübsches Kerlchen, flink in seinen Bewegungen. Man sah ihm keinerlei Behinderung an. Wenn nur nicht diese Verhaltensauffälligkeiten gewesen wären! Von Passanten wurden sie oftmals als Ungezogenheit eingestuft, und ich tat alles, um die Leute darin zu bestärken. Unsere Ausflüge in den Wald unterschieden sich himmelweit von denen in den Ort. Im Wald konnte er sich mit Laubrieseln abreagieren, während er auf dem Weg zu meiner Mutter, drei Straßen weiter, durch vorbeifahrende Autos aufgeheizt wurde.

Keine hundert Meter von der Haustür entfernt ließ er sich blitzschnell auf die Knie fallen, griff unter die Hecke und kam mit schwarzer Erde wieder zum Vorschein. Ich ging zwar nie ohne Waschlappen aus dem Haus, trotzdem schimpfte ich – mehr aus erzieherischen Gründen. Markus war hoffnungslos überfordert. Dieser Ausflug bot ihm keinerlei Motivation. Er wußte nicht, wohin wir wollten, was „zu Oma gehen" überhaupt bedeutete. Eine Weile ging er rückwärts, ließ sich schwer hängen, nahm den Daumen in den Mund. „Dazu bist du doch schon zu groß", sagte ich so laut, daß die Frau, die vom Friedhof kam und sich erstaunt umgesehen hatte, es hören konnte. Ich war bereits so genervt, daß ich das harmlose Geplapper meiner Töchter, ihr Fragenstellen und Gegenseitig-ins-Wort-Fallen nicht mehr ertragen konnte. Markus indes tat endlich etwas, womit er nicht auffiel, was andere Jungen seines Alters auch tun. Er schob Steinchen vor sich her. Zu dumm, daß mir in diesem Moment die neuen Sandalen und sein enormer Verschleiß an Schuhen einfiel. Unser Junge, der aber auch gar nichts durfte, reagierte sich ab, indem er auf der Stelle hopste und irgendwelche Laute von sich gab. Wir waren in der Straße angelangt, wo meine Mutter wohnte. Ich ahnte, daß meine früheren Nachbarn, die hier ungeniert in den Fenstern lagen und auf Neuigkeiten lauerten, über meinen Sohn redeten. Mit dem hopsenden und kreischenden Markus kam ich mir wie beim Spießrutenlaufen vor. Trotzdem brachte ich es noch fertig, zu den Fenstern hinaufzugrüßen. Und da passierte es! Anne, die auch hochgeschaut hatte, stolperte und schlug sich das Knie auf. Ich versuchte, mit dem Taschentuch zu verbinden. Auf diese Gelegenheit, nämlich, daß ich ihn losließ, schien mein Sohn nur gewartet zu haben. Wie eine Rakete düste er um die nächste Hausecke! Auf mein Rufen würde er erfahrungsgemäß nicht reagieren, deshalb versuchte ich es gar nicht bei soviel Zuschauern. Es half nichts, ich mußte meine Älteste ihrem Schicksal überlassen und die Verfolgungsjagd aufnehmen. Und als ich auf meinen Absätzen hinter Markus herstöckelte, hörte ich das Kichern aus einem der Fenster. Ob wohl irgend jemand ahnte, wie gedemütigt ich mich fühlte?

In dieser Phase des Versteckspielens, des Abschirmenwollens befand ich mich noch, als Anfang des Jahres 1970 eine Frau Mathsee einen Diavortrag in unserer „Frauenhilfe" hielt. Sie war Leiterin der Tagesstätte für geistig Behinderte. Ich hatte schon von einer solchen Einrichtung gehört, der einzigen dieser Art übrigens in unserer Region. Aus bestimmten Gründen hätte ich mir die Frau gerne angehört, aber das ging leider nicht. Einer mußte bei den Kindern bleiben, Siegfried hatte Nachmittagsschicht. Auch wenn meine Mutter zur „Frauenhilfe" gehörte, für dieses eine Mal hätte sie mir doch den Vortritt lassen können.

Nach Schluß der Veranstaltung lief ich die Treppe hinunter. Ich ging nicht, wie gewöhnlich, zuerst in die Küche, um Kaffeegeschirr abzuwaschen, sondern machte mir im Saal zu schaffen. Frau Mathsee war gerade dabei, mit der Frau des Pastors die Kollekte zu zählen, die sie sicherlich für ihre Tagesstätte mitbekam. Derweil rollte ich die Leinwand auf. Auf einmal sprach sie mich an:

„Fräulein, würden Sie bitte die Pappschachteln mitnehmen und in den Papierkorb werfen?"

Als ich ihr von Markus erzählte, schien sie ein wenig abwesend zu sein. Na ja, vielleicht war dies nicht der richtige Augenblick. Unsicher bat ich sie darum, ihn sich mal anzusehen. Auf einmal schien es bei ihr zu dämmern, daß ich von meinem Sohn sprach.

„Wie alt ist Ihr Kind, sagen Sie?"

„Viereinhalb Jahre."

„Na, da warten Sie noch mal ein gutes Jahr. So junge Kinder haben wir ohnehin nicht in unseren Gruppen."

Sie hatte mich vollkommen mißverstanden. Ich wollte Markus gar nicht bei ihr anmelden oder so etwas Ähnliches. Ich wollte von ihr wissen ... Ich suchte jemanden ... Ach, ich wußte es selbst nicht, was ich wollte. Vielleicht konnte sie mir die quälenden Zweifel nehmen. Etwa so: „Machen Sie sich mal keine allzu großen Sorgen. Unsere Kinder sind viel schlimmer dran."

Ich hatte aber nicht den Mut, den Irrtum aufzuklären.

„Wenn Sie wollen, können Sie sich unsere Tagesstätte ansehen", sagte sie noch. „Aber bitte vorher anrufen und einen Termin vereinbaren!"

Ja, davon wollte ich gerne Gebrauch machen. Mich interessierten die Kinder, wie sie aussahen, wie sie sich gaben.

Wieder wunderte mich die scheinbare Interessenlosigkeit der Leiterin. Sie versuchte nicht einmal, Kontakt zu unserem Jungen aufzunehmen. Man führte uns durch Gruppenräume. Etliche Kinder beschäftigten sich mit Nadel und Faden oder Webrahmen. Aber keins war so lebhaft, so unruhig wie unser Kind. Durch eine offene Tür hörte ich eine quengelnde, verwaschene Stimme; darauf die ungeduldige Stimme der Erzieherin. Dann waren wir wieder draußen. Gerade fing die Pause an. Ein etwa zwölfjähriger Junge schleppte eine Puppe mit sich herum, ein Mädchen hatte den Pullover verkehrt an.

Siegfried ließ den Motor an. Er sprach kein Wort. Mit unbeweglichem Gesicht, die Lippen aufeinandergepreßt, starrte er auf die Straße. Nach einer Weile meine Mutter, sehr resolut: „Hier gehört unser Junge nicht hin. Er sieht doch kein bißchen behindert aus."

Der Anblick so vieler Behinderter! Damit mußte ich erst mal fertig werden. Unwillkürlich kam mir Bethel in den Sinn, das ich einmal als Schülerin auf einer Klassenfahrt besucht hatte. In einem der Häuser – ich sehe das Bild noch deutlich vor mir – löste sich plötzlich aus der Gruppe der „Kranken" ein Mädchen im aufgeputzten, altmodischen rosa Organdykleid. Freundlich näherte es sich Brigitte, einer Mitschülerin, und fiel ihr um den Hals. Verlegenheit auf allen Gesichtern! Ich weiß noch, wie hilfesuchend Brigitte sich in der Runde umgeschaut hatte.

Bethel. Das war für uns damals ein Ort, weitab von uns und unserem Leben, wo man mindestens einmal während der Schulzeit gewesen sein mußte. Der Lehrer hatte vorher eindringlich mit uns geredet, daß es keinen Grund gäbe, über Behinderte zu lachen, daß wir vielmehr Gott danken sollten, als gesunde Menschen zur Welt gekommen zu sein.

Doch dieser Ort, diese Tagesstätte! Bangigkeit beschlich mich, daß unser Leben eines Tages mit diesen Menschen hier verquickt sein könnte.

Zu allen Problemen, die ich ohnehin schon hatte, kamen noch Schwierigkeiten hinzu, die Markus beim Essen machte. Er war so eingefahren in seinem Speiseplan, daß er nichts Neues probierte. Eine lange Zeit brachte er mich zur Verzweiflung, weil er ausschließlich Milchbrei und trockene Brotkrusten aß.

Ich erwähnte das bei Dr. Kleinert.

„Er braucht aber unbedingt eine ausgewogene, vitaminreiche Ernährung für sein Wachstum", meinte er. „Und für seine geistige Entwicklung."

Damit hatte er mich – bestimmt ohne Absicht – noch zusätzlich unter Druck gesetzt. Wie sollte ich die ausgewogene, vitaminreiche Kost in ihn hineinbekommen, wenn er sich verzweifelt dagegen sperrte? Vielleicht erreichte ich etwas, wenn ich absolut konsequent blieb. Einmal, als er wieder sein Essen verweigerte, räumte ich einfach ab. Abends ließ ich seinen geliebten Brei weg, es gab lediglich Brot, von dem er aber wiederum nur die Krusten abriß. Das Weiche, schön mit Butter bestrichen, fand sich später unter unseren Schuhsohlen wieder. Es tat mir weh, als er am nächsten Vormittag vor Hunger spitze Schreie ausstieß und außerordentlich hektisch war. Als er mittags wieder sein Essen ablehnte und den ganzen Nachmittag schrillte, gab ich auf.

Einige Zeit später, sein Eßverhalten hatte sich noch immer nicht wesentlich gebessert, hatten wir uns für den Nachmittag Himbeerpflücken vorgenommen. Mal sehen, ob dem Burschen nicht beizukommen war! Im Wald gab es schließlich keinen Brotschrank, an dem er sich mal so eben, wenn keiner in „Bleib-davon-Nähe" war, hätte bedienen können.

Auf einer Waldlichtung angekommen, erklärte uns ein Forstbeamter, daß wir hier keine Beeren pflücken dürften, weil der ganze Hang gegen irgend etwas gespritzt worden sei. Als wir uns umdrehten – ach du Schreck – war unser Sohn verschwunden. Welchen der fünf sich hier gabelnden Wege hatte er wohl genommen? Wir Erwachsenen teilten uns auf. Nach drei Minuten Dauerlauf kam ich plötzlich an ein Haus, das ich in meinem ganzen Leben noch nicht gesehen hatte. An der hellen Aufregung, die hier herrschte, merkte ich: Hier mußte Markus sein! Ein Hund kläffte wütend, Hühner flogen gackernd umher, eine verstört wirkende Frau erschien in der Haustür.

„Still, Jonny!" wies sie den Hund zurecht. „Wissen Sie, wem das Kind gehört?" rief sie durch das Krakeelen des Federviehs zu mir herüber. „Dieser Junge da", sie zeigte auf Markus, der gerade aus der Tür geschossen kam, „ist, ohne ein Wort zu sagen, in unser Haus gekommen." Ihrem Bericht zufolge kam er spornstreichs in die Küche gelaufen und hatte sich, ehe die Frau begriff, was los war, am Schrank bedient, so, als habe er sich schon immer hier ausgekannt.

Später fanden wir eine Methode heraus, wie wir ihn zum Essen motivieren konnten. Wir ließen die Reste der Mahlzeit einfach auf dem Herd stehen. Wenn er sich unbeobachtet fühlte, nahm er schon mal einen Löffel voll. Hatte er erst mal das Essen probiert, akzeptierte er es meistens auch.

Der Frühling ließ wieder mal grüßen!

Solange ich zurückdenken kann, war er meine liebste Jahreszeit. Aber jetzt hatte ich einen regelrechten Horror vor dem Frühjahr. Markus' Unruhe steigerte sich in dieser Jahreszeit bis auf ein für alle kaum noch erträgliches Maß. Diese Unrast, dieses unentwegte Auf-die-Möbel-Klettern und gleichzeitig wieder Hinunterspringen, ohne Unterbrechung, läßt sich kaum beschreiben. Ein Unbeteiligter würde sich das zehn Minuten lang ansehen und sagen: „Ach, wie schrecklich!" Aber wir mußte das durchstehen. Stunde um Stunde, den ganzen Tag über. Und das wochenlang. Aber erst mal der arme kleine Kerl! Selbst wenn er vom Toben schon so ausgelaugt war, daß er wie ein nasser Sack in der Ecke saß, zappelten immer noch seine Glieder. Manchmal packte mich das Erbarmen. Alles Schimpfen: „Geh hier nicht dran! Mach die Schranktür zu! Bleib endlich mal sitzen!“ wäre zwecklos gewesen. Es hätte ihn nur noch mehr unter Druck gesetzt. Deshalb setzte ich mich an besonders schlimmen Tagen in die Küche, paßte auf, daß er sich nicht verletzte oder in der Wohnung großen Schaden anrichtete und ließ ihn toben und treiben.

Bereits nach einer Stunde sah es bei uns so aus, als ob eine Bombe eingeschlagen hätte.

Irgendwann in diesem Frühjahr meinte ich, mein Leben so nicht mehr ertragen zu können. Dieses unablässige Denken-Müssen: Hoffentlich hat Markus nicht ..., um dann, noch bevor ich den Gedanken zu Ende gebracht hatte, vor vollendeten Tatsachen zu stehen; dieses Allgegenwärtig-sein-Müssen setzte mich so unter Hochspannung, daß ich abends nicht einschlafen konnte. Manchmal hatte ich das Gefühl, im fahrenden Zug zu sitzen, oder – noch schlimmer – aus dem Bett gekippt zu werden. Mein Körper sträubte sich gegen die ständige Überforderung.

Aber irgendwie *mußte* ich doch zur Ruhe kommen! Was lag da näher, als Tabletten zu nehmen?

Einmal bekam ich mit Siegfried wegen einer Lächerlichkeit Streit. Infolge meiner momentanen Dünnhäutigkeit steigerte ich mich dermaßen hinein, daß ich mich selbst nicht mehr kannte. Daraufhin setzte sich mein Mann ins Auto und brauste davon. Ich wußte nicht, wohin.

Um Mitternacht wälzte ich mich immer noch von einer Seite auf die andere. Es gelang mir nicht, meine Wut zu bezähmen. Ich stand auf, nahm drei Beruhigungstabletten und wartete auf die Wirkung, die aber – wie ich meinte – nicht eintrat. Noch immer klopfte mir das Herz wie wild. Deshalb nahm ich weitere fünf. Ich wollte schlafen, schlafen, schlafen!

Als ich wach wurde, ging es auf Mittag zu. Siegfried, der ja von den Tabletten nichts wußte, machte ein bitterböses Gesicht. Aber das war mir egal. Auch daß Markus schon seit zwei Stunden die Hose voll hatte, war mir egal. Und ich empfand so etwas wie Schadenfreude, daß mir alles egal war. Ich kam mir unverwundbar vor in meiner Apathie.

Gegen Abend ließ die Wirkung nach, und da – plötzlich – machte mir mein außer Kontrolle geratener Gemütszustand wieder zu schaffen. Alles, was die Kinder machten, war verkehrt.

So ging das nicht weiter! Durch meine Überreiztheit machte ich andern und mir das Leben zur Hölle. Ich mußte raus aus diesem Teufelskreis!

Nach dieser Kurzschlußhandlung dachte ich über mich nach, darüber, was ich wollte und was ich nicht wollte.

Vor allem mußte ich Schluß machen mit den Tabletten! Ich wollte nicht in einer Medikamentenabhängigkeit untergehen. Aber ich wollte auch Markus. Und gerade durch ihn war mein Leben zum Hexenkessel geworden. So fing ich an zu strampeln wie der Frosch in der Milchschüssel, damit zunächst wenigstens der Kopf oben blieb.

Ich danke Gott, daß mich damals jemand darauf aufmerksam gemacht hat, wie brisant es in meiner Situation sei, Tabletten zu nehmen. Im Laufe der Jahre sollte ich noch viele schlaflose Nächte haben. Ich habe gelernt, wie man damit umgeht, ohne gleich in Panik zu geraten.

Die Notwendigkeit einzusehen, sich zu ändern, ist das eine! Aber zu wissen, wo man ansetzen könnte, ist das andere. Bisher hatte ich mich an der Superfrau aus der Waschmittelwerbung orientiert oder an unseren Bekannten, bei denen man „vom Fußboden essen kann". Meine Erziehung spielte auch eine Rolle. An diesen Vorbildern konnte ich nicht länger festhalten. Wenn sie, die Frauen aus unserem Freundeskreis nämlich, ihre Wohnung geputzt hatten, dann war und blieb Ordnung. Dann konnten sie sich mit einem guten Gefühl und einer Tasse Kaffee zurücklehnen. Bei mir sah das anders aus. Während ich an einer Ecke fegte, streute Markus an anderer Stelle bereits wieder. Entweder ich würde lernen, Markus' Unordnungmachen zu tolerieren, oder ich würde ihn nicht mehr lange in unserer Familie behalten können.

Ferner mußte ich lernen, mit meinen Kräften hauszuhalten, Prioritäten zu setzen. Nicht morgens mit dem beginnen, was mir gerade vor die Füße kam, mit Staubsaugen und Bettenmachen! Ich mußte mich auf das konzentrieren, was unbedingt heute erledigt werden mußte.

So strickte ich an meinem ersten großen Bewältigungsmuster; ließ Maschen fallen, ribbelte, fing wieder von vorne an.

Schon seit längerem nagte an mir, daß meine Töchter zu kurz kamen. Es waren lebhafte, wißbegierige Kinder. Aber es ging so nicht weiter, daß sie den Schluß eines jeden angefangenen Satzes hinter mir herrufen mußten, weil ich schon wieder auf und davon war, Markus nach.

Dabei war Anne-Kathrin noch besser dran. Wenn ich die beiden Kleinen ins Bett gebracht hatte, kletterte sie wie selbstverständlich auf meinen Schoß, um mit mir „Eckenraten“ zu spielen. Aber Cornelia! Einmal wären mir fast die Tränen gekommen. Ich hatte Markus aufgefordert, den Ball zu holen, als sie dazwischenkam. „Ich, ich, ich will Ball aufheben!“ Sie wollte doch auch mal so überschwenglich gelobt werden wie ihr Bruder.

Wenn ich doch eine Möglichkeit finden würde, in Ruhe auf ihre kleinen Freuden und Kümmernisse eingehen zu können!

Dann hatte ich es! Ich verlegte meine Hausarbeit in die Abendstunden, wenn die Kinder schliefen. Zumindest das Waschen, Bügeln und Putzen konnte ich dann erledigen, und zwar in Ruhe. So hatte ich tagsüber mehr Luft, bekam Markus besser „in den Griff“ und hatte somit mehr Zeit für die Mädchen.

„Ihr Kind ist schwerbehindert“

Bis dahin hatte ich geglaubt – vielmehr glauben wollen –, Markus sei ein Spätentwickler. Aber seit diesem schrecklichen Frühjahr 1970, spätestens ab jetzt mußte ich mir eingestehen, daß es sich wohl um einen bleibenden Fehler handeln müsse. Aber um welchen Fehler, und wo war die Ursache? Je früher eine Diagnose gestellt wird, hatte ich die Vorstellung, desto größer die Chance auf Besserung. Ich suchte wieder einmal Dr. Kleinert auf, meine einzige Anlaufstelle damals. Heute weiß ich, daß er mit Markus ebenso überfordert war wie ich. Als ich mein Anliegen vorbrachte, schlug er einen stationären Aufenthalt in der Universitätsklinik in M. vor.

Wie eine glückliche Fügung empfand ich den Vorschlag, den meine Schwester uns machte.

„Warum wollt ihr unbedingt wieder einen teuren Urlaub an der See verbringen? Wir könnten euch in unserem alten Bauernhaus drei Räume zur Verfügung stellen."

Schließlich nahmen wir Elsas Angebot an; nicht zuletzt deswegen, weil sie unweit jener Universitätsstadt wohnte. So würden wir Markus oft besuchen können, und der Kleine würde die Trennung besser verkraften.

Es war gar nicht so einfach, die verschiedenen Termine unter einen Hut zu bekommen: Siegfrieds Betriebsurlaub, Anne-Kathrins Schulferien und das freie Bett in der Klinik. Es paßte nicht ganz. Markus sollte bereits Mittwoch eingeliefert werden, während Siegfrieds Urlaub erst am Wochenende begann. Nicht so schlimm! Dadurch gewannen wir drei Tage Zeit. Drei volle Tage, in denen wir den längst fälligen Hausputz in den Gemeinderäumen nachholen konnten. Diese drei Putztage, ohne Markus, feierte ich wie ein Fest. Ich wusch und bügelte die stets überquellende Wäschekiste leer, putzte unsere Wohnung, kochte Marmelade ein, packte Koffer; alles in drei Tagen. Zum Schluß lackierte Siegfried noch die Fenster und Türen in unserer Küche. Am Tag der Abreise genoß ich das wohlige Gefühl, alles in Ordnung zu haben.

Diese Universitätsstadt. Immer wenn sich vor uns die Türme der Kirchen in den Himmel malen, spüre ich diesen Klumpen in der Magengegend. Nie werde ich den ersten Sonntag vergessen, an dem wir Markus besuchten. Unterwegs schon hatte ich mir Gedanken gemacht, wie sie unseren Klettermaxe dazu bringen würden, in seinem Bettchen zu bleiben.

Oder würde er frei herumlaufen dürfen? Aber dabei würde er alles in Unordnung bringen und, falls ein Waschbecken vorhanden war, das Zimmer unter Wasser setzen. Doch die Schwestern waren ja wohl gewohnt, mit Kindern, auch mit schwierigen Kindern, umzugehen. Alles, was ich selber nicht vermochte, traute ich dem Klinikpersonal zu. Deshalb werde ich immer an das Bild denken müssen, das sich uns bot, als wir die Zimmertür aufmachten. Markus, an den Beinchen im Gitterbett festgebunden, streckte mir weinend und jammernd seine Ärmchen entgegen. In meinem Hals steckte ein dicker Kloß. Ich band ihn los und nahm in auf den Arm. Unter seinen Augen entdeckte ich bläuliche Schatten. Man hatte ihm Beruhigungsmedikamente gegeben. Unsere beiden Mädchen indes riefen fröhlich seinen Namen. Sie hatten meine Probleme nicht. Für sie war er der Bruder, den sie nach kurzer Zeit wiedersahen.

Ich hatte nicht nur im Putzen Nachholbedarf gehabt, sondern auch in anderem. In dem, was ein Stück Lebensqualität ausmacht und was für andere eine Selbstverständlichkeit ist: mal durch die Stadt flanieren, hier vor einem Schaufenster stehenbleiben, dort auf einer Parkbank sitzen. Oder ins Café gehen; ja, einfach ganz normale Familie sein. Mit unserem Rumpelstilzchen, das es nie länger als zwei Minuten irgendwo aushielt, ein Ding der Unmöglichkeit!

Am Dienstag der zweiten Woche wollte ich Markus allein besuchen. Ich ging ins Zimmer, aber sein Bettchen war leer. Als ich mich suchend im Gang umschaute, ging eine Tür auf, und die Schwester kam heraus. Mit der einen Hand balancierte sie einen Warmhalteteller, und an der anderen führte sie Markus, der sich beim Gehen nach einer Seite hängen ließ.

„Da ist ja die Mutti", zwitscherte sie. „Unser Sohn hat bis eben geschlafen. Deshalb bekommt er erst jetzt sein Mittagessen. Nun wollen wir doch mal sehen, ob du bei der Mutti lieber ißt." Und ohne meinen Widerspruch abzuwarten, wickelte sie mich in einen riesengroßen Kittel und schob mir Essen samt Markus zu. Ich sah zweifelnd auf den Teller: Erbsen und Möhren, Kartoffeln in der Soße zerdrückt und ein kleingeschnittenes Schnitzel. Zu Hause hätte er nichts davon gegessen. Aber vielleicht hatte das Krankenhauspersonal bessere Erziehungsmethoden als ich. Oder vielleicht war er ohne seinen Brei schon so ausgehungert, daß er sich nicht mehr gegen alles und jedes sperrte. Ich setzte mich also unschuldig hin, so, als wüßte ich nichts von seinen Eßproblemen und versuchte mit viel Überredungskunst, Markus zum Essen zu bewegen. Zweimal war es sogar geglückt, aber beim dritten Happen fing er an zu spucken und zu prusten, so daß der weiße Kittel von oben bis unten mit grünen Erbsen und brauner Soße besprenkelt war. Ich gab auf. Es versetzte mir einen Stich. Für einen Moment hatte ich geglaubt, wenigstens dieses Problem hätte sich von selbst gelöst.

Am Donnerstag fuhr ich wieder allein in die Klinik. Gerade als ich den Gang entlangkam, trat die Schwester von neulich mit Markus an der Hand aus dem Zimmer. Mein Sohn kam mir fremd vor. Er trug ein hübsch besticktes Russenkittelchen. War es wirklich nur das, das mir mein eigenes Kind so fremd machte? Nein. Es war etwas zwischen uns getreten. Etwas, das sich schwer erklären läßt. Zum erstenmal sah ich meinen Sohn wie eine Außenstehende. Ich sah seinen ungleichmäßigen Gang, seinen unsteten Blick. Wieder packte mich der Zweifel, ob er mich überhaupt erkannte. Wußte er, daß ich seine Mutter war? Dämmerte ihm, wenn ich an sein Bettchen trat, daß er mich schon mal gesehen haben müßte? Oder war ich eine Fremde für ihn? Neulich, als er mir weinend seine Ärmchen gereicht hatte, wollte er da nur aus seiner mißlichen Lage befreit werden, und ich kam ihm gerade recht? Jedesmal nach ein paar Tragen Trennung hatte ich mit solchen Empfindungen zu kämpfen.

Die Schwester war gerade dabei, Markus ins Freie zu führen. „Nun wollen wir der Mutti mal deine Spielecke zeigen", sagte sie. Markus, der zu Hause kaum mit Spielzeug sinnvoll umgehen konnte, vielleicht hatte er hier unter Anleitung der Schwestern etwas gelernt? Hoffnungsvoll folgte ich den beiden und schaute mich auf dem tristen Krankenhaushof um. Aber da waren ja keine Spielgeräte, kein Sandkasten; nur

Pflastersteine, nichts als graue, nackte Pflastersteine. Jedoch am Ende des Hofes, da, wo das Pflaster aufhörte, fand Markus doch noch etwas, nämlich Sand und Erde; genug, um sich schmutzig zu machen. Resigniert wandte ich mich ab. Ich weiß nicht, was ich mir von diesem Krankenhausaufenthalt erhofft hatte. Vielleicht hatten die Bemerkungen unserer Verwandten vom geschulten Personal eine Rolle gespielt.

Am Sonntag nach dem Mittagessen zog ich das rote Georgettekleid an und legte eine weiße Perlenkette um. Nach der Besuchszeit wollten wir noch ins Café. Mit dem rechten Fuß angelte ich unterm Bett nach meinen Sandaletten. Dann betrachtete ich mich im Spiegel. Wie jung ich doch noch war! Gerade dreißig! Ich ahnte nicht, daß dies der schwärzeste Tag meines Lebens werden würde. Bei herrlichem Sonnenschein fuhren wir durch die Gegend. Wie ein Flickenteppich breitete sich die Landschaft zu beiden Seiten der Straße aus. Reife Kornfelder wechselten mit saftigen Wiesen, mit Rüben- und Kartoffeläckern.

An diesem Tag sollten wir den Arzt sprechen. Bevor wir hineingerufen wurden, standen wir noch mit der Schwester auf dem Gang.

„Markus wird am Mittwoch entlassen", berichtete sie uns.

„Schon diesen Mittwoch?" entfuhr es mir.

Im stillen hatte ich gehofft, er würde wenigstens drei Wochen bleiben, so lange, wie wir noch Urlaub hatten. Die restlichen Ferientage ohne den Dauerstresser zu verleben, hätte uns allen, die Mädchen eingeschlossen, noch so gut getan.

„Ich verstehe Sie nicht", ereiferte sie sich, „ein Krankenhaus ist schließlich kein geeigneter Aufenthaltsort für ein Kind."

Nein! Das konnte sie auch nicht verstehen. Was wußte diese Schwester schon davon, wie oft ich in diesem Sommer an die Grenzen meiner Belastungsfähigkeit gestoßen war. Wie das ist, wenn man keine Nacht genug Ruhe bekommt, weil das Stehaufmännchen um vier Uhr ausgeschlafen hat und wegen Anne, die ja schon zur Schule ging, in unser Zimmer geholt werden muß. Wenn er noch wenigstens mittags schlafen oder abends früh ins Bett gehen würde! Ich hätte es nie für möglich gehalten, daß ein so kleines Kind mit so wenig Schlaf auskommt.

Wir wurden zum Arzt gerufen.

„Wie Ihnen bekannt ist, wurden hier Untersuchungen wegen Stoffwechselstörungen durchgeführt", sagte er. „Die Befunde, die wir bisher erhalten haben – ein paar stehen noch aus, sind alle negativ. Das bedeutet, daß Ihr Kind an keiner hier in unserer Klinik untersuchten Stoffwechselerkrankung leidet. Unabhängig davon haben wir Ihren Sohn in dieser Woche in der Sprachabteilung der Hals-Nasen-Ohren-Klinik vorgestellt. Man glaubt dort nicht, daß er jemals das Sprechen erlernen wird."

„Aber er hat doch schon angefangen zu sprechen! Mit gut eineinhalb Jahren."

„Und wieviel spricht er heute?"

„Zur Zeit sagt er nur ‚Mama'", gestand ich kleinlaut. Aber vielleicht ist er ein Spätzünder.

Der Arzt nahm seine Brille ab, kaute auf einem Ende und sah auf die gegenüberliegende Wand, so, als suche er nach Worten. Seine Stimme bekam eine mitleidige Färbung.

„Frau Koppetsch, Ihr Kind ist schwerbehindert. Es wird niemals selbständig werden."

Damit hatte ich nicht gerechnet. Es war mir, als stürzte ich in einen tiefen Schacht. Wie sehr hatte ich gehofft, daß nach diesem Klinikaufenthalt eine Wende in unser Leben treten würde, eine Wende zum Besseren, wie auch immer. Noch einmal bäumte ich mich auf.

Selbst Ärzte und Schwestern können nur sehen, was ihnen vor Augen ist! Sie kennen unseren Jungen erst zehn Tage. Sie wissen nicht, was er alles kann, wie pfiffig er manchmal ist. Im Krankenhaus gibt sich jedes Kind anders.

Was danach noch gesprochen wurde, nahm ich nicht mehr auf. Ich war zum Eisblock erstarrt. Wie ein Automat verabschiedete ich mich, und automatenhaft präzise prägten sich mir Einzelheiten ein. Wie wir zum Auto gingen. Wie meine klappernden Absätze in der sonntäglich-stillen, menschenleeren Straße widerhallten. Wortlos wechselten wir hinüber auf die andere Seite, wo Bäume Schatten warfen. Immer noch schweigend stiegen wir ins Auto, das am Ende der Straße parkte.

Während der Fahrt, langsam, ganz allmählich, löste sich die Starre in mir. Ich fing an zu weinen und weinte und schluchzte unaufhörlich. Das Weinen brachte mir Erleichterung.

„Hör doch endlich auf zu flennen!" herrschte Siegfried mich an. Ich fand sein Benehmen vollkommen unangebracht, gefühllos, ja fast brutal. Immer hatte ich mir einen verständnisvollen Mann gewünscht, bei dem ich, den Kopf an seine Schulter gelehnt, Geborgenheit finden konnte.

Den ganzen Nachmittag sprachen wir kein Wort mehr. Wir gingen uns aus dem Weg. Nicht daß ich ihm immer noch böse gewesen wäre, aber ich wollte allein sein, wollte nicht reden müssen. Ich war zutiefst aufgewühlt, getroffen bis ins Mark.

Später brachte ich die Mädchen ins Bett. Siegfried aß bei Elsa zu Abend. Elsas Familie wohnte nämlich nicht in diesem alten Bauernhaus, das sie uns als Feriendomizil angeboten hatte. Auf einmal kam mir die Ahnung, daß Siegfried wahrscheinlich genauso litt wie ich und daß er versuchte, seine Gefühle hinter einem barschen Ton zu verbergen. Ich lag schon im Bett, als ich ihn die Treppe heraufkommen hörte. Er holte sein Bettzeug. Ich drehte mich auf die andere Seite, knipste das Licht aus und versuchte zu schlafen. Aber wie mit Messern wühlte und bohrte es sich in meine Gedanken hinein: nicht sprachfähig – niemals selbständig – schwer behindert.

Ich mußte an Albert Kleiber denken, der „nicht ganz klar in seinem Oberstübchen" war, wie wir Kinder damals sagten. Wie oft hatten wir uns über ihn lustig gemacht. Und nicht nur wir Kinder. Seine Arbeitskollegen machten auch ihre Späße mit ihm. Vielleicht hatte Albert das gar nicht so richtig verstanden. Aber seine Mutter, eine liebe, freundliche Frau! Wie mußte es sie verletzt haben! Zum Schluß soll sie nur einen Wunsch gehabt haben: Ihr Albert möge vor ihr sterben. Ihre Gebete wurden erhört. Albert starb und sie eine Woche darauf.

Markus, unser Sohn, ein Albert Kleiber. So eine Art Dorftrottel! Nein, nicht mal wie Albert Kleiber. Albert konnte sprechen, war selbständig, ging „auf seine Firma", wie er selbst stolz berichtete.

Meine Gedanken drehten sich im Karussell. Nicht selbständig – nicht sprachfähig. Aber Markus konnte doch schon sprechen! Mal dieses Wort und dann ein anderes; allerdings gebrauchte er nie mehr als zwei auf einmal. Könnte es nicht sein, daß er sie speicherte? Daß er sie irgendwann alle wieder aufnahm? Und er konnte Melodien summen. „Summ' mal dieses Lied", forderte ich ihn manchmal auf. Einmal hatte er es auf acht Liedanfänge gebracht. Im nächsten Monat würde er fünf Jahre werden.

Würde am Ende nichts anderes für ihn übrigbleiben als die Tagesstätte, die wir besichtigt hatten?

Ich wälzte mich von einer auf die andere Seite. Dann stand ich kurzentschlossen auf. Leise, damit die Familie, die hier ständig wohnte, mich nicht hörte, huschte ich in meinem kurzen Sommernachthemd die ausgetretenen, knarrenden Stufen hinunter. Vorsichtig klinkte ich die Tür auf. Die Straßenlaterne leuchtete ins Fenster, und so konnte ich erkennen, daß Siegfried mit weit offenen Augen zur Decke starrte. Eine Weile stand ich vor seinem Lager. Er rührte sich nicht. Ich hob die Decke und legte mich zu ihm. Da nahm er mich in die Arme und preßte mich ganz fest an sich. Wir weinten beide. Den Kopf an seine Schulter gebohrt, spürte ich sein unterdrücktes Schluchzen. Wie zwei hilflose Kinder fühlten wir uns. Wie Kinder, die in der Nacht aufwachen und feststellen, daß sie allein gelassen wurden.

Aber wir waren Erwachsene. Von uns wurde erwartet, daß wir die Last der Verantwortung trugen, daß wir Entscheidungen treffen würden. Es würden nicht gleich unsere Eltern nach Hause kommen, und alles würde gut sein.

War denn wirklich niemand da, der uns hätte trösten können? – Und Gott?

Nicht einmal ein Gebet brachten wir in dieser dunklen Stunde zustande.

Der erste Tag wieder daheim. Siegfried brachte die Koffer herauf, und ich packte sie im Schlafzimmer aus. Markus saß derweil auf seinem Lieblingsplatz, auf der Fensterbank in der Küche. Ich sortierte, was noch in den Schrank konnte und was gewaschen werden mußte. Markus! Was er jetzt wohl machte? Alles hatte mich wieder eingeholt! Das unablässige Denken an ihn, das mir schon zur zweiten Natur geworden war, und das innere Kribbeln, das mich dann überkam, wenn ich ihn gerade nicht im Auge hatte.

Er war dabei, den Kohlenkasten zu leeren. Kohlenreste und Müll auf den Tisch, die Eckbank und die frisch lackierte Fensterbank zu streuen. Das war nun die Ordnung und Sauberkeit, für die wir drei Tage geschuftet hatten! Innerhalb einer Viertelstunde alles zunichte! Da habe ich ihn verhauen. Es waren nicht ein paar Klapse, die man einem ungezogenen Kind auf das Hinterteil gibt. Alles „so tun, als ob es mir nichts ausmachte", das innere Aufbegehren der letzten Jahre, das Sichüben im Hinnehmen der Unordnung, weil sich ja doch nichts ändern ließ, der Druck, den Siegfried obendrein noch auf mich ausübte, mit seinem „Muß es denn bei uns immer so aussehen?", all das brach bei mir auf wie ein schlecht verheiltes Geschwür. Und ich schlug und schlug!

Entfernt hörte ich meinen Namen. „Margret, was tust du da?" Meine Mutter stand da, starr vor Entsetzen. Das brachte mich wieder zur Besinnung. Ich war auf dem besten Wege, mein Kind abzulehnen. In der Klinik, als dies Neue, Fremde zwischen mich und Markus getreten war, hatte es angefangen. War ich überhaupt noch die Mutter, die leidenschaftlich erklärt hatte: „Nie, niemals würde ich mein Kind in ein Heim geben?"

Wie verarbeiten es Eltern, wie verarbeitet es eine Mutter, wenn sie die Zukunftsvisionen von dem schlanken, jungen Mann, der in seinem Zimmer die Sachen packt, um in einer anderen Stadt zu studieren, endgültig begraben muß? Wenn ihr gesagt wird, ihr Kind sei so behindert, daß es lebenslang auf Hilfe angewiesen sein wird?

Viel ist mir aus der Zeit nach der Klinik nicht im Gedächtnis haften geblieben. Ich weiß nur noch, daß ich mir jeden Morgen wünschte, der Tage möge schon vorbei sein. Ich sprang nicht mehr fröhlich die Treppe hinunter, um den Kindern die Haustür zu öffnen. Mein Gang hatte etwas Schleppendes an sich.

Ich las weiterhin in der Bibel, wie seit meiner Kinderzeit, aber ich erinnere mich nicht, daß mich eins der Worte erreicht, getröstet, aufgerichtet hätte wie in anderen Situationen meines Lebens.

Wie sehr hatte ich Gott in der Zeit vor der Klinik gebeten, er möge den Ärzten „Erfolg" schenken. Und nun? Ich schrie Gott mein „Warum, o Gott, gerade ich?" entgegen. Diese uralte Frage, die vor mir ein Heer von Angefochtenen gestellt haben mag. Alle um uns herum hatten gesunde Kinder. Warum mußte es uns anders ergehen?

Allmählich rang ich mich wieder zum Gott der Liebe durch. Nein, nicht weil Gott uns strafen will, haben wir Markus. Nichts ist zufällig, nichts ist sinnlos. Einzelne Fäden des göttlichen Planes meine ich, rückblickend, manchmal erkennen zu können. Zwar noch verworren, wie die Verschlingungen auf der Unterseite eines Teppichs, aber dereinst nach diesem Leben werde ich das klare Muster der Oberseite dieses Teppichs kennenlernen.

Einmal stieß ich auf ein Gebet, das mir, die ich mich immer noch von einem Tag zum anderen quälte, wie eine Gebetserhörung vorkam:

> Gib mir Kraft für einen Tag.
> Herr, ich bitte, nur für diesen.
> Daß mir werde zugewiesen,
> was ich heute brauchen mag.

Das war es doch, was ich nötig hatte! Nicht Kraft pauschal, etwa für eine ganze Woche, sondern Kraft für einen Tag: den heutigen. Wenn ich in der Zeit vor der Klinik auf Gottes großes Eingreifen gewartet hatte, so lernte ich ab jetzt, auf Lichtblicke und kleine Wegweiser zu achten.

Bald darauf wurde ich mit einer Familie bekannt gemacht, die ebenfalls einen geistig behinderten Jungen hatte.

Ich lernte sie durch eine Frau kennen, die immer in unsere „Frauenhilfe" kam. Während wir mittags noch den Saal für die Frauenveranstaltung herrichteten, war jene Frau schon immer da, weil sie von ihrem Sohn mit dem Auto gebracht wurde. Dabei sah sie Markus, den wir ja nicht in der Wohnung allein lassen konnten.

„Über uns wohnt eine Familie Müncher, die auch so einen Jungen hat", sagte sie einmal unvermittelt. Da kam mir der Gedanke, doch zu der Familie Kontakt aufzunehmen, um sich auszutauschen.

Bei meinem ersten Besuch erzählte Frau Müncher, daß Roland bis vor einem Jahr kaum gesprochen habe, daß er aber innerhalb kurzer Zeit viele Worte hinzugelernt und daß sie das Frau Meise, der Leiterin des katholischen Kindergartens, zu verdanken habe, die Roland nachmittags mit in die Gruppe nähme.

Meine Gastgeberin hatte mir zwar einen Sessel im Wohnzimmer angeboten, aber dadurch, daß sie immer wieder aufstand, um nachzusehen, was Roland machte, lief ich immer hinter ihr her, damit der Gesprächsfaden nicht abriß. Genau wie bei uns, wenn wir Besuch hatten!

Durch den Kontakt zu Frau Müncher und ihre Erfolge mit Roland bekam ich neuen Auftrieb. Irgendwie mußte es doch auch mit Markus weitergehen. Gerade in jener Zeit, Anfang der siebziger Jahre, rückten die Behinderten ins Licht der Öffentlichkeit. Jahrhundertelang hatte man sie in den hintersten Winkeln versteckt gehalten, als wären sie eine Schande. Von der dunklen Zeit des Dritten Reiches, in der so ein Kind wie Markus bestimmt nicht überlebt hätte, ganz zu schweigen. Aber neuerdings strahlte das Fernsehen immer wieder Sendungen über Sorgenkinder aus. Schon bald hatte ich den Eindruck, daß Sonderschulen, Tagesstätten und Sonderkindergärten wie Pilze aus dem Boden schössen. Und welche Fortschritte die Kinder machten, wenn sie in diesen Einrichtungen betreut wurden! Diese Sendungen und der Umgang mit Frau Müncher formten mich. Auf einmal war die Tagesstätte, die wir besichtigt hatten, nicht mehr jenseits meiner Wünsche.

Charakteristisch für unseren Jungen war seine Vorliebe für artistische Sondervorstellungen. Es schien ihm Spaß zu machen, irgendwo, hoch oben, herumzubalancieren. Er tat es mit schlafwandlerischer Sicherheit. Eines Tages würde ihm das aufs Butterende schlagen, meinten die Nachbarn, denen sich vor Entsetzen die Haare sträubten, wenn sie mit ansehen mußten, wie er sich aus dem Saalfenster, das drei Meter über der Straße lag, herauszuhangeln versuchte. Aber selbst ich, an Schreckensmomente gewöhnt, meinte einmal, mich müßte der Schlag treffen. Hoch oben im Kinderzimmer auf der Fensterbank stand er; aber nicht innen, sondern außen, auf dem Fenstersims. Mit einer Hand sich notdürftig festhaltend, wedelte er fröhlich mit seinem Bettuch, das sich, zu allem Unglück, auch noch weiter unten im Abgasrohr verfangen hatte. Wie, in aller Welt, war er dorthin gekommen? Wir hatten doch sicherheitshalber den Fenstergriff abgeschraubt. Ganz einfach für ihn: Er war durchs Oberlicht geklettert.

In der Adventszeit hatte Markus einen Unfall. Aber nicht bei einer seiner Fassadenklettereien, wie die Nachbarn, die davon hörten, vermuteten, war das Unglück passiert, sondern an einer weniger gefährlichen Stelle, nämlich auf der Treppe.

Wie gewöhnlich ging ich an diesem Nachmittag hinunter, um die Räume für die Abendveranstaltungen herzurichten. Markus nahm ich mit. Wenn ich hier fertig sein würde, wollte ich mit meinen Kindern oben Advent feiern. Dazu stellten wir immer feierlich den Adventskranz auf den Tisch, zündeten die Lichter an und sangen Adventslieder. Selbst Markus liebte dieses besinnliche Viertelstündchen, und ich freute mich, daß er, und wenn auch nur für kurze Zeit, seine Abseitsrolle aufgab.

Meinen Jungen an der Hand, ging ich nach Beendigung der Aufräumungsarbeiten die Treppe hinauf. In dem Moment, als ich die Wohnungstür aufschloß, stürmte er voraus und drehte, wie soundsooftmal am Tag, den Wasserhahn bis hintenan auf. Was dann passierte, geschah in rascher Aufeinanderfolge. Bis ich das Wasser abgedreht hatte, war er schon halb die Treppe hinunter. Ich rief ihn, und diesmal kam er, was er selten tat, sofort zurück. Aber in diesem Augenblick schlug er die Tür zu. Er stand draußen! Bevor ich die acht Meter bis zur Korridortür zurückgelegt hatte, um ihn hereinzulassen, war er bereits dabei, selber zu schließen. In der Eile hatte ich den Schlüssel außen stecken lassen. Aber anstatt nach rechts, drehte er den Schlüssel nach links. Ich war eingeschlossen.

Durch die Milchglasscheibe sah ich schemenhaft, wie er umherhopste, wie er sich übers Geländer beugte, Übergewicht bekam und kopfüber in den Treppenschacht stürzte. Stille! Kein Laut von unten. Anne-Kathrin neben mir, außer sich: „Mama, Mama, der Markus ist tot!" Auf einmal unten Schreien! Gott im Himmel sei Dank! Er lebte noch! Wenn ich doch nur nicht so absolut hilflos gewesen wäre. Kein Telefon im Haus, niemand im Saal, den ich hätte aufmerksam machen können, niemand aus der Nachbarschaft, der um unsere notvolle Lage wußte! Das Weinen kam näher. Schließlich sahen wir, wie er die Treppe hochgekrochen kam.

Auf einmal konnte ich wieder denken. Glasklar sogar. Anne-Kathrin. Sie mußte am Fenster aufpassen, ob nicht jemand die Gasse herunterkam. Nicht lange danach hörte ich sie sprechen. Während ich oben auf den Haustürsummer drückte, machte die Frau, die Anne angesprochen hatte, unten die Tür auf.

O du meine Güte! Wie sah der Arme aus! Aus dem linken Nasenloch zog sich ein Blutfaden. Aber wunderbarerweise hatte er sich „nur" das Schlüsselbein gebrochen, wie die Untersuchung auf der Unfallstation ergab. Das Blut hatte keine besondere Bedeutung.

Es hatte den Anschein, als sollte Markus ab jetzt fortwährend Bekanntschaft mit den gefürchteten Weißkitteln machen.

Silvester 20.30 Uhr. Normalerweise hätte Markus um diese Zeit, als die Jahresschlußfeier begann, längst schlafen sollen. Diesmal bot meine Mutter sich an, bei ihm zu bleiben, damit wir unten unseren Dienst versehen konnten. Als ich mich endlich loseisen konnte, ging es auf 23.00 Uhr zu. In der Wohnung bot sich mir ein seltsames Bild. Mitten in der Küche saß meine Mutter mit einem Kochlöffel bewaffnet, mit dem sie anscheinend Markus zur Räson bringen wollte. Alle Schranktüren und Schubladen standen weit offen, und unser Junge war gerade dabei, vom Tisch zu springen.

„Warum ist Markus noch nicht im Bett?" fragte ich. Meine Mutter wollte antworten, aber statt dessen entrangen sich ihr nur unartikulierte Laute.

„Mutter, was ist dir?" fragte ich besorgt.

„Markus – Markus – der Markus. Er ist – wie – besessen."

Sie wollte weinen, konnte aber nicht. Da beugte ich mich über sie und streichelte sie wie ein Kind, bis sich die Spannung löste und Tränen kamen. Dann sah ich auf Markus. Wir waren ja schon allerlei gewohnt; aber, so wie es heute aussah, würde er wohl die ganze Nacht durchmachen. Ganz gleich wie, wir brauchten augenblicklich Hilfe!

Ich rief den Notarzt an, und er kam auch sofort. Er zog eine Spritze auf und wies darauf hin, daß sie sehr stark sei, daß ich, noch bevor er einstechen würde, das Kind festhalten solle, weil es sonst, noch während des Spritzens hinfallen würde.

Wie gelöst er jetzt im Schlaf wirkte. Ich zog ihn aus und betrachtete voller Mitleid seinen kleinen Körper. Eine von unsichtbaren Mächten zerriebene, von Unruhe gequälte menschliche Existenz!

In diesem Moment läuteten die Glocken. Das Jahr 1971 hatte begonnen.

Nicht umsonst war Markus dermaßen von der Rolle gewesen. Ein paar Tage später mußten wir ihn in die Kinderklinik bringen.

Nach dieser starken Spritze und dem anstrengenden Tag würde er wohl lange schlafen. Deshalb konnten wir nicht begreifen, wieso er am Neujahrsmorgen in aller Frühe so weitermachte, wie er am Abend aufgehört hatte. Gegen Mittag bekam er hohes Fieber. Das Thermometer kletterte auf 40,6 Grad. Und der Notarzt – diesmal ein anderer – wollte sich nicht in seiner Festtagsruhe stören lassen.

Dr. Kleinert, der in der darauffolgenden Woche jeden Tag kam, fand keine Anhaltspunkte für die ständig wechselnden Fieberanfälle. In der Nacht vom 4. auf den 5. Januar schreckte ich hoch. Selbst im Tiefschlaf hörte ich immer, wenn mit meinen Kindern etwas nicht stimmte. Das war mein Glück, sonst wäre der Junge verblutet. Wie eine Fontäne kam es aus der Nase geschossen! Blut und Schleim. Sollte das noch vom Sturz herrühren?

Dr. Kleinert war anderer Ansicht. Er konnte jetzt endlich die Diagnose stellen! Nasennebenhöhlenentzündung. Meine Güte, wieviel Schmerzen mußte das Kind ausgehalten haben! Und wir hatten keine Ahnung gehabt!

Der kommende Sonntag war für unsere Familie ein außergewöhnlicher Tag. Wir nutzten Markus' Krankenhausaufenthalt, um mit unseren Töchtern groß zum Essen auszugehen. Nachmittags Besuch bei ihm.

Er saß in so einer Art Gitterbett, das oben zusätzlich mit einem Netz bespannt war. Ganz zufrieden hockte er da und schaute sich Bilderbücher an.

Heute bekamen wir die Ärztin zu sprechen.

„Es tut uns leid, daß wir ihn in einem Käfigbettchen unterbringen mußten", entschuldigte sie sich. „Aber ein anderes Bett wäre unverantwortlich gewesen. Er läßt sich nämlich nicht davon abbringen, ununterbrochen am Wasserhahn zu spielen. Sie werden verstehen, daß nasse Ärmel nicht gerade zur Genesung beitragen." Immer noch besser, als ihn an den Beinchen festbinden, dachte ich.

„Was halten Sie davon, für zu Hause auch so ein Bett anzuschaffen?" sagte die Ärztin. Sicher hatte sie in den paar Tagen, in denen sie Markus in ihrer Obhut hatte, eine Ahnung davon bekommen, welch ungeheure Aufgabe der Junge für eine Familie sein mußte.

Sie stellte sich das so vor: Das Käfigbett sollte dort stehen, wo Markus alle sehen konnte, also inmitten der Familie.

„Kann er nicht aussteigen?" tastete ich mich vor, denn ich kannte ihn ja.

„Dann müßte er die Schnappschlösser aufdrücken können, und dazu wird er nicht in der Lage sein", meinte sie im Hinblick auf seine schwachen geistigen Fähigkeiten. In diesem Augenblick sahen wir unseren Sohn über den Gang flitzen.

„Aber da ist er ja schon!" rief Siegfried.

Die Ärztin mußte sich erst einmal von ihrer Verblüffung erholen. „Auf jeden Fall können Sie das Bett zusätzlich von außen abschließen", sagte sie dann.

Der Gedanke war verlockend. Ich hätte endlich wieder in Ruhe meine Hausarbeit verrichten können. Aber dann kam der Pferdefuß! Wir hätten das Möbelstück wegen seiner enormen Ausmaße nirgends unterbringen können. Also blieb alles beim alten.

In der letzten Woche seines Klinikaufenthaltes durfte Markus in den hauseigenen Kindergarten. Ich war gerührt. Unser Markus. Und wieder hatte ich ganz stark die Vorstellung von geschulten Kräften, die mehr vermochten als eine pädagogisch ungebildete Mutter.

Von einem Arzt zum anderen

Inzwischen war es wieder Frühling geworden. Wie jeden Tag nach dem Mittagessen, so machte ich mich auch an diesem Tag auf, um für den notwendigen Auslauf zu sorgen. Immerhin ging mir Markus' Zappelei draußen nicht so auf die Nerven wie in der Wohnung. Anne-Kathrin wollte lieber am Haus bleiben und Rollschuh fahren. Alle Kinder aus der Straße fuhren heute Rollschuh. Also zockelten wir drei los. An der rechten Hand hielt ich mit festem Griff den ewig hopsenden, sich hängen lassenden und plötzlich sich losreißenden Markus; links schmiegte sich Cornelias Händchen in die meine. Jetzt war die Gelegenheit, Mama ganz, ganz viel zu erzählen.

Als ich um die Kurve kam, sah ich Kriemhild mit den beiden Kindern vor dem Tante Emma-Laden stehen. Ihr Töchterchen, so alt wie Markus, spielte am Kaugummi-Automaten, der kleine Sohn saß im Sportwagen. Früher, als ihr Töchterchen und Markus noch im Wagen saßen, hatte sie mich des öfteren abgeholt.

„Wie schön, dich mal wiederzusehen", begrüßte ich sie. „Wolltest du zu mir?"

„Nein. Ich gehe hier nur ein bißchen spazieren."

„Ja, dann komm doch mit mir", schlug ich vor.

„Das geht nicht. Weißt du, Mama wartet mit dem Kaffee auf mich."

„Ja, natürlich", pflichtete ich ihr bei. „Vielleicht ein anderes Mal. Ich würde mich jedenfalls freuen."

Beim Weitergehen konnte ich ein dummes Gefühl nicht loswerden. War mir eben nicht, als wäre Kriemhild absichtlich meinem Blick ausgewichen?

Auf der Anhöhe blieben wir verschnaufend stehen. Wie immer, wenn ich hier stand, wendete ich den Kopf, um ins Tal zu schauen. Da sah ich gerade noch, wie Kriemhild in unsere Straße einbog. Warum in unsere Straße? Hatte sie nicht gesagt, daß sie zu ihrer Mutter wollte? Unsere Straße war doch eine Sackgasse. Von dort aus kam sie nicht weiter. Auf einmal fiel es mir wie Schuppen von den Augen. Natürlich, sie wollte zu meiner Nachbarin, mit der sie sich in letzter Zeit angefreundet hatte. Kriemhild, meine Freundin, hatte mich also belogen, schämte sich, mit mir gesehen zu werden. Ich sah auf Markus nieder, der in diesem Moment an meiner Hand baumelte. Welch ein Bild mußten wir abgeben. Und dann Kriemhild, die immer großen Wert auf Äußeres legte!

Sie und ihr Mann waren leider nicht die einzigen, die wegblieben. So nach und nach hatten sie sich alle rar gemacht. Alle, für die wir immer ein „offenes Haus" hatten, denen ich, zwischen Fläschchen geben und Kinder ins Bett bringen, belegte Brote hingestellt hatte. Am liebsten hätte ich sie alle in einen Sack gesteckt und den Berg hinunterrollen lassen! Nette Freunde waren das, die gerade dann wegblieben, wenn man sie am nötigsten brauchte. Wenn man sich ohnehin isoliert vorkam.

In Gegenwart von Markus begann die Isolation bereits inmitten anderer Menschen. Und Markus war immer dabei, wo hätte ich ihn sonst lassen sollen? Bei Gemeindegartenfesten hielt ich mich an der Peripherie auf, dort, wo mein Sohn Erde zum Streuen fand. Niemand von den Kaffeetrinkenden kam zu mir herüber, und ich war damals zu scheu, darum zu bitten. Bei Geburtstagsfeiern konnte ich mich vor lauter „Markus, geh hier nicht dran! Mach die Schublade zu!" an Gesprächen nicht beteiligen. Sobald ich meinen Blick von ihm abwandte, fiel er über Torten und kalte Platten her. Eine Zeitlang hatte ich tapfer durchgehalten; aber dann sah ich ein, daß es so keinen Zweck hatte, zumal Markus nach solchen Verwandtentreffs vor Mitternacht nicht zur Ruhe kam. Ab jetzt fuhr Siegfried allein mit unseren Töchtern zu den Feiern. Nur, ich hatte mich damit erst recht auf eine Abseitsschiene begeben. Und wenn wir meine Schwester Elsa besuchten, die einzige, bei der ich das Gefühl hatte, immer willkommen zu sein, verbrachte ich auch die meiste Zeit im Abseits. Aus nicht erklärlichen Gründen schien sich unser Sohn in ihrer Wohnstube zu fürchten. Und so lief ich hinter ihm her. In die Küche, ins Schlafzimmer, treppauf, treppab. Nur nicht dorthin, wo die anderen waren!

Nachdem Anne-Kathrin an diesem Abend vom Rollschuhfahren hereingekommen war, spielte ich mit den Mädchen Quartett. Aber die Traurigkeit wollte nicht von mir weichen. Nach langer Zeit sah ich mich bewußt in meiner Wohnung um. Ich stippte mit dem Fuß gegen einen unserer Stühle, in die Markus fortgesetzt seine Zähne eingrub. Und wir konnten's nicht ändern. Ich lehnte mit dem Rücken an dem weißen Anbauschrank, der noch ganz passabel aussah, weil er, seines harten Materials wegen, alle Beißaktionen schadlos überstanden hatte, und ließ meine Blicke durch den Raum wandern. Obwohl wir in jedem Jahr mindestens einmal tapezierten, konnte man über der Eckbank vor lauter Fett- und anderer Flecken das Grundmuster nicht erkennen. Mein Blick blieb an der Gardine hängen. Nein, das war kein „Fensterkleid“, wie der Dekorateur sagte. Was vor unseren Fenstern lappig herunterhing, waren mißfarbene Gewebe. Und ich konnte es doch nicht ändern! Markus' Lieblingsplatz war nun mal die Fensterbank. Dahinauf schwang er sich x-mal am Tag, gleich, ob er Kakao, Soße oder sonstwas an den Händen hatte. Angenommen, wir würden unsere gesamte Einrichtung zum Sperrmüll geben, nach einem Jahr würde die neue genauso aussehen.

Eine nie gekannte Bitterkeit überkam mich an diesem Abend. Einerseits konnte ich Kriemhild verstehen. Bei meiner Nachbarin war alles schöner und aufgeräumter. Wer hätte den Unterschied deutlicher empfunden als ich, wenn ich, nachdem ich zum Telefonieren drüben gewesen war, in meine Wohnung zurückkam. Dann stand ich schon mal im Rahmen meiner Küchentür und überblickte kopfschüttelnd das Chaos. In solchen Momenten wünschte ich mir, daß es für einen Tag, nur für einen einzigen Tag keinen katalogpapierübersäten Fußboden, keine verstreuten Lebensmittel geben möge. War das zuviel verlangt? Ich hätte es besser ausgehalten, wenn ich gewußt hätte, wann das ein Ende haben würde. Das war es, was mich so niederdrückte! Ich wußte nicht, würde es im nächsten Jahr noch genauso bei uns aussehen oder in zwei Jahren oder würde es immer so bleiben?

Irgend etwas mußte mit Markus geschehen. Ich wollte endlich wieder den Haushalt familiengerecht führen können, nicht bis in die Nächte hinein arbeiten müssen; Zeit für die Mädchen, für Siegfried, ja auch für mich haben!

Die Phase, die ich nun durchmachte, ist typisch für Eltern wie uns.

Nachdem unwiderruflich feststeht, daß das Kind behindert ist, werden Versuche unternommen, doch noch an der Endgültigkeit dieses Schicksals vorbeizukommen. Man geht auf „medical-tour“, fährt also von einem Arzt zum anderen.

Frau Müncher gab mir die Adresse eines Homöopathen, der außerordentliche Erfolge erzielte.

„Ich kann Ihnen helfen", sagte er beim ersten Gespräch.

Erst viel später fiel mir auf, daß ich aus „helfen" „heilen" herausgehört hatte.

Dann hörte ich von einer Familie, die regelmäßig nach Süddeutschland fuhr, um ihrem Kind Frischzellen spritzen zu lassen.

„Die Eltern haben doch keine Vergleichsmöglichkeiten", meinte Siegfried, der sich distanzierter verhielt als ich. „Vielleicht hätte die Kleine auch ohne die Spritzen diesen Schuß nach vorne gemacht. Und überhaupt, du hast doch von der Universitätsklinik gehört, daß bei Markus nichts zu machen ist."

„Ja, schon. Aber vielleicht würden ihm die Spritzen helfen, durchgängig ansprechbar zu werden. Denn so wie der Junge jetzt ist, das ist doch kein Zustand!"

Siegfried störte es außerdem noch, daß die Krankenkasse die Kosten nicht übernahm. Eine einzige Behandlung kostete um die zweihundertfünfzig Mark. Das war für uns viel Geld. Und alle sechs Wochen mußte die Therapie wiederholt werden. Trotzdem war ich anderer Meinung als mein Mann. Ich wollte nichts unversucht lassen, um mir später keine Vorwürfe machen zu müssen.

Daß Siegfried dann doch noch grünes Licht gab, an den Professor zu schreiben, verdankte ich einer Fernsehsendung, in der eben jener Mann von sich reden machte. Nach zwei Monaten endlich kam Antwort. Der Professor entschuldigte sich mit „einer Fülle von Behandlungswünschen". Anscheinend hatte er viel Zulauf.

Wir waren nur ein einziges Mal dort. Mit Kindern mit Down-Syndrom habe er gute Erfahrungen gemacht, sagte er.

„Aber dann sind wir ja umsonst hierher gekommen. Unser Sohn ist nämlich nicht mongoloid."

„Das würde ich so nicht sagen. Sie müssen's halt ausprobieren. Wenn Ihr Sohn mein Kind wäre, würde ich die Therapie durchziehen."

Dann hatte Siegfried noch Einwände. Die Fahrt sei ihm zu

weit. Er müsse sich jedesmal einen Tag Urlaub nehmen. Dem Professor schien es wirklich nicht darum zu gehen, an uns zu verdienen.

„Nun gut", sagte er bereitwillig, „ich schreibe Ihnen ein Rezept, und Sie gehen damit zu Ihrem Hausarzt."

Dr. Kleinert hielt nicht viel davon. Wenn wir unbedingt wollten, würde er dem Jungen die Spritzen geben. Es war mir klar, daß wir nach zwei Behandlungen keine durchschlagenden Erfolge zu erwarten hatten, aber selbst das kleinste Zeichen von Besserung, das uns bestärkt hätte, blieb aus.

Nach solchen Arztkonsultationen, an deren Ende immer wieder Hoffnungslosigkeit stand, suchte ich Stärkung im Gebet. Aber nicht die Kraft zum Weitermachen allein war es, die ich suchte, ich flehte um ein Wunder. Ich bat um das Wunder, daß die Unruhe von Markus abfallen möge; diese alleszerstörende, keine Konzentration aufkommen lassende Unruhe. Ich war sicher: Ohne die Unruhe würde es sich nicht nur leichter mit ihm leben lassen, er würde auch in der Lage sein, sein Umfeld intensiver, interessierter zu beobachten; was zur Folge haben würde, daß er seinen Entwicklungsrückstand abbauen würde.

Ich las einmal, daß diese Phase, noch ein Letztes aufzubieten, um an der Endgültigkeit vorbeizukommen, Teil einer Entwicklung ist, die Eltern wie wir durchmachen. Am Ende des Prozesses steht Bejahung, Annahme des Schicksals. Menschen, die keine Beziehung zu Gott haben, versuchen ebenfalls ein Letztes, um das Schicksal gnädig zu stimmen.

Auch das Folgende ist typisch für jemand in meiner damaligen Situation. Wenn uns schon kein Doktor helfen konnte, nicht einmal ein „Wunderdoktor" wie jener Homöopath, dann sollte Markus wenigstens so schnell wie möglich in „geschulte Hände" kommen, um soviel wie möglich aufzuholen.

Diese Therapie-Schiene begann nicht etwa da, wo die Medical-Schiene aufhörte. Sie lief vielmehr nebenher, verzahnte sich mit ihr.

Wieviel Glück Frau Müncher doch hatte, weil sie mit einer Kindergärtnerin befreundet war. Sicherlich, Markus war schwierig - milde ausgedrückt -, aber im Klinik-Kindergarten war man doch mit ihm zurechtgekommen. Ob diese verständnisvolle Leiterin, diese Frau Meise vom katholischen Kindergarten, nicht auch Markus dazu nehmen würde? Ich nahm einen schüchternen Anlauf. Doch Frau Meise schüttelte betrübt den Kopf. Roland dabei zu haben sei schon ein Kraftakt. Ich glaubte ihr.

„Aber fragen Sie doch mal Frau Zomer vom kommunalen Kindergarten", riet sie mir.

Das war der Kindergarten, in den unsere Mädchen gingen. Nun, Frau Zomer war keine Frau Meise. Ich traute ihr einfach nicht soviel Einfühlungsvermögen zu. Der Kindergarten war ganz in unserer Nähe. Manchmal konnte ich über die Entfernung von zweihundert Meter Luftlinie hinweg ihre Kommandostimme über den „Exerzierplatz" schallen hören. Aber die Kinder liebten sie trotz ihrer Feldwebelart.

Wie ich die Sache überblicken konnte, hätte von der personellen Besetzung her Markus nichts im Wege zu stehen brauchen. Zumindest an den Nachmittagen nicht; denn dann saßen lediglich ein paar Kinder aus der unmittelbaren Nachbarschaft um den Sandkasten. Der Kinderbus fuhr nur vormittags.

Erstaunlicherweise sagte Frau Zomer zu. Aber bereits am übernächsten Tag machte sie Abstriche. Es wäre wohl doch gut, wenn ich erst mal mitkäme. Das sah ich ein. Auch wenn ich vorläufig keine Zeit gewonnen haben würde. Schließlich würde unser Junge durch das Zusammensein mit anderen Kindern soziales Verhalten lernen.

So saß ich nun Nachmittag für Nachmittag dabei und nahm geduldig hin, was über Markus gesagt wurde. Es wirkte wie Salz in einer offenen Wunde.

„Da aufs Pflaster darf er aber keinen Sand werfen."

„O je, er schleppt noch den ganzen Sandkasten leer."

„Ach Gott, jetzt macht er endlich mal etwas Sinnvolles. Jetzt sammelt er Steine in einen Eimer."

Das Grundproblem war aber, daß die Erzieherinnen sich ihm gegenüber so machtlos vorkamen, weil er sich durch nichts und niemand von seinen Eigenheiten abbringen ließ; auch nicht davon, händeweise Sand zu essen. So etwas konnten sie mit ihrem hygienischen Gewissen nicht vereinbaren.

Einmal, an einem Regentag, als Markus am Fenster saß und sich die Gegend anguckte – ausnahmsweise ruhig – und sich Frau Zomer beschwerte, daß die Fenster aber gestern geputzt worden wären, nahm ich ihn nach Hause und erklärte zu ihrer großen Erleichterung, daß dies hier wohl nicht das Richtige für ihn sei.

Nach dem Mißerfolg im Regelkindergarten hielt ich nach anderem Ausschau. Ich hörte von einer neuen Gruppe in der Kreisstadt. Aber dort nahm man nur körperbehinderte Kinder auf. Als nächstes rief ich Frau Mathsee an, um schon mal meine Fühler wegen eines Platzes in der Tagesstätte auszustrecken.

„Ich habe Ihnen doch schon einmal gesagt, daß ich Kinder unter sechs Jahren nicht aufnehme."

Sonderbar. Und ich hatte immer geglaubt, je früher, desto durchschlagender der Erfolg. Jedenfalls wurde das in den Fernsehberichten so dargestellt.

Weil mir vorläufig nichts anderes übrigblieb, fing ich an, nach eigenem Gutdünken zu therapieren. Einmal, um Markus' Chancen zu verbessern, in einer Einrichtung unterzukommen. Zum anderen hatte ich die Vorstellung, daß er das, was uns so auf die Nerven ging, seine gestörten Verhaltensweisen, in dem Maße fallen lassen würde, in dem er sinnvolles Spielen hinzulernen würde. Ich hatte eben immer noch keine Vorstellung, welcher Art seine Behinderung war, noch immer war das Rätsel um ihn nicht gelöst. Eher würde Wasser bergauf fließen als Markus von seinen Sonderheiten loskommen!

Bis zu diesem Zeitpunkt hatte ich im Umgang mit ihm des öfteren meine Strategie geändert.

Mit dem Baby Markus, von dem ich ja noch annahm, daß es gesund sei, hatte ich gespielt wie eben Mütter mit ihren Kleinen spielen – jedenfalls, ohne ihm direkt etwas beibringen zu wollen. Aber schon beim Kleinkind sah das anders aus. Unbewußt hatten meine Zuwendungen etwas Therapierendes an sich. Ich zeigte ihm, wo das Licht ist, knipste den Schalter an und aus, ließ ihn Dunkelheit und Helligkeit erleben – um am nächsten Tag enttäuscht von vorne anzufangen. Ich spielte mit ihm „Backe Kuchen" und „Wo sind deine Augen, deine Ohren", nur daß ich immer und immer wieder fragen mußte, bis er *einmal* flüchtig reagierte. Schon nach ein paar Minuten war das ohnehin unruhige Kind dermaßen zappelig, vor allem nicht mehr ansprechbar, daß ich meine gutgemeinten Ansätze aufgab. Ich schwenkte nun ins Gegenteil über, nahm ihn auf den Schoß, schaukelte ihn, sang ihm etwas vor; stellte also keine Ansprüche an ihn, sondern kam mehr seinem Bedürfnis nach Geborgenheit entgegen.

Dann kam eine Zeit, in der ich meinte, er nähme, was sich in seinem Umfeld abspielte, sehr wohl wahr, speichere aber nur. Anlaß zu dieser Auffassung gaben Reaktionen, mit denen er uns urplötzlich überraschte, die weit über seinem sonstigen Entwicklungsniveau lagen. Vielleicht mußten wir nur eine Weile zuwarten, dann würde alles da sein? Wegen dieser plötzlichen folgerichtigen Reaktionen haftete Markus schon bald etwas Geheimnisvolles an. Wie eingesponnen in einen Kokon, in eine Welt, zu der wir keinen Zugang hatten, kam er mir vor. Eines Tages würde die Puppenhülle fallen, und der Schmetterling würde sich in seiner ganzen Schönheit entfalten. Je nach Markus' und meiner eigenen Verfassung wechselte diese Annahme mit der Erkenntnis, daß er von sich aus nicht aus seinem Eingesponnensein würde ausbrechen können. Wenn etwas erreicht werden sollte, mußte ich etwas unternehmen. Das war der Zeitpunkt, an dem ich gezielt anfing zu therapieren.

Die wenigen Wörter, die er anfangs noch sprach, hatten sich fast ganz verloren. Er hatte eben seine eigene „Sprache", in der er mit uns kommunizierte. Er gebrauchte uns als Mittel zum Zweck. Wenn er essen wollte, führte er *unsere* Hand zum Löffel, zum Brot. Er begriff nicht, daß er genausogut seine eigene hätte nehmen können. Auf dieselbe Weise „sprach" er mit uns, wenn er etwas zu trinken oder die Schallplatte gewechselt haben wollte. Dann zog er uns zum Kämmerchen, wo der Sprudel stand, beziehungsweise bugsierte uns zum Schallplattenapparat und zwar – zum Erstaunen aller – noch bevor die letzten Takte verklungen waren.

Musik war überhaupt sein ein und alles. Um ihn aus seinem Kokon zu locken, sang ich manchmal meine Anweisungen in irgendeiner Melodie. Wenn ich sang, schaltete er schneller auf „Empfang". Grundsätzlich fühlte er sich niemals angesprochen, wenn ich hinter ihm stand oder wenn die Länge der Küche oder die Geräuschkulisse der Familie zwischen ihm und mir lag. Ich mußte mich, um seine Aufmerksamkeit zu wecken, direkt vor ihn hocken und jedesmal zunächst seinen Namen nennen.

Seitdem Cornelia in den Kindergarten ging, hatte ich mehr Ruhe zum Therapieren. So etwas lief bei uns sehr originell ab, zwischen Geschirrspülen und Küche aufwischen. Ich konnte nicht nach getaner Hausarbeit sagen: „Komm, Markus, jetzt bist du dran. Wir wollen ein bißchen üben." Nein, ich mußte auf seine „Sternstunde" warten, „Sternminute" wäre allerdings treffender.

Er saß auf der Fensterbank. Ich merkte, wie er zunehmend ruhiger wurde, ließ meine Kartoffeln stehen und gesellte mich leise und unaufdringlich zu ihm. Hätte ich ihn sofort angesprochen, wäre er augenblicklich aufgesprungen. Mit leiser Stimme fing ich nun an, ihm etwas zu erzählen. „Sieh mal, Markus, da fliegen Tauben." Nach einer Weile: „Markus, guck mal, dort geht eine Frau mit Regenschirm." Und ich drehte sein Köpfchen in diese Richtung, damit er mit den Augen erfassen konnte, was sich draußen bewegte.

Plötzlich sprach Mutti mich an.

„Soll ich die Kartoffeln zu Ende schälen?"

Nur widerwillig antwortete ich, denn ich wußte, das Band war jetzt durchschnitten. Markus sprang sofort auf und tänzelte mit erhobenen Händen auf Zehenspitzen.

Er schaute sich gerne Kataloge an. Es war endlich etwas, was ihm Spaß machte und wogegen ich nichts einzuwenden hatte. Bereits im Laufstall war mir seine Vorliebe für Bilder aufgefallen. Anfangs kam mir der Gedanke, ob ihn wohl nur das Bunte daran faszinierte. Um ihn zu prüfen, drehte ich das Bild um. Aber ohne Zögern hatte er es wieder richtig gedreht.

Der Gugu, wie er selber den Katalog nannte (abgeleitet von angucken), war das einzige „Spielzeug", mit dem er sich gerne beschäftigte, im Gegensatz zu den anderen Spielen, bei denen ich ständig meine Motivation gegen seine Abneigung setzen mußte. Ich machte mir diese Vorliebe zunutze, indem ich Markus über den Katalog Dinge seiner Umgebung bewußt werden ließ.

Dazu setzte ich ihn auf meinen Schoß. Der Körperkontakt erschien mir wichtig. Er nahm meinen Finger – wieder nicht seinen –, führte ihn über die Seite, machte bei einer Abbildung halt. „Da ist ein Küchenschrank, die Frau hat eine Sonnenbrille auf, das ist eine Zahnbürste." Danach zeigte ich ihm die Gegenstände in natura. Der Katalog war für ihn so etwas wie für andere Kinder der Teddy. Ob in der Wohnung, zum Einkaufen oder zum Arzt, ständig schleppte er das zerfledderte Ding mit sich herum, das vom häufigen Hinfallen bereits in der Mauser war.

Unsere täglichen Spaziergänge waren eine Möglichkeit, mich intensiv mit Markus zu befassen. Ich war nicht böse, daß meine Töchter nicht mehr so häufig mitkamen. Denn um seine Therapiebereitschaft zu wecken, bedurfte es eines ablenkungsfreien Umfelds. Die Mädchen mit ihrem gegenseitigen Ins-Wort-Fallen: „Nun sei du mal ruhig, ich will der Mama auch mal was erzählen", ließen keine Arbeitsstimmung aufkommen.

Ich ließ Markus Gegenstände anfassen, machte ihn auf Geräusche aufmerksam und freute mich über kleine Erfolge, wenn er etwa von selbst an dem Haus, an dem wir gerade vorbeigingen, das Herunterlassen einer Jalousie bemerkte oder ein Flugzeug verfolgte.

Einmal auf dem Rückweg war er, wie so oft, quengelig.

„Markus, gleich sind wir zu Hause", sagte ich.

Aber mein Trösten zeigte mal wieder keine Wirkung.

Nach Hause, nach Hause! Welch abstraktes Wort! Man kann es weder sehen noch anfassen. Wie sollte ich Markus den Sinn von solchen Begriffen vermitteln? Nun, ich sagte sie ihm immer wieder vor, natürlich situationsbezogen. Wenn er sie beim hundertsten Mal nicht verstand, dann eben beim zweihundertsten Mal.

Das größte Handicap aber war der ihm fehlende Nachahmungstrieb. Ohne Nachahmungstrieb ist es kaum möglich, sprechen zu lernen.

Mittlerweile hatte ich, speziell für ihn, allerlei Material angeschafft: Steckbretter, einfache Puzzles, Bilder zum Zuordnen, Bauklötze. Mit zwei oder drei Teilen fing ich jeweils an, um das Pensum nach und nach zu steigern. Was mich allerdings störte, war, daß er seine Aufgaben mit abgewendeten Blicken erledigte. Mir war schleierhaft, wie er das Puzzle trotzdem richtig einsetzen konnte. Nur immer schnell, schnell! Hauptsache, Mama hat ihren Willen und ich meine Ruhe! (Wenn man ständig mit dem Kind umgeht, lernt man seine Verhaltensweisen deuten.)

Wieder einmal hatte ich ein schlechtes Gewissen meinen Töchtern gegenüber. Kümmerte ich mich hingegen mehr um sie, hatte ich das Gefühl, meinen Sohn zu vernachlässigen. Ich fühlte mich wie zerrissen. Aber ich tröstete mich. Die Zeit, die ich jetzt in Markus „investierte", würde ihnen eines Tages zugute kommen. Dann nämlich, wenn Markus so weit sein würde, sich eine Zeitlang selbst zu beschäftigen.

„Wenn du mit dem Jungen nicht fertig wirst ..."

An einem Sonntag im Juni hatte ich mit meinem Mann einen Zusammenstoß. In letzter Zeit war das immer häufiger vorgekommen. Und dabei hatte dieser Sonntag so schön, so harmonisch angefangen!

Im Halbschlaf hörte ich, wie eins unserer Kinder auf bloßen Füßen ins Schlafzimmer getrippelt kam. Ein kleiner Ruck, über Papa hinweg, und der Trippelmensch lag an meiner Seite. Ich öffnete noch immer nicht die Augen, konnte aber an den Körperproportionen feststellen, daß es meine kleine Putte war.

Kurz darauf ein weiterer Ruck! Anne-Kathrin. Sie begann dann auch sofort frisch-fröhlich-laut mit ihrer kleinen Schwester zu streiten.

„Cornelia, das ist aber nicht reell von dir. (Mein Älteste drückte sich immer sehr gewählt aus.) Du hast doch schon vorigen Sonntag den Platz neben Mama gehabt. Heute bin ich mal dran."

Cornelia blieb unbeeindruckt. So? Vorige Woche hatte sie neben Mama gelegen? Das wußte sie ja gar nicht mehr. Sie hatte Mühe, vorgestern und übermorgen auseinanderzuhalten; wie sollte sie da noch wissen, was vor einer Woche war?

Weiß der Kuckuck warum! Meine Töchter rangelten sich jeden Sonntag um mein Bett. Auf einmal tauchte Kind Nummer drei auf und machte den Streitereien ein Ende. Die Schlafanzughose unterwegs verloren, setzte er sich mit seiner stinkigen Gummihose, die innen so richtig vor Nässe quatschte, der erstbesten Schwester aufs Gesicht. Er jedenfalls hatte Platz! Viel Platz sogar!

Mit unserem Morgenschlummer war es nun endgültig vorbei. Unser Stehaufmännchen sorgte dafür, daß Schwung in den Laden kam. Liegen, sitzen, stehen, hopsen; alles in einem. Der Trubel wurde mir zuviel. Ich hüpfte freiwillig aus dem Bett, zog die Jalousie hoch und – hielt überrascht den Atem an. Wolkenlos blauer Himmel. Mein Blick schweifte träumerisch über unser Tal hinweg, hinüber zu den gegenüberliegenden, bewaldeten Hängen.

„Schade", sagte ich seufzend.

„Warum schade?" wollte Siegfried wissen.

„Heute ist Badewetter. Richtig ideal schönes Talsperrenwetter."

„Ja, prima", nahm Anne-Kathrin begierig das Thema auf, „heute versuch ich's im Tiefen, ohne Schwimmflügel."

„Und ich will mit Papa im Boot fahren", übertönte Cornelia alle anderen.

„Seid doch mal still! Hört mal zu!" versuchte ich zu bremsen.

„Mit dem Ausflug, das gibt heute nichts. Heute ist Silberne Konfirmation. Ihr wißt ja, was da zu tun ist?"

„So was Doofes", rutsche es Anne-Kathrin heraus. „Könnten das nicht mal andere machen?"

Natürlich hatte Anne-Kathrin nichts dagegen, daß wir Hausmeister waren, allein schon der schönen, großen Empore wegen. Aber gerade heute ...

Insgeheim mußte ich ihr recht geben. Wie gerne, ach, wie gerne wäre ich an den Stausee gefahren. Es war zur Zeit meine einzige Abwechslung. Ich hatte das Gefühl, meine Tage bestünden nur noch aus Markus und Sand. Das Leben dagegen, das frische, pulsierende Leben bewege sich weitab in einer für mich unerreichbar gewordenen Sphäre. Dieser Sonntagnachmittag würde sich kaum von denen in der Woche unterscheiden. Ich würde neben Markus auf der Straße stehen und in endloser Langmut zusehen, wie er Kies umherstreute. Mit dem einzigen Unterschied, daß ich heute mein Sonntagskleid anhaben würde. Und am Abend würde ich mir nicht zu fein vorkommen dürfen, die Hauseingänge und Garagenzufahrten unserer Nachbarn zu fegen; wie ein Straßenfeger aus früheren Zeiten.

Wie wäre es, wenn *ich* heute den Kaffee machte. Bei dieser Tätigkeit hätte ich es wenigstens mit Menschen zu tun, mit denen ich mal reden könnte. Ganz selbstverständlich hatte Siegfried in letzter Zeit den Hausmeisterdienst übernommen. Weitab von Markus, so als wäre er nur *mein* Sohn.

Kurz vor dem Mittagessen sorgte Markus mal wieder dafür, daß die Mahlzeit in aufgeheizter Atmosphäre verlief. Er angelte sich eine Sprudelflasche vom Tisch und schraubte sie auf. (Das konnte er nämlich neuerdings, Schraubverschlüsse aufdrehen, und bis dahin war ich stolz darauf gewesen.) Er drehte also die Flasche auf und ließ den Inhalt in den Ausguß gluckern. Und das just in dem Moment, als Papa aus dem Saal heraufkam.

„Ja siehst du denn nicht, was der Junge macht?"
„Ich habe doch hinten keine Augen."
Währenddessen rührte ich eifrig in der Soße, damit sie nicht klumpte.
„Ja eben", forderte mich mein Mann heraus, „du wendest doch dem Geschehen um dich herum absichtlich den Rücken zu."
Ich war empört. Nicht allein, daß ich tagtäglich gegen Markus' Anderssein ankämpfen mußte, da stieß ich noch auf Unverständnis, wo ich glaubte, Unterstützung erwarten zu können.
Immer wieder: „Guck mal, was der Junge macht!"
Dieser Ausspruch hatte mittlerweile die gleiche Wirkung, wie wenn man einen Hampelmann an der Strippe zieht. Ich beobachtete mich selbst dabei, daß, wenn ich Siegfrieds Schritte auf der Treppe hörte, ich mich noch mal eilends vergewisserte, was Markus in diesem Augenblick trieb, obwohl ich doch noch vor ein paar Minuten nachgesehen hatte.
Ich lehnte mich kaum noch auf. Hauptsächlich wegen des einen Satzes nicht: „Wenn du mit dem Jungen nicht fertig wirst, mußt du ihn eben abgeben." Dieses Satzes wegen verschwieg und vertuschte ich, was während Vaters Abwesenheit zu Bruch ging. Und das Verheimlichen war es, was ihn wiederum reizte.
Der Ärger stieg immer höher. Man sollte es nicht für möglich halten, wegen einer Flasche Sprudel! Nein, es ging ja gar nicht um den Sprudel. Der Wurm saß tiefer. Wir wurden mit der Belastung nicht fertig.
Ich trug das Essen auf.
„Ich mag keinen Rotkohl", ließ Cornelia sich vernehmen.
„Rotkohl ist gesund", murmelte ich mechanisch.
„Es wird alles gegessen, was auf den Tisch kommt", sagte Vater autoritär.
Als ob er nicht mindestens an jedem zweiten Essen etwas auszusetzen gehabt hätte! Aber ich sagte nichts dazu und schon gar nicht vor den Kindern.
Die Stimmung war einfach auf dem Nullpunkt. Dazu unser

Markus mit seinem familienfeindlichen Verhalten. Ohne Unterbrechung bewegte er sich laufend und hopsend durch die Wohnung. Zwei Minuten am Tisch zu sitzen wäre für ihn eine Leistung gewesen.

Nach dem Disput von vorhin sah ich für diesen Nachmittag, so wie ich ihn mir ausgedacht hatte, alle Felle davonschwimmen. Trotzdem nahm ich einen Anlauf.

„Übrigens", sagte ich, als ich den Tisch abräumte, „heute mach' ich den Kaffee für die Feier."

„Und wer soll auf Markus aufpassen?" Er sagte es sachlich-ruhig, aber jedes Wort saß.

„Ja, duuu." Und dann legte ich los: „Vor vierzehn Tagen hast du den Ausflug an den Rhein gemacht, und vorige Woche warst du bei Richard zum Geburtstag ..."

„Wo du zum Beispiel hättest mitgehen können."

„Nein danke, mir hat der Besuch vor einem halben Jahr gereicht. Maria hat fortwährend an Markus herumgenörgelt. Du hättest sie hören sollen: Ist der aber unruhig heute. Kann man ihn nicht ein bißchen erziehen? Nein, die vorigen Sonntage gehörten dir, laß mir diesen Sonntag."

„Das schlag dir aus dem Kopf. Ich denke gar nicht daran, mich von dir erpressen zu lassen."

Erpressen lassen! Welch zugespitzter Ausdruck! Er reizte mich ordentlich. Doch diesmal wollte ich den Kampf um den Nachmittag nicht aufgeben. Ich verlegte mich aufs Bitten, zwang alles Aufgebrachte hinunter, aber er blieb hartnäckig. Die Schlacht war entschieden, ich mußte wieder eine Niederlage einstecken.

Beim Spülen reagierte ich mich so weit ab, daß ich einen klaren Gedanken fassen konnte. Ich machte mir einen Plan zurecht. Einmal wollte ich herauskommen, weg von der Straße, weg von Markus' Streusucht, mal etwas vorhaben. Aber Siegfried sollte auch einen Denkzettel verpaßt bekommen. Das einzige, womit ich ihn in Rage bringen konnte, war das Auto. Er bangte jedesmal um „seinen" Blechkäfer. Besonders wenn ich so wütend war wie heute. Dann traute er mir keine ausgeglichene Fahrweise zu.

Nun, den Jungen würde ich, wohl oder übel, mitnehmen müssen. Ich wollte nicht auch noch als pflichtvergessene Mutter dastehen. Verstohlen packte ich meine Handtasche: Portemonnaie, feuchten Waschlappen für Markus' Wühlhände und – ja und den Autoschlüssel.

Die Mädchen ermahnte ich, schön am Haus zu bleiben, Papa wäre ja da. Durch den Keller schlich ich zur Garage, verfrachtete meinen Sohn auf den Rücksitz und steckte schon mal den Schlüssel in die Zündung, um gleich ohne Verzögerung starten zu können. Unser Garagentor quietschte nämlich beim Aufschieben. Schnell ließ ich den Motor an und fuhr den Wagen hinaus. Im Rückspiegel sah ich noch, wie meine bessere Ehehälfte um die Ecke geschossen kam und ein Stück hinter mir herlief. Ich lachte laut auf. Er mußte, wie von der Tarantel gestochen, von seiner Couch hochgesprungen sein.

In einem Gartenlokal ließ ich mir ein Kännchen Kaffee und Markus eine Limo herausbringen. Vorsichtshalber bezahlte ich sofort, denn ich wollte nicht das Risiko eingehen, Markus bändigen zu müssen, während der Kellner lange auf sich warten ließ. Die fünf Minuten, bis das Bestellte ankam, waren schon anstrengend genug. Ich redete Markus gut zu, hielt ihn unterm Tisch verstohlen fest, um ihn am Fortlaufen zu hindern. An den Nebentischen erregten wir bereits Aufsehen. Welch ein ungezogenes Kind, mochte man denken. Und dann passierte es! Als das Glas leer war und es somit für Markus nichts mehr gab, was ihn interessierte, sprang er auf. Ich wollte ihn zurückhalten, stieß am Tisch an, das Glas purzelte runter und zerbrach. Ich spürte, wie mir die Röte ins Gesicht schoß. Mit einer Hand den Jungen festhaltend, bückte ich mich, um die Scherben aufzulesen. Unterdessen eilte der Kellner herbei. Ich wollte das Glas bezahlen, aber der Mann winkte ab. Ob verärgert oder freundlich? Ich konnte es seiner Miene nicht entnehmen.

Diese unerquickliche Szene hatte nur wenig Zeit in Anspruch genommen. Jetzt nach Hause fahren? Siegfrieds „Ach, da bist du ja wieder. Hast es aber nicht lange ohne mich ausgehalten", hätte mich noch mehr verletzt. So entschloß ich mich, auf dem Waldlehrpfad spazierenzugehen. Der Kleine an meiner Seite bot ausnahmsweise einen manierlichen Anblick. Er ließ sich nicht hängen, guckte beim Gehen nicht nach hinten und hopste nicht. Auf einmal hatte er das feine Geräusch aneinanderklimpernder Schlüssel in meiner Tasche gehört. Sofort forderte er das begehrte Spielzeug, das ich ihm aus verständlichen Gründen nicht geben wollte. Aber da setzte er auch schon zum üblichen, langanhaltenden Protestgeschrei an. Die Promenade war belebt, und da vorne, waren das nicht Bürgers, die uns entgegenkamen? Ihr Ältester war in Anne-Kathrins Klasse. Schnell gab ich Markus das Schlüsselmäppchen. Als die Leute an uns vorbei waren, drehte ich mich um, voll und absichtlich, und stellte fest – daß sich fünf Köpfe, wie auf Kommando, ebenfalls umgedreht hatten.

Die ganze Zeit über behielt ich das Schlüsseltäschchen im Auge. Auf einmal erschrak ich. Er hatte zwar das Täschchen noch in der Hand, aber der Ring war aufgesprungen, die Schlüssel mußten irgendwo verstreut auf dem Weg liegen. Ich sah mich um, hielt meinen Jungen fest, damit er nicht davonrennen konnte, ging drei, vier Schritte zurück. Meine Augen suchten den asphaltierten Weg ab, bis zur nächsten Kurve. Nichts. Vermutlich waren sie an den Rand gefallen, da, wo Gras, Moos und Waldstauden wuchsen. Und immer die gleiche Bewachsung, nach vorne und nach hinten, soweit das Auge reichte. Ich mußte jetzt klaren Kopf behalten, durfte nicht planlos hin und her laufen. Ich riß Grasbüschel aus und legte sie als Markierung an den Punkt, bis wohin wir gegangen waren. Dann suchte ich langsam, Stück für Stück, den Wegrand ab. Drei Schlüssel hatte ich gefunden, aber der wichtigste, der Zündschlüssel, fehlte noch. Mich erfaßte Panik! Wie sollte ich aus dieser verlassenen Waldgegend nach Hause kommen? Bürgers? In diesem Moment hätte ich allen Stolz fahren lassen und mich an sie gewandt. Aber die waren längst fort. Ich dachte an Siegfried und seine Schadenfreude.

Von Kind an hatte ich gelernt, in der Not zu beten. Aber jetzt beten? Jetzt, wo ich mit Siegfried so zerstritten war? Aber ich wußte mir keinen anderen Rat. Und so betete ich um den verlorenen Schlüssel. Danach wurde ich ruhiger. Auf einmal sah ich etwas blinken. Er steckte mit der Spitze senkrecht im weichen Waldboden. Ich habe das Danken nicht vergessen, und zu Haus angekommen, habe ich vernünftig, ohne zu schmollen, mit Siegfried geredet.

Sand, Erde, Wasser und Schlüssel

Wie schon erwähnt, änderte Markus von Zeit zu Zeit seine Gewohnheiten. Mit Sand und anderem Streubarem hatte er angefangen. Nein, eigentlich früher! Mit Blätterzerzupfen und Tapetenreißen. Als nächstes verlegte er sich auf alles, was flüssig war. Jede Flasche, die er eben erwischen konnte, ließ er ausgluckern. Unzählige Male am Tage drehte er den Wasserhahn auf, planschte er in der Spülschüssel. Ich kam mit Pulloverwechseln kaum nach.

Immer, wenn er sich Neuem zuwandte, sah es für mich anfangs nach Entwicklung, nach Fortschritt aus. So wertete ich auch seinen nächsten Tick, alles zum Fenster hinauszuwerfen, erst mal positiv. Ein Kleinkind macht ja auch ein Spiel daraus, alles zum Laufstall hinauszuwerfen. Erst, als ich Abend für Abend unterm Küchenfenster – das zum Glück zum Garten hin lag – den Inhalt der Spielkiste einsammeln mußte, merkte ich, wo ich das Neue einzuordnen hatte.

Einmal waren es mein zartrosa Nachthemd und andere intime Wäschestücke, die ich auf dem vielbegangenen Gehsteig unterm Schlafzimmerfenster auflesen mußte. Ein anderes Mal das gesamte Innenleben des Kleiderschrankes. Weil aus Richtung Kinderzimmer keine Geräusche mehr gekommen waren, hatte ich angenommen, er schliefe bereits. Ich hatte nicht alle paar Minuten nachsehen wollen, denn einmal beim Einschlafen gestört, wäre er vor Mitternacht nicht zur Ruhe gekommen.

Mit der Zeit fehlten mir sogar einige Gegenstände. Ich nehme an, jemand hat sie gefunden und mitgenommen.

In diese Kategorie, nämlich alles von oben nach unten zu befördern, ordnete ich ebenfalls die Stellung ein, die er mit Vorliebe beim Pipimachen einnahm.

Bis zu seinem fünften Lebensjahr hatte er sich weder aufs Töpfchen noch auf die Toilette setzen lassen.

Aber eines Morgens – o große Freude – die Windeln von der Nacht waren noch trocken. Eilig schleppte ich ihn aufs Klo, machte psch, psch, eben solche Geräusche, die Kinder zum Pipimachen animieren sollen. Auf einmal hörte er es unter sich pullern. Ich sah es seinem Gesichtausdruck an, daß er lauschte. Von diesem Tag an schien er begriffen zu haben, daß er der Verusacher war und daß er diese Geräusche von Zeit zu Zeit sich wiederholen lassen konnte. Ab da begann ein zäher, jahrelanger Kampf, den ich ausnahmsweise gewonnen habe: aufpassen, auffordern, gegen Widerstände ankämpfen, in Zeiten der Mißerfolge nicht nachlassen! – Er war bereits jenseits der Pubertät, als ich mich hundertprozentig auf sein Bemerkbarmachen verlassen konnte.

Phasenweise, so wie jetzt, klappte es schon mal ohne Aufforderung. Und wie ein Gockel sich auf die höchste Spitze begibt, um seine Morgenfanfare loszuschmettern, so brauchte Markus die höchste Erhebung zum Wasser-Loswerden. Ein paarmal war es der Kletterturm auf dem Spielplatz. Einmal brachte er sogar das Kunststück fertig, aus dem Oberlicht des Kinderzimmers zu machen. Fast hätte er Onkel Karl – wir nannten ihn alle so –, der in diesem Augenblick zur Andacht ins Haus wollte, auf den Hut getroffen.

Der schlimmste Terror für uns aber war sein Schlüsseltick. Nicht genug, daß es ihm immer wieder gelang, uns den Schlüsselbund aus der Tasche zu stibitzen, da versäte er auch noch das wertvolle Stück. Und so mußte ich, mit schöner Regelmäßigkeit, bevor ich schnell mal eben einkaufen wollte, erst mal in der Spielkiste, hinterm Bett oder auf der schlecht ausgeleuchteten Empore suchen, um überhaupt aus dem Haus zu kommen. (Die Korridortür hatte aus bekannten Gründen verschlossen zu sein.)

Eine Zeitlang mußte es unbedingt Papas Autoschlüssel

sein. Wenn Papa ihm den Schlüssel wegnahm, weil er zur Arbeit mußte, dauerte es Stunden, bis Markus sich wieder beruhigt hatte. Da fiel mir zum ersten Mal auf, wie sehr er uns tyrannisierte. Dem mußte ein Ende bereitet werden! Papa ging in den Keller, suchte ein paar unbrauchbare Schlüssel zusammen und richtete seinem Sohn ein piekfeines Schlüsseltäschchen her. Was jetzt kam, hatte ich im voraus gewußt. Volle drei Tage Geschrei! Aber diesmal nahm ich auf meine blankgescheuerten Nerven keine Rücksicht.

Nun sollte man meinen, jetzt, nachdem er den Ersatzschlüssel akzeptiert hatte, wäre allseits Ruhe und Frieden eingekehrt. Weit gefehlt. Eines Morgens, als er wieder mal, aus für mich unerklärlichen Gründen, schlecht aufgelegt seine „Tiraden" von der Empore aus in den widerhallenden Saal schickte, warf er voll Wut seinen Schlüssel hinunter. Nun, als ihm bewußt wurde, daß er den Schlüssel nicht mehr hatte, schrie und trampelte er erst recht. Was blieb mir anderes übrig, als unter „Orchesterbegleitung" von oben im Saal unter den Stühlen umherzurutschen und die weitverstreuten Einzelteile zusammenzusuchen. Zitternd vor Aufregung und schwitzend von der ungewohnten Bodengymnastik brachte ich ihm sein Spielzeug. Abrupte Stille! Nach einem einzigen Blick darauf schleuderte er, an Lautstärke zulegend, den Schlüssel zurück. *Was war denn jetzt noch verkehrt?*

Ich hätte ihn schütteln können, vertrimmen – ich weiß nicht, was sonst noch! Dann kam ich drauf. Es mußte noch ein Schlüssel fehlen. Unter der Heizung fand ich ihn schließlich. Wieder einmal war ich perplex. Konnte er doch so etwas wie zählen?

In diesem Herbst wurde Markus sechs Jahre.

Es war dies der Zeitpunkt, auf den ich sehnsüchtig gewartet hatte. Denn nun konnte ich bei der Leiterin der Tagesstätte vorsprechen. Diesmal würde sie ja wohl keine Einwände vorbringen können. Aber ausgerechnet an dem Tag, den ich telefonisch mit ihr vereinbart hatte, tobte Markus wie schon lange nicht mehr. Eins war mir klar! Wenn Frau Mathsee ihn so sehen würde, wären die Chancen gleich Null. Ich war in einer elenden Zwickmühle. Was sollte ich tun? Auf gut Glück einen anderen Termin vereinbaren? Und womit sollte ich das begründen? Sagen, er sei krank geworden? Nein, lügen mochte ich nicht, und die Wahrheit hätte das „Aus" bedeuten können. So schickte ich ein Gebet zum Himmel, und wirklich, während des ganzen Gesprächs saß Markus, für ihn ungewöhnlich, auf meinem Schoß. Zwar blaß und abgekämpft, aber er saß.

Jedoch die Dame mir gegenüber bemerkte: „Sehen Sie doch selbst, wie blaß und kränklich er aussieht." Sie drehte und wendete das Gespräch, um am Ende festzustellen, daß sie ihn nicht aufnehmen könne. Welche Begründung sie angab, weiß ich bis heute nicht mehr. Man muß sich meine jahrelange Anspannung vorstellen, nur so ist zu verstehen, daß mir der Geduldsfaden riß.

„Aber Sie müssen ihn doch nehmen, weil, weil – weil es in diesem Einzugsbereich außer dieser hier nicht noch so eine Einrichtung gibt."

„Müssen, müssen! Na, Sie sind vielleicht gut. Sie wollen ihn loswerden und ich soll ihn nehmen."

So, das saß! Nicht in den wildesten Träumen wäre ich darauf verfallen, daß mir, die ich mich jahrelang bis an die Grenzen meiner Kraft eingesetzt hatte, ein solcher Vorwurf gemacht werden könnte.

Ich fuhr nach Hause. Die Heizung, wegen der Kühle am Morgen eingeschaltet, lief auf Hochtouren, die Septembersonne prallte auf die Windschutzscheibe, mir rann Schweiß vom Gesicht, ich merkte es nicht.

Von da an hatte mein „Strampeln" etwas Verzweifeltes, Unrastiges an sich. Ich lief von Pontius zu Pilatus. Schon lange hatte ich kein Konzept mehr. Wo ich etwas hörte, telefonierte ich, bat um Hilfe, bettelte ich; versuchte vor lauter Ausweglosigkeit, unter Druck zu setzen.

Das begonnene Trainingsprogramm setzte ich fort. Die Vorstellung von Zeit, die ansonsten unwiderbringlich verloren sein würde, trieb mich an.

Streckenweise ging mir die Kraft aus. Die Erfolge fehlten. Doch dann raffte ich mich wieder auf. Wichtig war, so fand ich heraus, die Übungen konsequent beizubehalten.

Und so rollte ich Markus einen Ball zu, den er von fünfmal einmal hielt, war glücklich, wenn er sein Pensum auf zehn Steckerchen gesteigert oder fünf Klötzchen übereinandergeschichtet hatte. Ich hoffte, daß sich sein inneres Vibrieren, das sich in plötzlichem Aufspringen entlud, abbauen lassen würde, und zwar durch Beständigkeit meinerseits und Gewöhnung seinerseits. Trotz guter gedanklicher Ansätze fühlte ich mich nach zehn Minuten Animierens, Bei-der-Stange-haltens, Lobens verausgabt, frustriert, ja ausgepumpt.

Ich ging jetzt wieder öfter zu dem Spielplatz, auf dem ich Frau Müncher antraf, magisch angezogen durch die Erfolge, die sie bei ihrem Jungen erzielte. Irgendwie mußte es doch auch bei Markus weitergehen. Die Tagesstätte war das letzte Eisen, das ich im Feuer gehabt hatte.

Frau Müncher war sehr stolz, daß ihr Roland inzwischen hundert Wörter sprechen konnte.

„Und wieviel spricht Ihrer inzwischen?"

Ich zuckte mit den Achseln.

„Sie müssen dafür sorgen, daß Markus auch sprechen lernt", riet sie mir.

„Ja sicher, aber wie?"

„Sie müssen ihn in einer Sprachschule anmelden."

„Und wo finde ich die?"

„Gehen Sie zum Sozialamt, dort wird man Ihnen weiterhelfen."

Ich hatte keine Ahnung, was ich da wollte und wie ich mich ausdrücken sollte. Ich war ja damals noch so unerfahren, was Behördengänge anbetraf. Mit dem Mann vom Sozialamt, einem verknöcherten Beamten, kam ich überhaupt nicht zurecht. Zum Glück wurde er kurz darauf pensioniert. Da war mir seine Nachfolgerin, eine nette, junge Frau, wesentlich sympathischer. Teilnahmsvoll hörte sie mir zu. Als ich ihr sagte, daß Markus seine Sprache eher verliere, als daß er etwas hinzulerne, meinte sie:

„Vielleicht kann er nicht gut hören?"

„Doch, hören kann er", versicherte ich.

„Aber vielleicht doch nicht so gut, wie Sie meinen. Jedenfalls könnte ein Test in einem Audiologischen Institut nicht schaden."

Obwohl wir dort angemeldet waren, mußten wir eine ganze Stunde warten. Endlich wurden wir reingerufen.

Auf dem Schreibtisch stand ein Gerät, das Pfeiftöne von sich gab. Da Markus uns ja nicht sagen konnte, ob er die Töne hörte oder nicht, waren wir auf seinen Gesichtsausdruck angewiesen. Schon bei den ersten drei Lauten konnten wir sicher sein, daß er sie vernommen hatte. Danach interessierten ihn weder Pfeiftöne noch sonstwas, er strengte sich nur noch an, von meinem Schoß runterzukommen.

Es ging schon auf Mittag zu, als wir in einen anderen Raum gerufen wurden. Auf einem Kindertisch lagen Klötze, Puzzles, Steckspiele. Markus sollte Bilder erkennen und zuordnen. Zu Hause hätte er wenigstens einen Teil davon gemacht, aber hier wurde er zu sehr abgelenkt. Das einzige, was ihn magisch anzog, war das Waschbecken in der Ecke. Auf der Glasablage stand ein Becher, den er immer wieder vollaufen ließ, um ihn wieder auszuschütten. Als er aber anfing, das Wasser oben auf die Ablage zu gießen, so daß es in Kaskaden zuerst aufs Waschbecken und dann auf den Fußboden lief, erhob Papa Einspruch. Denn schließlich muß auch ein Kind, das nicht sprechen kann, erzogen werden. Aber die Therapeutin war begeistert.

„Lassen Sie ihn doch mit Wasser panschen. Ich finde, daß das durchaus ein sinnvolles Spiel ist. Außerdem beruhigt es."

Da hatte sie recht. Diese Erfahrung hatte ich auch gemacht.

„Spielt er auch mit Sand?" erkundigte sie sich.

„Ja, aber lediglich mit trockenem."

„Das macht nichts. Er wird bald merken, daß er mit feuchtem Sand besser formen kann, und der nächste Schritt wird sein, daß er selber Wasser zum Sand schüttet. (Darauf warte ich bis heute noch.) Auf keinen Fall dürfen Sie ihm immer alles verbieten, sonst kann er sich nicht frei entfalten."

Sie machte mir das Herz so warm, daß ich mir richtig ein bißchen schlecht vorkam, meinen Sohn so wenig eigene Erfahrungen machen zu lassen.

Dann hieß es wieder warten. Diesmal auf das Ergebnis. Um nicht noch mal in diesen unwirtlichen Fluren Markus in Schach halten zu müssen, begaben wir uns in den Hof. Hier war es trotz Nieselregens erfreulicher, wenigstens für Markus. Instinktiv fand er die richtige Ecke, wo er Erde aufs Pflaster streuen konnte.

„Markus, laß das", blieb Siegfried bei seinem alten Erziehungskonzept.

„Du hast doch eben gehört, daß man dem Kind mehr Freiheiten lassen soll", sagte ich.

Keine fünf Minuten später kam aufgeregt gestikulierend ein Mann auf uns zu. Bei dem nun folgenden Wortwechsel stellte sich heraus, daß er hier Hausmeister sei.

„Den Jungen hier alles machen lassen und die Eltern stehen dabei und gucken zu", ereiferte er sich. „Na, Sie werden schon erleben, was bei solch antiautoritärer Erziehung aus dem Früchtchen werden wird", prophezeite er. Er wurde auch dann noch nicht milder, als wir ihm sagten, daß Markus behindert sei.

Mit dem Audiologischen Institut waren wir keinen Schritt weiter gekommen. Dann hörte ich von einer Sprachschule in unserer Kreisstadt. Ich würde zweimal wöchentlich mit Markus dorthin fahren müssen. Aber das wollte ich gerne auf mich nehmen, wenn nur dem Jungen geholfen wäre.

Der Logopäde sah sich meinen unruhigen Gesellen an.

„Kann er sich auch mal eine halbe Stunde selbst beschäftigen, etwa mit einem Spielzeug oder Bilderbuch?" erkundigter er sich.

„Nein", gestand ich.

„Ich meine, nichts für ungut, aber dann kann ich ihn auch nicht hierbehalten."

Es schien ihm wirklich leid zu tun. Leid tat es ihnen allen – fast allen –, bei denen ich angeklopft und um Hilfe gebeten hatte und die mir einen abschlägigen Bescheid gegeben hatten.

War ich dabei zu resignieren? Nein, noch nicht!

Besessen davon, ja nichts zu versäumen, ging ich überall hin, wo ich etwas Neues hörte. Daß ich Markus damit pädagogischen Wechselbädern aussetzte, fiel mir nicht auf. Zu dem Neuen, auf das ich abfuhr, gehörte die Erziehungsberatungsstelle, die aber mehr auf schwer erziehbare Kinder ausgerichtet war als auf behinderte und von der ich beim dritten Mal mit ein paar guten Ratschlägen nach Hause geschickt wurde. Auch das Elternseminar gehörte dazu, zu dem ich herzlich eingeladen wurde. Im Laufe der Abende gewann ich den Eindruck, daß hier manch solide Meinung in puncto Kindererziehung auf den Kopf gestellt wurde; denn die antiautoritäre Welle, die damals in Deutschland Mode wurde, war bis in diese Kreise geschwappt.

„Wie hat es dir gefallen", wurde ich am Schluß gefragt.

„Ja, weißt du", habe ich ausweichend geantwortet, „meine beiden Töchter sind keine Musterkinder. Sie sind anhänglich und aufsässig und lieb und ungezogen, aber wirklich, ich habe keine Probleme mit ihnen. Schicke mir jedoch einen, der mir genau sagt, wie ich mit Markus umzugehen habe. Die Therapeutin im Audiologischen Institut hatte gemeint, ich müßte Markus sich ausleben lassen, der Mann von der Erziehungsberatungsstelle hingegen, ich müßte ständig auf ihn einwirken. Bisher wurden mir nur von einem Rednerpult oder Sprechzimmer aus Vorschläge gemacht, sozusagen aus der Ferne. Was ich brauche, ist jemand, der mich zu Hause, vor Ort, beratend begleitet, der miterlebt, wenn das von ihm aufgestellte Erziehungsprogramm nicht nur nicht anschlägt, sondern das Gegenteil bewirkt."

Hatte ich bisher lediglich Frau Müncher als Gleichbetroffene gekannt, so sollte sich das nun ändern.

Siegfried, der auch Kleingedrucktes liest, fand die Anzeige in der Zeitung: Kur für Mütter mit behinderten Kindern.

Doch ich sagte „ja" und „nein" und „ich weiß nicht", denn ich kannte ja meinen Sohn und seine immensen Anpassungsschwierigkeiten. Mein Mann hingegen konnte meine Bedenken nicht teilen.

„Verstehst du nicht", sagte er eindringlich, „die anderen Teilnehmerinnen werden doch auch ihre behinderten Kinder mitbringen. Du und der Junge, ihr werdet dort keine Außenseiter sein."

In einer Zeit – Herbst 1971 –, in der man in unserer Gesellschaft erst angefangen hatte, sich Behinderter und ihrer Angehörigen zu erinnern, empfand ich dieses Projekt als einen gewaltigen Schritt nach vorn.

Eine der schönsten Erfahrungen war, daß wir nicht wie Menschen zweiter Klasse behandelt wurden. Im Gegenteil. Man bemühte sich, uns den Aufenthalt so angenehm wie möglich zu gestalten.

Bei der ersten Mahlzeit bekam ich einen Schrecken, als ich die weißglänzenden Damasttischtücher sah. Markus' Eßplatz sah gewöhnlich aus, als ob ein Huhn im Teller gescharrt hätte. Aber sooft die Kampfspuren am Tischtuch sichtbar waren, jedesmal war die Decke ausgetauscht worden. Ja, und Kämpfe gab es. Ich wußte schon, warum ich „ja" und „nein" und „ich weiß nicht" gesagt hatte. Wie sollte Markus, dessen Unruhe es nicht zuließ, zwei Minuten am Tisch zu sitzen, auf einmal das Soll von einer halben Stunde erfüllen? Und das dreimal täglich? Ich schämte mich, weil ich keine besseren Tischmanieren aufzuweisen hatte. Außerdem machte es mir vor den anderen etwas aus, daß er, genau wie zu Hause, das meiste, was auf den Tisch kam, verschmähte. Was ihn aber nicht daran hinderte, beim Hinausgehen klammheimlich ein paar Brotscheiben von den Nachbartischen mitgehen zu lassen, von denen er, wie gewohnt, nur die Krusten aß, das Weiche hingegen fallen ließ. Was für ein verwöhntes Kind, ließen die anderen Mütter verlauten.

Überhaupt war dies etwas, was mir nach einiger Zeit sehr auffiel; die mangelnde Toleranz, das fehlende Verständnis, wenn es sich um »anderer Leute Kinder" handelte. Eine Erfahrung, die ich später immer wieder machte. Man nimmt das eigene Kind und seine Behinderung als Maßstab. Zugegeben, ich war auch schockiert, als der zwölfjährige Udo in einem Trotzanfall mit dem Ellbogen den Frühstückstisch „abräumte“, aber ich konnte mich an solchen „Mißgeschicken“ nicht weiden. Ich am allerwenigsten, denn mir erging es mit meinem Klettermaxe ähnlich wie Udos Mutter. Im Salon saßen die anderen Muttis beisammen; erzählend, rauchend, in Illustrierten blätternd. Ich hätte mich gerne bei ihnen aufgehalten. Markus jedoch, der mit Vorliebe auf der Fensterbank umherturnte, erregte Ärgernis.

„Wenn das meiner wäre, ich würde ihm das verbieten“, sagte eine der Mütter. Sie hatte eine Strickarbeit mit einem komplizierten Muster vor sich, an der sie heute nachmittag schon zehn Zentimeter gearbeitet hatte. Ihr kleines mongoloides Mädchen saß derweil im Schneidersitz neben der Mutti. Während der komplizierten zehn Zentimeter hatte die Kleine höchstens einmal ihre Sitzstellung verändert. Ich dagegen war jeden Augenblick aufgesprungen, um meinen Irrwisch von irgend etwas Unerwünschtem fernzuhalten.

Als auch noch andere Mütter in diese Kerbe schlugen, nahm ich meinen Jungen und begab mich in unser Zimmer.

Wieder war ich allein. Ausgegrenzt. Und dabei hatte Siegfried gemeint, ich würde hier keine Außenseiterrolle spielen.

Trotzdem sind es vorwiegend positive Erinnerungen, die ich an diese Kur habe. Es war eine Zeit, in der ich Gesundheit, seelische Kräfte und Selbstbewußtsein in bezug auf Markus' Behinderung aufbaute.

In der dritten Woche kam der Rektor eines Behindertenzentrums zu uns, um einen Vortrag zu halten. Bei der sich anschließenden Diskussion stellte sich heraus, daß die Kinder aus anderen Gebieten längst untergebracht waren. Nur unser Kreis hinkte, was Einrichtungen anbetraf, nach. Als der Redner das hörte, daß es bei uns lediglich die Tagesstätte gab und daß von den sechs betroffenen Kindern nur eins dort untergebracht war, heizte er uns Müttern tüchtig ein. „Machen Sie auf sich aufmerksam. Lassen Sie nicht locker! Gehen Sie zum Schulrat!"

Für mich und die anderen war neu, daß eine Schule für geistig Behinderte eine Schule wie jede andere ist und somit dem Schulrat untersteht.

Am vorletzten Nachmittag machte mir mein Sohn so recht bewußt, daß er, selbst unter Behinderten, die Ausnahme darstellt.

Die Betreuer hatten für die Abschiedsfeier liebevoll Girlanden gebastelt. Aber wie ein Wüstling war Markus hineingestürzt. Angestachelt durch akustische und optische Reize, die das Maß des Erträglichen für ihn überschritten haben mochten, riß er hier einen Luftballon herunter, schnappte er sich dort einen Lutscher. Durch sein Benehmen brachte er Kinder und Betreuer gleichermaßen gegen sich auf. Ihn in Schach halten zu wollen bewirkte nur noch mehr Unruhe.

Irgendwann fand ich mich mit meinem Sohn in unserem Zimmer wieder, wo ich, dumpf vor mich hinbrütend, den Rest des Nachmittags verbrachte. Es war das erste Mal, daß ich Markus mit Gleichbetroffenen vergleichen konnte. Zwar gab es hier Kinder, die weniger intelligent waren. Aber was hieß das schon? Er jedenfalls war derjenige, den man am schwersten verkraften konnte.

„Nehmen Sie Ihr Kind, und gehen Sie!"

Was ich mir in der Kur vorgenommen hatte, nämlich zum Schulrat zu gehen, um für meinen schulpflichtigen Sohn einen Platz in einer Sonderschule einzufordern, wollte ich wahrmachen. Nur, wo war so ein „hohes Tier" anzutreffen? Hatte er irgendwo ein Büro? Wenn ja, wo?

In meiner Erinnerung war der Schulrat die Respektsperson schlechthin, vor der sogar der Lehrer „Manschetten" hatte. Wenn er unangemeldet über die kleine Brücke kam und zielstrebig den Schulhof überquerte, wenn die Propaganda von

Mund zu Mund lief „der Schulrat kommt", saßen wir brav, eingezwängt wie Puppen, auf unseren Plätzen.

Auf einmal hatte ich einen Einfall, wie ich an den Schulrat herankommen könnte! Die Schule, in die Anne-Kathrin ging! Der jetzige Rektor war mein früherer Klassenlehrer. Sicherlich würde er mir weiterhelfen.

Ich hatte Glück. In der nächsten Woche wollte der Schulrat ohnehin in diese Schule kommen. Bei dieser Gelegenheit würde er sich Zeit für ein Gespräch mit mir nehmen, wie der Rektor in einem Telefonat abklären konnte.

Zuerst saß ich der „Respektsperson" beklommen gegenüber. Aber dann, im Laufe des Gesprächs, streifte ich alle Scheu ab. Gut, daß ich damals gelernt habe, keine Rücksicht auf meine Scheu zu nehmen. In späteren Jahren sollte ich noch ganz anderen „Respektspersonen" gegenübersitzen. Menschen, vor denen ich zitterte, weil ich in gewisser Weise von ihnen abhängig war. Stockend, dann fließender stellte ich dem Schulrat vor, wie dringend eine Schule für geistig Behinderte benötigt würde und daß, außer uns, noch viele Eltern darauf warteten.

Der Schulrat hatte aufmerksam zugehört, jetzt nickte er. „Die Schule, von der Sie eben sprachen, ist bereits geplant."

Ich holte tief Luft. Hier hatte sich etwas angebahnt, wovon ich nichts gewußt hatte. Endlich, endlich war ich an der richtigen Adresse.

„Und wann kann mein Sohn aufgenommen werden? Wann ist die Schule soweit?"

Nun, für die Planung rechnete der Beamte von der Schulbehörde etwa zwei Jahre, ja, und der Bau würde weitere zwei Jahre in Anspruch nehmen.

Also noch vier Jahre. Markus wäre dann zehn.

Ich sehe ihn noch vor mir, wie er dasaß, im dunklen Anzug, den Stuhl hatte er ein wenig nach hinten gekippt, seine Hand spielte mit dem Kugelschreiber auf dem Schreibtisch. Für ihn war dies ein dienstliches Gespräch wie jedes andere. Anders für mich, die ich mit allen Fasern meines Herzens auf eine Wende hoffte. Vier lange Jahre! So lange würde ich nicht durchhalten!

Der Frühling stand wieder unmittelbar bevor. O Gott, dachte ich, nicht noch einmal diese Tortur! Die ganze Familie litt darunter. Wir waren nicht mehr wir selbst.

Seit dem letzten Herbst bekam Markus ein leichtes Beruhigungsmittel. Aber in solch aufwühlenden Zeiten, wie es das Frühjahr ist – und in abgeschwächter Form der Herbst –, reichte es nicht. Genausogut hätte ich ihm Wasser geben können.

In der Vergangenheit hatte ich verschiedene Mittel ausprobiert. Entweder sie schlugen nicht an, oder sie beeinträchtigten ihn so, daß er „pädagogisch unzugänglich" war oder – was ich noch übler fand – daß er labil war und viel weinte.

In meiner Ratlosigkeit rief ich Frau Starke an, die ich von der Mütterkur her kannte. Sie nannte mir die Medizin, die ihr Junge einnahm, und zwar schon lange.

„Ist das nicht ein Medikament, das sonst nur Erwachsene nehmen?" fragte ich.

„Sicherlich, aber wie gesagt, Stefan verträgt es."

Was Frau Starke, die meinen Jungen vier Wochen miterlebt hatte, dann noch durchblicken ließ, machte mich mehr als betroffen. Ich hätte ja keine andere Wahl mehr. Entweder, ich würde mich für ein gut wirksames Medikament wie dieses entscheiden, oder ich könnte mir eine Unterbringung in einer Tagseinrichtung aus dem Kopf schlagen.

Ich sprach mit unserem Arzt darüber. Und Dr. Kleinert, Facharzt für Kinderkrankheiten, sagte das, was er immer sagte, wenn ich mit Markus' Problemen zu ihm kam: „Probieren Sie die Tropfen halt aus."

Zunächst ging alles glatt. Markus war merklich ruhiger. Aber nach einer Woche war er immer öfter knatschig. Dann kam die Nacht auf den Ostersonntag, die ich in meinem Leben nicht vergessen werde. Wir wollten gerade zu Bett gehen, als Markus aufwachte und weinte.

„Er wird schlecht geträumt haben", vermutete Siegfried und holte ihn in unsere Betten. Ich streichelte ihn, sang ihm etwas vor. Nichts half. In einem fort sprang er auf und legte sich wieder hin. Um zwei Uhr, als er sich im Toben eher noch gesteigert hatte, holte ich noch mal die Medizinflasche. Aber anstatt zur Ruhe zu kommen, tobte er noch mehr. Ich hatte das Gefühl, diese Nacht würde nie enden. Eine Stunde später holte ich zum dritten Mal die Tropfen. Mitten im Abzählen hielt Siegfried meine Hand fest.

„Begreifst du denn nicht, daß er *davon* diese Anfälle hat?" Entfernt dämmerte mir, schon mal gehört zu haben, daß Beruhigungsmedikamente bei machen Menschen ins Gegenteil umschlagen können.

Wie sollte es nun weitergehen? Das eine Medikament zu schwach, das andere zu aggressiv! So etwas wie in der Osternacht wollte ich nicht noch mal erleben. Nach meinem Dafürhalten mußte Markus in einer Klinik, unter ärztlicher Kontrolle, eingestellt werden. Mir fiel die Kinderklinik ein, in der er vor gut einem Jahr wegen seiner Nebenhöhlenentzündung behandelt worden war. Genau! Das war die Lösung! Dort war man doch so gut mit ihm zurechtgekommen. Als es ihm besser ging, hatte man ihn sogar in den Klinikkindergarten gebracht. Und auch die Ärztin hatte soviel Verständnis für meine Probleme gezeigt!

Nun war Markus seit einem Tag nicht mehr zu Hause.

Heute weiß ich, daß nicht allein der Wunsch nach einer Medikamentenumstellung die Triebfeder für mein Handeln war. Ich wollte, und wenn auch nur für kurze Zeit, die Last lossein. Heute benutzen wir gerne das Wörtchen „Probleme". Aber wer seine Angelegenheit, vielleicht mit ein wenig Mühe, selber regeln kann, hat keine Veranlassung, von Problemen zu sprechen. Erst wenn wir an etwas nicht heranreichen, wenn es uns über den Kopf wächst, wenn nichts mehr greift, wenn wir uns machtlos vorkommen wie ich Markus' gestörten Verhaltensweisen und seiner Unruhe gegenüber, dann hat das Wort „Probleme" Berechtigung. Die Verzweiflung hatte mich damals sogar so weit getrieben, daß ich einmal, als er wieder von außen auf der Fensterbank stand, gedacht hatte: Wäre er doch hinuntergefallen. Das schlechte Gewissen wegen dieses einen, kaum eine Sekunde währenden Gedankens hatte mich wochenlang geplagt. Auch jetzt quälte ich mich damit, Markus abgeschoben zu haben. Gleichzeitig fühlte ich mich wie als Kind, wenn ich schulfrei hatte, aller Sorgen ledig.

Als erstes wollte ich mir den Luxus eines Mittagschläfchens gönnen. Aber ich konnte nicht schlafen. Meine aufgepeitschten Nerven ließen mich nicht zur Ruhe kommen. Ich hörte den Wind im Kamin singen. Ein Zeichen für schönes Wetter. Meine Gedanken kreisten um den hellblau geblümten Stoff in der Schublade. Vielleicht würde ich Zeit haben, mir ein Kleid zu nähen?

Plötzlich schrak ich zusammen, weil unser Telefon klingelte. (Seit einem halben Jahr hatten wir ein eigenes.) Noch bevor ich den Hörer abnahm, ahnte, nein, wußte ich mit an Sicherheit grenzender Wahrscheinlichkeit, wer dran war. Vor mir drehte sich alles vom schnellen Aufspringen.

„Wie bitte, Markus abholen? Aber warum denn?"

„Ich kann Ihnen am Telefon nichts dazu sagen", hörte ich eine Frauenstimme. „Aber bitte kommen Sie sofort."

„Sofort kann ich nicht!" sagte ich störrisch. „Ich muß warten, bis unser Auto da ist, bis mein Mann von der Arbeit gekommen ist."

In der Klinik erfuhr ich alles. Er hatte in den zwei Tagen weder Essen noch Trinken, noch Medikamente zu sich genommen.

Er hatte sich ausgezogen, ins Bett gemacht und mit seinen Exkrementen, wie die Schwester so schön sagte, sich und seine Umgebung beschmiert. Man drückte mir ein Rezept in die Hand. Diese Tabletten wären hier ausprobiert worden, die sollten ihm zu Hause weiter gegeben werden.

Nein. Ich wollte mich nicht so einfach abspeisen lassen. Ich wollte den Mund auftun.

„Woher wollen Sie wissen, daß dieses Medikament gut für ihn ist, wenn er nichts davon genommen hat?" sagte ich.

Dann besann ich mich. In diesem Ton zu reden hatte keinen Zweck. Ich brachte das Personal nur gegen mich auf.

„Ich bin in einer Notsituation. Bitte weisen Sie mich nicht ab." Aber man war ziemlich ungnädig. Ich wies darauf hin, daß Markus doch im vorigen Jahr schon einmal hier gewesen war.

Für dieses äußerst schwierige Kind wäre man hier personell nicht eingerichtet.

„Nehmen Sie Ihr Kind, und gehen Sie."

Daß man uns nicht zur Tür hinausschob, war alles.

Nach drei Tagen setzte ich die Medizin wieder ab. Der Junge wurde davon nur taumelig. Er stieß überall an und hatte blaue Flecken. Ich suchte weiter. Absagen, Achselzucken, Vertröstungen, ja Rausschmisse - und kein Ende. Die Schwierigkeit bestand ja nicht darin, eine Klinik zu finden, sondern *die* Klinik zu finden, die Markus nahm. Ich war an an dem Punkt angekommen, daß ich glaubte, nirgends, in ganz Deutschland nicht, würde es einen Platz, eine Institution, eine Stelle geben, die mir weiterhalf.

„Du bist eine chronische Optimistin", meinte Siegfried, als ich äußerte, doch noch bei der netten Dame vom Gesundheitsamt vorsprechen zu wollen, ob sie nicht etwas wüßte.

Natürlich gäbe es so etwas, meinte sie. Nur müßte ich bereit sein, ein halbes Jahr Wartezeit und länger in Kauf zu nehmen. Ich war bereit. Ich war zu allem bereit, wenn ich nur wieder eine Perspektive hatte, die näher lag als vier Jahre.

Alles umsonst?

Plötzlich und unerwartet gab es doch einen Wendepunkt!

Frau Starke rief bei mir an. Sie war ganz aufgeregt.

„Wissen Sie das Neueste? Die Arbeiterwohlfahrt plant einen Sonderkindergarten."

Plant! Das hatte ich noch vom Schulrat her in Erinnerung. Das hörte sich nach Noch-lange-dauern an.

„Nein," beteuerte Frau Starke, „das Haus steht bereits. Es soll nur noch umgerüstet werden. Aber dabei kann es sich doch höchstens um ein paar Monate handeln."

„Und was hat der Kindergarten mit Ihrem elfjährigen Stefan und meinem fast siebenjährigen Markus zu tun?"

„Ich habe gehört, daß dort alle Kinder aufgenommen werden, unabhängig vom Alter; bis die Schule fertig ist." Frau Starke nannte mir noch die Adresse, die ich anschreiben sollte.

Ja, das war wirklich das Schönste, was ich seit langem gehört hatte. Bliebe noch eine große Frage! Würde dort auch Markus aufgenommen?

Mittags, wenn ich Cornelia aus dem Kindergarten abholte, nahm ich immer die Post aus dem Briefkasten. Reklame, noch mal Reklame. Heute schien nichts Gescheites dabei zu sein. Aber hier! Ein Brief von der Kreisverwaltung. Mein Herz machte einen freudigen Hüpfer. Wir waren mit Markus zum Gesundheitsamt bestellt. Wegen des Sonderkindergartens.

Nun, er war während des Vorstellens nicht außer Rand und Band, aber auch nicht so, wie ich es mir gewünscht hätte. Trotzdem verlief die Unterredung glatter, als ich zu hoffen gewagt hatte. Gesprächsweise erwähnten wir, daß Markus öfter fortlaufe.

„Läuft er irgendwo hin?" half uns der künftige Leiter des Kindergartens, den wir dort gleich kennenlernten.

„Ja, Sie haben recht", sagte ich, erleichtert über sein Einfühlungsvermögen, „er läuft dahin, wo er Sand und Erde findet."

Trotz seines Verständnisses machte uns Herr R., der neue Leiter, zur Auflage, Markus in einer Klinik ruhigstellen zu lassen.

„Markus ist bereits angemeldet. Wir warten nur noch auf den Aufnahmetermin", sagte Siegfried.

Abschließend erfuhren wir, daß es sich tatsächlich nur noch um ein paar Monate handelte, bis der Kindergarten eröffnet würde.

Beschwingt gingen wir zum Auto. Wir hatten eine Zusage bekommen. Trotzdem konnte ich mich eines Restes an Skepsis nicht erwehren. Wer wollte mir das auch verargen nach allem, was in den letzten Jahren gewesen war?

Im Dezember kam der Aufnahmebescheid von der Klinik, dem ein Anamnesebogen beilag, ein zwölf Seiten umfassendes

Papier, in dem nicht nur nach Markus' Vorgeschichte gefragt war, sondern nach der unserer ganzen Sippe. Ich konnte mir nicht vorstellen, was die Krankheiten von Oma und Opa, mütterlicher- und väterlicherseits, mit dem Medikamenten zu tun haben sollten, die Markus dort verordnet bekommen würde.

So füllte ich Seite um Seite aus, aber insgeheim sagte ich mir: Wozu? In zwei oder drei Tagen können wir ihn ohnehin wieder abholen.

Der 10. Januar 1973 war der Aufnahmetag. An der Pforte wurden die üblichen Formalitäten abgewickelt. Markus hatte man schon mitgenommen, damit wir ungestörter unsere Angaben machen konnten.

„Kommen Sie, Sie können sich jetzt von Ihrem Kind verabschieden", sagte die Schwester. Ich schüttelte den Kopf und kämpfte mit den Tränen. Ich wollte mich nicht verabschieden. Ich verabschiedete mich niemals von Markus.

Die unliebsamen Erfahrungen im Nacken sprang ich jedesmal hoch, wenn das Telefon läutete. Am dritten Tag hielt ich es nicht mehr aus. Ich ließ mir die Schwester geben.

„Ihrem Söhnchen geht es gut", sagte sie.

„Ißt er denn?" Die Kinderklinik, in der er nichts zu sich genommen hatte, lag nämlich noch nicht lange zurück.

„Natürlich ißt er. Sie brauchen sich keine Sorgen zu machen." Vermutlich wollte sie mich nur nicht beunruhigen.

In der zweiten Woche löste sich die Anspannung. Man hatte Markus tatsächlich dabehalten, jedenfalls bis jetzt.

„Weiß du mit deiner markusfreien Zeit nichts Besseres anzufangen als zu nähen?" wunderte sich Siegfried. Nein, das konnte er wahrscheinlich auch nicht verstehen. Ich hatte seit Jahren nichts anderes mehr getan, als lediglich meinen Haushalt gefüttert wie einen riesigen, nimmersatten Moloch. Meine aus Zeit- und Kraftmangel unterdrückte Kreativität brach nun hervor.

Und so saß ich tagelang an der Nähmaschine, schnitt zu, heftete, nähte. Eine ganze Kollektion war bereits entstanden: Trachtenröckchen für meine Töchter; dazu passende Blusen, dunkelblaue Hosenanzüge, alles im Geschwisterlook.

„Das soll eine Clubjacke für Markus werden." sagte ich zu Siegfried.

„Eine weiße Jacke? Für unsere Wühlmaus? Die paßt doch wie die Faust aufs Auge."

Seltsam. Das hatte ich in der kurzen Zeit, in der er nicht zu Hause war, glatt vergessen.

Inzwischen war es Ende Februar geworden. Über meine Nähmaschine gebeugt, hatte ich gar nicht mitbekommen, daß schon seit Tagen die Sonne schien.

An diesem Mittag nahm ich meine beiden Töchter und machte mit ihnen einen langen Spaziergang. An den Straßenrändern schmolz der Schnee. Das Schmelzwasser vermischte sich mit dem Granulat, das der Streuwagen bei Wintereinbruch auf die Fahrbahn gespuckt hatte. Drüben am Gebüsch schimmerten die ersten Weidenkätzchen. Eine Meise schickte ihr Zitzidäh in die milde Luft. Ich hob den Kopf und ließ mir von der Sonne das Gesicht streicheln. Es war Frühling geworden. Nach Jahren wieder ein Frühling, den ich nicht zu fürchten brauchte.

Mitte März konnten wir unseren Sohn aus der Klinik abholen. Der Chefarzt ließ uns hereinrufen. Er sagte zu uns, daß dieses Kind für eine Familie nicht tragbar wäre. Mit Rücksicht auf unsere gesunden Mädchen sollten wir ihn abgeben.

Ich saß da und versuchte meiner Empfindungen Herr zu werden. In dem Vierteljahr Trennung hatte ich, genau wie damals während des Klinikaufenthaltes in M., Abstand von Markus bekommen. Wieder erlebte ich ihn wie eine Außenstehende. Vorhin in der Halle, am Fuß der Treppe, hatte die Schwester, unseren Jungen an der Hand, auf uns gewartet. Wie süß er ausgesehen hatte in dem braunen Mäntelchen und mit der Russenkappe. Jubelnd waren seine Schwestern auf ihn losgestürmt. Anne-Kathrin hatte Bonbons aus der Tasche gekramt und sprechen lassen. Mild lächelnd hatte die Schwester bei diesem Familienwiedersehen zugeschaut und staunend bemerkt: „Wie sie sich alle freuen!"

Ich hatte mich vor Markus gehockt, ihn auf den Arm genommen und meine Enttäuschung darüber, daß er mich scheinbar wieder nicht erkannte, hinter einem fröhlichen Lachen verborgen.

Nun saßen wir hier, dem Chefarzt gegenüber. Ich hätte nur zu nicken brauchen, und wir hätten auch weiterhin das leichte, bequeme Leben der letzten drei Monate gehabt. Nein, nein und noch mal nein! Ich wollte unseren Jungen zu Hause haben. Und was sagte der Vater dazu? Eher sachlich: „Wir haben einen Platz im Sonderkindergarten. Damit wollen wir es zunächst versuchen."

Im Klinikbericht tauchte zum erstenmal die Diagnose auf: Frühkindlicher Hirnschaden unklarer Genese.

Drei Wochen nach der Klinik nahm der Sonderkindergarten seinen Betrieb auf.

Markus war zu diesem Zeitpunkt siebeneinhalb Jahre alt.

Meinen Sohn an der Hand ging ich an diesem denkwürdigen Tag unsere Gasse hinunter, überquerte die Straße und wartete auf dem großen Platz vor den Garagen auf den Kleinbus, der heute das erstemal und dann jeden Morgen kommen würde. Diese Abholstelle hatte der Busfahrer mit mir ausgemacht, wegen der Sackgasse, in der wir wohnten.

„Du gehst heute in den Kindergarten", erklärte ich Markus. Es störte ihn nicht. Er hopste ein paarmal auf der Stelle, griff dann aber voll in die feuchte Erde und streifte seine Hände, zwecks Säuberung, an seinem dunkelblauen Parka ab, was mich sehr störte. Ich hätte mir gewünscht, ihn wenigstens an diesem ersten Tag sauber abliefern zu können wegen des guten Eindrucks.

Als ich das Wort „Kindergarten" mehrmals wiederholte, schien bei meinem Kleinen etwas zu dämmern. Hier, gleich neben dem Garagenplatz, war doch der Kindergarten, in dem er vor etlichen Monaten eine Gastrolle gespielt hatte. Er nahm mich bei der Hand, so, als ob er sagen wollte: „Ja, nun komm! Laß uns doch in den Kindergarten gehen."

Dieser kleine Zwischenfall machte mir Mut. Zum einen freute es mich, daß er trotz der für ihn langen Zwischenzeit den Begriff „Kindergarten“ nicht vergessen hatte und ihn mit dem langgestreckten Bau dort unten in Beziehung brachte. Zum anderen schloß ich daraus, daß es ihm gar nicht so schlecht gefallen hatte, sonst würde er jetzt anders reagiert haben. Der Kindergarten aber war ein Platz außerhalb der Familie, außerhalb seiner gewohnten Umgebung.

Nun, vielleicht würde er doch nicht so sehr in einen luftleeren Raum fallen, wie ich befürchtete.

Am nächsten Morgen wurde ich eines anderen belehrt. Beim Wort „Kindergarten“ zog er blitzschnell die Bettdecke über den Kopf. Das sah ich zum allerersten Mal. Bisher war er immer freiwillig aus dem Bett gehüpft und – entgegen meinem Bedürfnis, allein, ohne Familienanhang zu frühstücken – meistens viel zu früh erschienen. Ohne viel Federlesens hob ich ihn aus dem Bett und trug ihn in die Küche. Ein zäher Kampf begann, bei dem Stühle umpolterten und Türen gegen die Wand knallten. Ich hatte nicht jahrelang auf diesen Platz gewartet, um am Ende doch noch zu kapitulieren. Eine mitleidige Regung überkam mich aber doch, als er ins Kinderzimmer rannte, sein Laken aus dem Bett zog, das er zweifellos mitnehmen wollte; das letzte bißchen Wärme und Geborgenheit in einer für ihn unbegreiflichen Welt.

Weitaus unruhiger verbrachte ich diesen zweiten Tag. Aber nichts geschah. Kein Anruf, keine Beschwerde!

Auch der dritte Tag, ein Freitag, verging ohne Zwischenfälle. Warum sollte ich mir Sorgen machen? Die beiden Betreuerinnen, die sich in dem Mitteilungsheftchen, das Markus in seiner Umhängetasche bei sich trug, vorgestellt hatten, waren ja geschulte Kräfte. Geschult für den Sonderkindergarten, also auch für Markus.

Am Nachmittag, als er nach Hause kam, packte ich als erstes sein Mitteilungsheftchen aus. Ich schlug es auf, las – und las ein zweites Mal. Noch einen gnädigen Augenblick lang hoffte ich, ich hätte nicht richtig gelesen, mich in den Zeilen verhaspelt. Darum las ich ein drittes Mal: „... sehen wir uns bedauerlicherweise außerstande, Ihren Sohn weiterhin in unserer Einrichtung zu betreuen."

Allmählich sickerte Verstehen in meine Verwirrung. Ich begriff den Satz in seiner ganzen Tragweite. Mein jahrelanger Wettlauf mit der schwindenden Zeit, mein Kampf mit Behörden, Bürokratismus und Einrichtungen! Alles umsonst! Das Therapieren mit Puzzles, Steckbrettern; der mühsame Versuch, ihm bei der Eigenversorgung Selbständigkeit anzutrainieren, um ihm so einen besseren Start zu ermöglichen. Alles umsonst! Meine Steifnackigkeit der Meinung meines Umfeldes gegenüber: „Ja sieht sie denn immer noch nicht, daß mit dem Kind nichts los ist; daß es weder fähig ist zu lernen noch willig, sich lenken zu lassen?" Alles umsonst! Ich hatte den Kampf verloren.

Schon lange hatte ich auf „Reserve" umgeschaltet. Nur die Aussicht darauf, daß dieser Tag, an dem er in einer Betreuungseinrichtung untergebracht sein würde, nicht mehr allzu fern sein konnte, hatte mich hochgehalten.

Abgeben. Das war es doch, was wir ihm hatten ersparen wollen. Ein gutes Haus, eins, in dem er gefördert würde – soviel hatten wir aufgrund der Abweisungen begriffen –, würde ihn nicht nehmen. Durch Zufall waren wir einmal in einem Heim. Als uns die Haustür geöffnet wurde, schlug uns ein penetranter Geruch entgegen. Die Hauseltern schienen nette Leute zu sein. Die Art, wie sie sich für „ihre Behinderten" erwärmten, imponierte mir. Aber man sah an allen Ecken und Enden, daß es an Personal fehlte.

Am schockierendsten aber fand ich den Raum, hinten rechts im Gang, in dem zehn oder zwölf Behinderte ihre Aggressionen aneinander ausließen.

Würde für unseren Sohn denn nichts anderes übrigbleiben, als so etwas?

Vermutlich würde ich erst mal eine Weile so weitermachen. Aber wie lange noch?

Ich sah die Abschiedsszene vor mir. „Wollen Sie sich nicht von Ihrem Kind verabschieden?“ würde der Heimleiter sagen. Nein, ich verabschiedete mich niemals von Markus!

Und dann würde die Tür hinter ihm zufallen, und ich würde um ihn trauern wie um einen Toten. Nie, das wußte ich, niemals würde ich ihn besuchen kommen. Ich würde es nicht ertragen, wenn er mich nicht wiedererkannte.

Den ganzen Samstag über lastete dieses Knock-out-Gefühl auf mir, die Vorstellung, nun doch ausgezählt worden zu sein.

Aber bereits am Sonntag fing der Frosch in mir an, sich wieder zu regen. Ich überschlug, welche Möglichkeiten mir geblieben waren. Wohl oder übel mußte ich mit Herrn Rötig, dem Leiter, sprechen.

Am Montag, unterwegs im Auto, legte ich mir zurecht, wie ich mein Anliegen formulieren wollte. Ich wollte Herrn Rötig wissen lassen, wie sehr ich alles auf diese eine Karte gesetzt hatte. Wie ich jetzt am Ende war. Ich wollte ferner versuchen, ihm, der Markus ja noch nicht kennen konnte, klarzumachen, wie chaotisch die ungewohnte Umgebung auf ihn wirken mußte: lauter quirlige Kinder, die, jedes auf seine Art, ihre Eigenheiten hatten. Fremde Menschen, die auf einmal seine Bezugspersonen sein sollten. Schon die Geräuschkulisse mußte sein Gleichgewicht ins Schleudern bringen. Da konnte man doch nicht schon nach drei Tagen aufgeben!

Aber es kam anders.

Freundlich forderte mich Herr Rötig auf, doch in seinem Büro Platz zu nehmen.

„Nein, von Aufkündigen kann nicht die Rede sein“, sagte er.

„Ja kann denn die Betreuerin einfach von sich aus ohne mit Ihnen, dem Leiter, Rücksprache genommen zu haben, schreiben, Markus wäre in dieser Einrichtung nicht tragbar?“ wunderte ich mich.

Nun, das müßte ich falsch verstanden haben, das sei sicherlich anderes gemeint gewesen.

Ich war viel zu glücklich, um nachzuforschen, wer nun was gesagt hatte und wie es letztendlich gemeint gewesen war. Für mich zählte nur eins: Ich konnte Markus am nächsten Tag wieder schicken.

Er wurde nun der Gruppe von Frau Stern zugeteilt. Manchmal denke ich, wie sein Leben wohl verlaufen wäre, wenn sich diese Frau nicht seiner angenommen und wenn sie sich nicht immer wieder schützend vor ihn gestellt hätte.

In der darauffolgenden Woche wurde ich von Frau Stern in den Kindergarten bestellt. Sie war älter als die meisten ihrer Kolleginnen und Kollegen. Neuerdings stürzten sich die jungen Leute auf die sozialen Berufe; ein Phänomen, das mit der gesamten damaligen Entwicklung auf dem Behindertensektor zusammenhing.

Frau Stern war wie ich der Meinung, daß bei Markus ein größeres Potential an Entwicklungsfähigkeit vorhanden sein müsse. Allein deswegen schon fand ich sie sympathisch.

Einige Wochen drauf lag im Mitteilungsheftchen ein Brief. Briefe mit solchem Absender ließen bei mir – auch später noch – alle roten Lampen aufleuchten. Ich überflog die Zeilen.

„Was gibt's?" erkundigte sich Siegfried.

„Frau Stern kündigt für Samstag ihren Besuch an. ‚Ganz privat', schreibt sie."

Über dieses „privat" zerbrachen wir uns den Kopf.

„Vielleicht ist sie alleinstehend und sucht auf diese Weise Kontakt", mutmaßte Siegfried.

Am Samstag erfuhren wir, was es mit dem Wörtchen privat auf sich hatte. Hätte sie sich im Notizheft angemeldet, würde ihr Besuch offiziell als Hausbesuch gelten; dann müßte sie aber auch einen Bericht anfertigen, der dann in Markus' Akten käme. Sie wollte jedoch alles vermeiden, was dem Jungen schaden könnte.

„Nanu", sagte ich, „die kurzen Zusammenfassungen, die Sie täglich schreiben, hören sich nicht gerade überschwenglich positiv an, aber für mich immerhin zufriedenstellend."

Deswegen wäre sie ja hier, erklärte uns Frau Stern. Auch das Heftchen käme, wenn es voll wäre, zu den Akten.

Und dann packte sie aus. Es sei jeden Tag dasselbe. Sobald

Markus' Bus vorführe, schrie er so lange, bis der Bus sich in Bewegung setze.

Die Stimmung um Markus sei nicht sonderlich günstig. Man würde ihn gerne wieder loswerden. Er passe nicht in die Behindertenlandschaft, in das Klischee artig am Tisch sitzender, perlenauffädelnder Kinder. Wenn Besuchergruppen durch das in seiner Art neue Haus geführt würden, mache er durch sein Geschrei, seine Unruhe und durch sein wenig repräsentatives Aussehen – das Hemd vom Hopsen aus der Hose, die Speisekarte des Tages auf dem Pullover und fast immer barfuß – keinen guten Eindruck. Genau wie zu Hause! Ein Schuh in der Spielkiste, der andere auf der Empore unter irgendeiner Bank. Ich versprach Frau Stern Zusammenarbeit, was die Schuhe anbetraf. Es würde zwar Kampf bedeuten, ich müßte Markus zwanzigmal am Tag die Schuhe wieder anziehen; aber das war ich Frau Stern schuldig.

Frau Stern legte Wert darauf, daß sich die Mütter hin und wieder im Kindergarten sehen ließen. Nur so sei eine erfolgreiche Zusammenarbeit möglich, meinte sie. Was den Erfolg anbetraf, so hatten sowohl sie als auch ich uns den bei Markus durchschlagender vorgestellt. Bis da hatte in meinem Kopf noch der Gedanke an das „geschulte Personal" gespukt, das mit ein paar „pädagogischen Tricks" zuwege brachte, was mir nicht möglich war.

„Haben Sie schon einmal etwas von Autismus gehört?"

Als ich wieder mal meinen turnusmäßigen Besuch abstattete, fragte sie mich: „Haben Sie schon mal etwas von Autismus gehört?" – „Autismus, Autismus? Nicht daß ich wüßte", gestand ich. (Erst viel später fiel mir ein, daß ein Arzt einmal Fragen gestellt hatte, die ich seltsam fand, die ich nicht einordnen konnte. Ob mein Sohn lachen, sich freuen könne, die ich selbsverständlich mit „ja" beantwortet hatte.)

Frau Stern war es, die als erste bei Markus autistische Wesenszüge bemerkte.

„Wenn Sie mehr darüber erfahren möchten, kommen Sie doch Dienstag ins Kulturhaus."

Eigentlich bin ich nur dort hingefahren, weil ich Frau Stern, die sich alle erdenkliche Mühe mit unserem Jungen gab, nicht durch Desinteresse enttäuschen wollte. Ich bearbeitete Siegfried, der alles, was mit Schule und Kindergarten zusammenhing, am liebsten mir überließ, so lange, bis er mitfuhr.

Was ich an diesem Abend hörte, war für mich so neu, daß ich Mühe hatte, es in mein bestehendes Konzept, in dem, was ich mir über geistige Behinderung angelesen hatte, unterzubringen. Zunächst wurde ein Film gezeigt; die Geschichte eines Jungen mit den typisch autistischen Verhaltensauffälligkeiten. Bei der sich anschließenden Diskussion merkte ich, daß sich die anderen Teilnehmer wesentlich besser auskannten. Sie bemängelten, daß für diese Art von Behinderung in Deutschland zu wenig getan würde. Ich dagegen saß stumm und dumm dabei und überlegte, was das alles mit unserem Jungen zu tun haben sollte.

„Was hältst du von dem Ganzen?" sagte ich auf dem Nachhauseweg. Siegfried antwortete nicht sogleich, weil er sich aufs Fahren konzentrieren mußte.

„Nun, ich denke schon, daß Markus manches mit dem, worüber heute abend gesprochen wurde, gemeinsam hat."

„Ich kann mich nicht erinnern, daß er Gegenstände – und sogar noch eckige – zum Kreiseln gebracht hätte. Und das soll doch, wenn ich richtig verstanden habe, eins der typischen Merkmale für Autismus sein", sagte ich.

„Aber denk doch mal an Markus' Fassadenturnerei", meinte Siegfried. „Daß diese Menschen mit Vorliebe auf Fenstersimsen umherturnen, davon war doch heute auch die Rede."

„Stimmt", gab ich zu.

„Oder diese stereotypen Beschäftigungen?"

„Von welcher stereotypen Beschäftigung sprichst du?"

„Zum Beispiel von der, wenn Markus mit dem Schlüsselbund Einrichtungsgegenstände abklappert und auf Geräusche lauscht."

„Der Mann von der Erziehungsberatungsstelle hat das aber anders interpretiert."

„Und was ist, wenn er mit Sand rieselt?" beharrte Siegfried.

Auf einmal war mir, als zöge jemand die Decke von meinen Augen. Nicht nur die Sucht auf alles Streubare wurde mir schlagartig bewußt, ich brachte auch alle anderen Gewohnheiten mit dem heute Gehörten in Beziehung: das Gießen mit Wasser, sein Hinundherrennen als Kleinkind, das Schaukeln auf der Gartenschaukel und das Wiegen auf dem Schoß.

Wenn ich die Rednerin richtig verstanden hatte, ist Autismus eine Störung in der Wahrnehmung. Diese Kinder hören und sehen zwar, man geht aber davon aus, daß sie das, was sie hören und sehen, nicht verarbeiten können. Sie erleben ihre Umwelt als Chaos. Infolgedessen igeln sie sich in solche stereotypen Beschäftigungen ein als eine Art Ersatzhandlung. Das Kind fühlt sich wohl in seinem Eingeigeltsein. Es wehrt sich gegen den Einbruch in seine Welt. (Markus, der stunden- und wochenlang im Garten sitzt und selbstvergessen streut. Wenn man ihn in Ruhe läßt, hat man das liebste Kind.) Mir wurde plötzlich alles klar:

So greifbar wie der Morgen, an dem das Licht die verhüllenden Nebel hinwegnimmt und die Welt in Klarheit vor uns erstehen läßt, so deutlich lag plötzlich die Vergangenheit vor mir.

Mein untrügliches Gefühl, daß er von selbst nicht heraus kann aus seinem Kokon. Meine Versuche, die Barriere zu durchbrechen. Seine Abwehr, die sich in vermehrter Unruhe und durch Geschrei äußert. Sogar die Stupidität in seinen Eßgewohnheiten paßte in dieses Schema. Autisten empfinden Speise als einen Fremdkörper. Aber ein Verhaltensextrem, das so abnorm ist, daß ich meinte, so etwas könne es doch nicht geben, trifft auf unseren Jungen nicht zu. Die Ablehnung jeglicher Berührung. Es gibt autistische Kinder, die sich nicht anfassen lassen, nicht einmal von ihren Eltern. Markus hingegen schmust gerne. Selbstverständlich nur, wenn er will.

Ein Arzt hatte uns einmal erklärt, bei Markus seien Gehirnzellen abgestorben. Hier hingegen ging man von einer Störung aus; von einer Störung in der Wahrnehmung. Was abgestorben ist, kann nicht wieder lebendig gemacht werden. Aber wenn es sich „nur" um eine Störung handeln sollte, dann müßte sie doch zu therapieren sein!

Wie unbeeinflußbar durch Therapien die Behinderung Autismus in Wirklichkeit ist, begann ich zu ahnen, als Frau Stern mich mit Frau Langenbroich bekannt machte. Diese Mutter eines autistischen Jungen machte wegen einer speziellen Therapie von sich reden. Klaus, der Sohn, hatte mittels dieser Therapie sogar sprechen gelernt. Ich wünschte mir nichts sehnlicher als das. Von Zeit zu Zeit hatte ich einen bestimmten Traum, in dem Markus sprechen konnte. Dieser Traum war so plastisch, so glaubhaft, daß mir jedesmal das Herz weh tat, wenn ich übergangslos in die Wirklichkeit plumpste.

Wie oft mußte ich im nachhinein feststellen, daß ich Markus unrecht getan hatte. Er konnte mir seine Ängste und Schmerzen nicht mitteilen.

Markus an der Hand betrat ich beim ersten Besuch bei Frau Langenbroich mit gespannter Aufmerksamkeit das Spielzimmer, in dem sich Klaus, ein hochaufgeschossener Fünfzehnjähriger, aufhielt. Man hätte ihn gutaussehend nennen können – hübsches Gesicht, sportliche Figur – wenn – ja, wenn nicht diese Starrheit in seinen Zügen gewesen wäre. „Klaus, sag guten Tag", wurde er von seiner Mutter aufgefordert. Klaus war gerade dabei, in Trabgeschwindigkeit die entgegengesetzte Ecke anzusteuern. Bei dem Anruf seiner Mutter drehte er sich abrupt um und gab mir die Hand.

„Guten Tag", sagte er mit klarer Stimme, der man deutlich den Stimmbruch anhörte. Er sagte es mit abgewendetem Gesicht. Für mich nichts Absonderliches. Auch mein Sohn schaut bei der Begrüßung sein Gegenüber nur an, wenn er ausdrücklich dazu aufgefordert wird und dann auch nur flüchtig.

Wie sehr hatte ich, als er klein war, darunter gelitten, daß er selbst meine Blicke nicht erwiderte. Er war bereits fünf Jahre alt, als ich den ersten Blickkontakt zu ihm bekam. Voll und bewußt hatte sein Blick auf mir gelegen. Ich hatte ihn angelächelt und wirklich, ein winziges Lächeln, wie ein flirrender Sonnenstrahl, war über seine Züge gehuscht. Über lange Zeit blieben solche Blickkontakte seltene Glücksmomente. Heute schaut mich Markus an, wenn ich mit ihm rede.

Frau Langenbroich erzählte ein wenig von ihrem Jungen. Weil ihm der Saug- und Schluckreflex fehlte, hat sie ihn etliche Monate nach der Geburt halb-teelöffelweise aufgepäppelt. Ich hingegen hatte meinen Sohn gestillt. Sein Saugreflex war bestens ausgebildet. Schon bald war er auf der Entbindungsstation der kleine Star, weil er in kürzester Zeit das meiste getrunken hatte. Klaus hatte im Babyalter Veränderungsängste. Sobald seine Mutter mit dem Wagen in eine andere Straße fuhr, machte er sie mit seinem Geschrei konfus. Halt! Dazu fiel mir auch etwas ein. Markus, der immer maßlos schrie, wenn ich ihn zum Einkaufen mitnahm! Beim Abschied vereinbarten wir, daß sie mir beim nächsten Mal zeigen wollte, wie ich mit Markus üben sollte.

Ja, ich wollte von dieser Mutter, die so Erstaunliches geleistet hatte, soviel wie möglich lernen.

„Na klar lernt er sprechen", machte sie mir Mut. „Markus ist doch nicht stumm. Er gibt doch Laute von sich."

„Jede Übung müssen Sie dreimal hintereinander machen, dann prägt sie sich besser ein", erklärte sie mir am darauffolgenden Mittwoch. Sie packte sich mein Bürschchen und drückte es, keinen Widerspruch duldend, neben sich auf die Eckbank. Als er nach der anderen Seite entwischen wollte, wurde ich aufgefordert, mich dort hinzusetzen, um den Ausgang zu versperren. Sie ließ Markus ein Puzzlespiel zusammensetzen, indem sie seine Hände führte und dazu die Bilder erklärte. Nun, so neu war mir ihre Methode auch wieder nicht. Weil Markus der Nachahmungstrieb fehlte, war ich, rein gefühlsmäßig, auf diese Art des Therapierens gekommen.

Markus machte, halb widerwillig, mit. Schnell, schnell! Hauptsache, er war fertig, und Frau Langenbroich hatte ihre Ruhe! Als sie aber das Brett umstülpte und die Prozedur von neuem begann, nahm er den einzig noch verbliebenen Fluchtweg, er hechtete über den Tisch. Ohne daß es den mindesten Eindruck auf sie gemacht hätte, zog Frau Langenbroich ihn am Hosengürtel zurück. Anscheinend war sie Abwehr gewohnt. Und jetzt wurde gearbeitet. Unerbittlich. Sie kämpfte mit Markus, bis ihr der Schweiß über das Gesicht lief. Energie, die sie gegen seine setzte. Vielleicht war ich bisher nur zu zimperlich gewesen? Ich hatte Markus' Sternstunden abgewartet, dann mit ihm gearbeitet, wann es mir passend erschien. Frau Langenbroich dagegen nahm auf passend oder unpassend keine Rücksicht.

Endlich ließ sie von ihm ab. Pause. Beiläufig erzählte ich ihr, daß wir gestern Markus' Zimmer tapeziert hätten.

„Das war wieder mal nötig. Die nackte Wand schaute überm Bett heraus."

Zunächst begriff ich nicht, warum sie mich so anstarrte.

„Ja und?" sagte sie. „Hat er die neue Tapete angenommen?"

„Angenommen? Wie meinen Sie das?"

„Für Klaus hätte eine neue Tapete chaotische Auswirkungen gehabt. Sie wäre, wie alles Neue, ein Fremdkörper, den er in der für ihn feststehenden Ordnung nicht unterbringen kann. Deshalb übertünchen wir nur die Wände. Jede kleinste Veränderung, sei es nur ein Gegenstand, der nicht an seinem angestammten Platz steht, bringt ihn in Nöte – nein, stürzt ihn in eine Hölle."

„Na, vielleicht sind sich Klaus und Markus doch nicht ganz so ähnlich. Im allergrößten Durcheinander scheint sich unser Junge am wohlsten zu fühlen."

„Warten Sie's ab", sagte sie mit seltsamem Unterton, „das kommt noch. Später."

Ich konnte in dem Moment nicht verhindern, daß ich fror.

Da hatten wir's! Beim nächsten Mal! Das Haus erkennen und sich wie ein Ziegenböckchen gegen die Haustür stemmen waren eins! Für Frau Langenbroich kein Problem. Unerbittlich kämpfte sie mit ihm. Aber Markus ist nachtragend. Mit Therapieren war heute nichts. Ich lehnte, um nicht als Störfaktor dazwischenzustehen, abseits im Fenster. Mein Blick fiel auf Klaus. Ob er immer so fügsam war wie jetzt? Eben hatte seine Mutter ihn aufgefordert, ein bestimmtes Steckspiel zu holen und daran zu arbeiten. Noch ehe sie den Satz zu Ende gesprochen hatte, hatte Klaus sich auf dem Absatz umgedreht, um der Aufforderung nachzukommen. Ob er auch mal etwas von sich aus tat oder ob er nur das machte, was er vordiktiert bekam? Wenn er gefragt wurde, antwortete er meistens mit ja oder nein. Seine Antworten kamen prompt, so wie – ja wie auf Knopfdruck.

Ich war enttäuscht. Hatte dieses Sprechen überhaupt etwas mit „sich mitteilen" zu tun?

Der Markus in meinen Träumen konnte Gefühle äußern.

Auf einmal stellte Frau Langenbroich fest, daß ihr Klaus in ein altes Verhaltensmuster gerutscht war, von dem sie geglaubt hatte, es sei überwunden.

„Klaus, laß das!" Wie unter einem Peitschenknall zuckte der schlaksige Junge zusammen und ließ den Gymnastikreifen, auf dem er herumgekaut hatte, fallen.

„Markus kaut auch immer auf allem herum", erwähnte ich arglos. Ich hätte viel darum gegeben, den Satz zurücknehmen zu können, als ich den gehetzten Ausdruck in ihren Augen sah. Warum nur konnte diese Mutter nicht über den Ausrutscher ihres Jungen lachen? Oder wenigstens großzügig hinwegsehen? Alles hier schien ohne Lachen, ohne Humor zu sein, war nur auf Trainieren ausgerichtet.

Bei uns dagegen wurde viel gelacht. Und Markus und seine Behinderung waren kein Tabu mehr. Wenn Anne-Kathrin ihn gutmütig-spottend auf die Schippe nahm oder Papa eine witzige Bemerkung fallen ließ, lachte die ganze Familie. Und Markus, man konnte es seinem spitzbübischen Gesicht ansehen, fühlte sich bestätigt.

Beim dritten und letzten Mal erklärte mir Frau Langenbroich, daß ich die gewollten Verhaltensweisen fördern und belohnen und die ungewollten verbieten sollte. (Bis dahin waren wir noch einer Meinung. Ist es nicht das Erziehungsprinzip schlechthin? Erziehe ich nach diesen Grundsätzen nicht auch meine Töchter?) Aber dann kam es: Um mit diesen Grundsätzen auch bei Markus etwas zu erreichen – auf lange Sicht, wohlgemerkt –, sollte ich ihn ständig im Auge behalten, und was ich einmal verboten hatte, niemals mehr dulden. Diese Erziehung, über Jahre angewandt, würde schließlich zum Erfolg führen. Zu welchem Erfolg? Ich hatte es selbst gesehen. Wenn seine Mutter ihn auch nur kurz aus den Augen ließ, tat Klaus, was er nicht sollte. Je länger ich nachdachte, desto weniger konnte ich eine Vision verdrängen: Markus in einer Art Therapiegefängnis und ich, seine Mutter, als Gefangenenwärterin, wie ein Luchs aufpassend, daß er nirgends ausbrach.

Ich weiß nicht, warum ich den Kontakt zu Frau Langenbroich so schnell abgebrochen habe. Vielleicht weil mir in Klaus zu sehr Stagnation, ja Endgültigkeit begegnete?

Ich hingegen hatte noch an Entwicklungsfähigkeit bei Markus geglaubt. Vielleicht war es aber auch die Art des Therapierens, die ich innerlich ablehnte, weil ich sie als würdelos empfand.

Ich habe in einem Wörterbuch die Bedeutung des Wortes „Autismus" nachgesehen. Dort steht: autistisch = selbstbezogen.

Experten streiten, was zuerst da ist: der Autismus oder die geistige Behinderung. Für mich ist es müßig, darüber nachzudenken, ob Markus zuerst Autist war und die geistige Behinderung aus dieser Selbstbezogenheit, aus der Unfähigkeit, mit der Umwelt Kontakt aufzunehmen, entstanden ist oder umgekehrt, ob er zuerst geistig behindert war und die autistischen Wesenszüge hinzukamen. In Markus' späteren Akten steht „Geistige Behinderung mit autistischen Zügen". Er ist also kein Autist reinsten Wassers.

Es gibt autistische Menschen, denen man zunächst keinerlei Behinderung anmerkt. Sie reden vernünftig. Erst bei näherem Kennenlernen stellt man fest, daß sich diese Selbstbezogenheit oder, wie man es nennen mag, dieses Nicht-hinaus-Können aus sich selbst in ihrer Sprache und Denkweise widerspiegelt.

Da ist zum Beispiel Detlef, ein junger Mann, den ich beim Behindertensport kennenlernte, wohin wir mit Markus jede Woche gehen. Anfangs wunderte ich mich, Detlef in dieser Gruppe anzutreffen. Nicht allein, daß er eine klare Aussprache hat und über einen angemessenen Wortschatz verfügt, er brachte auch einen Wetterbericht, der bis ins Detail mit dem übereinstimmte, den ich eine Stunde später zu Hause im Fernsehen zu sehen bekam. Von seiner Mutter erfuhr ich, daß Detlef regelmäßig eine Jugendgruppe besucht und an deren Freizeiten teilnimmt. In den darauffolgenden Wochen allerdings stellte ich fest, daß Detlef mit Vorliebe vom Wetter sprach und daß er mich, als er merkte, daß ich ihm freundlich zuhörte, mit seinen Wetterangaben fesselte, ja geradezu verfolgte. Nun, ich konnte ihm ausweichen, aber seine Mutter, die er den lieben langen Tag mit seinen Ausführungen versorgte, hatte bereits Magengeschwüre. Es nützte nichts, ihn vom Thema abzulenken, es ihm zu verbieten, einen Wutanfall zu bekommen, weil sie psychisch am Ende war – zum Schluß sprach er doch wieder vom Wetter. Hatte ich mir nicht immer gewünscht, Markus könnte sprechen? Nun mußte ich feststellen, daß Detlef seine Umgebung mit seinem Reden auf ähnliche Weise terrorisierte wie Markus uns mit der Streusucht. Ein aussichtsloser Kampf. Man kommt sich vor wie Don Quichote, der versucht hatte, gegen Windmühlen anzugehen.

Man soll sich davor hüten, einem Autisten rigoros alles abgewöhnen zu wollen, das einen selber nervt. Mindestens eine Verhaltensauffälligkeit muß man ihm lassen. Das jedenfalls sagte man uns in der Gruppe „Hilfe für das autistische Kind". Wenn Markus beispielsweise mit dem Stuhl nach hinten wippt, und es kommt ein „Markus, laß das", wird er anfangen mit dem Oberkörper zu schaukeln. Wird auch dem Einhalt geboten, wird er mit dem Knie wippen. Sollte ihm selbst das nicht gelassen werden, wird er aufspringen, die

Arme hochreißen und hopsen, was einem Hilfeschrei gleichkommt.

Oder da ist Simon. Obwohl Simon, wie Markus, nicht sprechen kann, bringt er auf Anhieb jede ihm unbekannte Musikanlage, und wäre sie noch so groß und kompliziert, in Gang. Schon als kleines Kind suchte Simon sich immer solche Kassetten heraus, auf denen Englisch gesprochen und gesungen wurde. Selbst seine Mutter hatte dafür keine Erklärung.

Man sagt Autisten etwas Geheimnisvolles, Mystisches nach. Hatte ich in früheren Jahren nicht auch manchmal seufzend gedacht, daß mir mein eigener Sohn wie ein Wesen von einem anderen Stern, das nach eigenen Gesetzmäßigkeiten lebt und mit der Spezies Mensch nur das Aussehen gemeinsam hat, vorkommt? Auch wenn ich inzwischen für vieles eine Erklärung gefunden habe, ist manches schleierhaft geblieben.

Einmal, als Markus noch klein war, lief der Film „Der Wolfsjunge“ im Fernsehen. Es war die authentische Geschichte eines Jungen, der im achtzehnten Jahrhundert als Kleinkind in den endlosen Wäldern Frankreichs ausgesetzt worden war und wie ein wildes Tier aufwuchs. Dieser Wolfsjunge tat instinktiv das Richtige, um zu überleben. Mir war klar, daß dieses Kind ein Autist gewesen sein mußte. Mein Sohn indes hatte während des Films irgendwann sein ununterbrochenes Hin und Her aufgegeben und sich neben mich gesetzt. Als die Stelle kam, an der man den Wolfsjungen einfing und in ein Internat brachte, rutschte Markus von der Couch auf den Fußboden und fing an, bitterlich zu weinen. Bestand so etwas wie eine geheime Seelenverwandtschaft mit dem Jungen dort? Oder warum sonst war Markus ausgerechnet dieser Handlung gefolgt? Bis zu diesem Zeitpunkt hatte ich geglaubt, Markus wisse gar nicht, was in der Flimmerkiste vor sich geht.

Dieser Film paßt zu dem, was ich neulich in der Tageszeitung las: Ein autistisches Mädchen, das von zu Hause fortgelaufen war, hatte mehrere Nächte bei Minusgraden überlebt, weil sie sich ins Laub eingegraben hatte.

Der populärste Autist der letzten Jahre ist zweifellos Rainman. Durch den gleichnamigen Film wurde der Autismus einer breiteren Bevölkerungsschicht bekannt gemacht. Wie ich fand, ein nicht ganz zutreffendes Bild, das da gezeichnet wurde. Die spektakulären Eigenschaften dieses Rainman wurden zu sehr in den Vordergrund geschoben. Allerdings, das muß ich hinzufügen, während den anderen Kinobesuchern schleierhaft war, warum Rainman so reagierte, wußte ich, durch Markus „vorbelastet", immer im voraus, wie sich Rainman entscheiden würde. Mir war klar, warum er aus geringfügig anmutenden Anlässen ausrastete. Ich konnte die Höllenqualen ermessen, die er durchmachte, wenn er seine gewohnte Ordnung durchbrochen sah. Wenn Rainmans Pfleger daran zweifelte, ob sein Schützling ihn nach jahrelangem Zusammenleben überhaupt kannte, so ist das eine durchaus realistische Darstellung. Auch Markus zeigt kaum Erkennen; eine Tatsache, die Außenstehende immer wieder irritert. Etwas anderes ist es, wenn der Besucher von sich aus die Schranke durchbricht, dann wird Markus irgendwann auf ihn zugehen oder zumindest Freude zeigen.

Dabei hat Markus ein gutes Personengedächtnis. Wenn wir ihm Fotos vorlegen, zeigt er auf Befragen hin auf die entsprechende Person. Selbst Verwandte, die schon lange tot sind, erkennt er noch.

Beziehungskrisen

Seitdem Markus in den Kindergarten ging und somit einen Teil des Tages außer Haus verbrachte, herrschte mehr Gelassenheit bei uns.

Die eigentliche Wende aber reichte weiter zurück, in die Zeit vor dem Kindergarten.

Sie begann an einem Tag, als ich dumpfbrütend an unserem Küchentisch saß und keine Freude bei dem Gedanken aufkommen wollte, daß Siegfried in zwei Stunden von der Arbeit nach Hause gekommen sein würde.

Nein, mein Mann war kein schlechter Mensch. Er sorgte für die Familie. Unnachahmlich, wenn er mit einer großen Tüte erschien und alle mit einem fröhlichen: „Kommt, Kinder, ich habe Gebäck mitgebracht" zusammentrommelte.

Warum war ich dann so schlecht auf ihn zu sprechen?

Es war die Art, wie er an dem, was zu Bruch ging, mir die Schuld gab; wie er alles hochspielte, mich obendrein schlagfertig überfuhr. Meine Eltern hatten mich dazu erzogen, „Frieden zu halten". Beide ruhige, friedliebende Naturen, hatte es bei ihnen keinen Streit gegeben. Friedliebend war ich auch. Außer wenn ich angegangen wurde. Dann rebellierte etwas in mir.

Warum hatte Siegfried nicht das gleiche Bedürfnis nach Harmonie wie ich? Warum mußte er sich über jede – wie ich fand – Kleinigkeit wortreich auslassen? Nun, soviel hatte ich damals bereits begriffen, er war halt anders als ich. Im Grunde hatte das, was ich an ihm verurteilte, seinen Ursprung in derselben Eigenschaft, die ich ehemals an ihm gemocht hatte: seine anregende Art, sich zu unterhalten, sein Kopf voll spritziger Ideen, seine flotten Sprüche, über die ich immer gelacht hatte. Aber auch seine flotten Sprüche hatten sich gegen mich gekehrt. Wenn ich ihn darauf festnageln wollte, daß er gestern aber etwas anderes behauptet hätte, und er mir entglitt, indem er antwortete, daß selbst ich ihn nicht daran hindern könne, in einem Tag klüger geworden zu sein, war mir alles andere als zum Lachen zumute.

Unsere Beziehung war in eine handfeste Krise geraten. Was nützte es, daß ich mir, wie ich mal gelesen hatte, die guten Eigenschaften meines Partners vergegenwärtigte. Es war und blieb ein Krampf. Es war alles so verfahren, daß keiner vom anderen ein liebes Wort entgegennehmen wollte.

Unsere Liebe stellte ich mir wie ein leuchtendes Tuch vor. Bei jedem Streit, so hatte ich das Gefühl, wurde ein Stück davon abgeschnitten. Eines Tages würde von dem Tuch nichts mehr übrig sein.

Was ich seinerzeit nicht wußte war, daß viele Ehen an der Belastung eines behinderten Kindes zerbrechen. – Ich gebe zu, daß ich damals, mehr als einmal, geseufzt habe: Warum haben wir nur geheiratet! Aber das Wort Scheidung duldete ich nicht, noch nicht einmal im hintersten Winkel meines Denkens. Ich hatte Siegfried einmal mein Wort gegeben. Ich hatte versprochen - nein gelobt - in Freund *und Leid* zu ihm zu stehen. Bis der Tod uns scheiden würde. Es war für mich, als Christin, selbstverständlich, an diesem einmal gegebenen Wort festzuhalten. Und Siegfried - das wußte ich - stand dazu genauso. Ohne diese Basis aber wäre ein Durchhalten damals nicht möglich gewesen.

Scheidung also nicht! Es sollte mir aber auch nicht so ergehen wie jener Nachbarin, die nach dem Tode ihres Mannes gar nicht erst versuchte, die Freude darüber, vielleicht noch ein paar Jährchen Witwe zu sein, zu verbergen. Zuerst war sie der Kinder wegen bei ihm geblieben, hatte dann aber bis zum Schluß ausgehalten.

„Aushalten", das war mir zu wenig.

Einmal hörte ich eine schöne Geschichte. Nur durch eine Unregelmäßigkeit, nämlich durch das Eindringen eines Sandkorns, wächst in einer Muschel eine Perle. Solch ein Sandkorn war Markus, die Belastung, die wir seinetwegen hatten. Würde aber auch die Perle entstehen?

An jenem Tag, als ich dumpfbrütend am Küchentisch saß, hatte ich ein Schlüsselerlebnis. Ich wußte nicht, woher mir dieser Spruch kam. Ob ich ihn mal gelesen hatte?

„Du kannst nur einen Menschen wirklich ändern, und dieser Mensch bist du."

Mich ändern? Noch mehr die Schuld an dem Zerwürfnis auf mich nehmen? Nein, so nicht! Durch das Schlüsselerlebnis - welcher Art dieses Erlebnis war, spielt keine Rolle - war mir klar geworden, wo ich anzusetzen hatte. Ich mußte mich selbst erziehen, einen festen Standpunkt einzunehmen. Was konnte Siegfried mir schon anhaben, wenn ich fest und unumwunden erklärte: „Ja, Markus hat den Wecker kaputtgemacht"? Wenn ich mich durch sein „Wie konnte das passieren? Du hast wieder nicht aufgepaßt!" nicht dazu hinreißen ließ, mich zu verteidigen? Den Begriff „Frieden" aus meiner Erziehung interpretierte ich anders. Unter „Frieden" verstand ich nun nicht länger die glatte Oberfläche, sondern ein Aufräumen in unserer Beziehung. Was war schon dabei, wenn ich, durch Markus' Eskapaden angeheizt, zuweilen auf Siegfrieds Vorwürfe, die ich in solchen Momenten als ein Auf-mich-Einhämmern empfand, mit einem „Urschrei" reagierte, der ihm anzeigte, daß die Grenze des Erträglichen überschritten war? Die jeweilige Situation mußte bewältigt werden! Nur so würde der Teufelskreis von Schmollen und Restärger, der den Zündstoff für neue Auseinandersetzungen bildete, durchbrochen. Natürlich war es für Siegfried nicht bequem, daß ich ihm auf einmal widersprach. Aber das ist eine Binsenweisheit: Wenn sich einer ändert, ändert sich der andere zwangsläufig mit. Heute, jenseits der Silberhochzeit, bin ich dankbar, daß wir durchgehalten haben. Nicht als ob es nach dem Schlüsselerlebnis keine Schwierigkeiten mehr gegeben hätte. Vielmehr war es der Anfang eines Zusammenwachsens. Und Wachstum ist ein Prozeß, der seine Zeit braucht.

Und die Perle? Was ist aus ihr geworden?

Sie ist in den Satz eingefaßt: „Wir möchten gerne miteinander alt werden."

In der Zeit, als Markus in den Kindergarten ging, avancierte ich eines Tages zur Gitarrengruppenleiterin. Ja, und dabei war es wiederum Markus, dem ich verdanke, Gitarrespielen gelernt zu haben.

Eines Tages merkte ich, wie sehr er auf Gitarrenmusik ansprach. Was lag da näher, als mich zu dem Kursus, der kurze Zeit später in unserem Gemeindehaus angeboten wurde, anzumelden. Während der Rest der Familie anfangs über mein wenig profihaftes Schrumm-Schrumm die Nase gerümpft hatte, saß mein Sohn still auf der Fensterbank und hörte zu. Schon allein deshalb hatte sich der Aufwand, Gitarre zu lernen, gelohnt. Wegen des Stillsitzens! Darüber hinaus – auch in den nachfolgenden Jahren noch – wurde die Gitarre, überhaupt Musik, für mich zur Insel, auf die ich mich inmitten verstreuter Blumenerde und breitgetretener Butterkleckse rettete. Auf dieser Insel fand ich mein Gleichgewicht wieder, wenn ich wegen zerkrümelter Tortenböden, die ich gerade füllen wollte, meinte, aus der Haut fahren zu müssen.

Einzig die Tatsache, daß ich als Kind mal drei Griffe gelernt und dadurch einen kleinen Vorsprung hatte, verdankte ich dann meinen Leiterinnenposten. Mein Vorgänger, ein talentierter junger Mann, mußte wegen einer langwierigen Behandlung aussetzen. Entweder ich übernahm jetzt die Gruppe, oder sie mußte aufgelöst werden.

Ich wunderte mich, daß meine Mitspieler – meist Teenager zwischen zwölf und neunzehn – Samstag für Samstag wiederkamen. Was sie aber nicht hinderte, über mich zu „mosern". Meine Schlagtechnik war ihnen nicht schmissig genug und die Lieder, die ich mit ihnen einübte, nicht mehr „in". Ich hätte bei der letzten Freizeit dabei gewesen sein müssen, da waren tolle Lieder gesungen worden. Leider waren Wochenendfreizeiten für mich „out". Ich hatte drei kleine Kinder. Ich trug mich mit dem Gedanken aufzugeben, vor allem deshalb, weil ich ja nur eine Mitspielerin war, auf gleicher Ebene wie sie, und weil es mir daher an Autorität fehlte.

Manchmal ist es nur ein kleines Wort, das aufbaut und weitermachen läßt. So bekam ich einmal ein paar Wortfetzen mit, die sicher nicht für meine Ohren bestimmt waren: „daß sie gut mit Jugendlichen umzugehen versteht ..."

Zu den Aufgaben unserer Gruppe gehörte es, hin und wieder bei Gemeindeveranstaltungen ein Lied vorzutragen. Weil die jungen Leute „das einfache Gitarrenlied" schon bald „öde" fanden, mußte ich mir etwas einfallen lassen. Ich hatte an anderer Stelle das „Strampeln" bereits geübt, so daß ich in Sachen Gitarrengruppe schnell zu einer Lösung kam. Eines Tages, als Anne-Kathrin ihre Übungsstunde am Klavier absaß, wußte ich, was ich zu tun hatte. Ich wollte auch Klavierstunden nehmen und darüber hinaus ein wenig Chorleitung lernen. Annes Klavierlehrer, ein Musikstudent, der sicher einmal Meister seines Faches werden würde, hatte sich für mich höhere Ziele gesteckt. Dazu reichten aber weder meine Zeit noch mein Talent. Mir genügte, so viel zu lernen, daß ich die neuen vierstimmigen Jugendchorsätze einstudieren konnte, die sowohl bei der Gemeinde Anklang als auch vor den Ohren meiner Jugendlichen Gnade fanden.

Heute weiß ich, wie wichtig die Gruppe damals für mich war. Ich fühlte mich bestätigt. Sie lenkte mich in positiver Weise von Markus und seinen Problemen ab.

Um meine Truppe zu motivieren, planten wir schon bald einen großen Auftritt. Angehörige und Freunde und die ganze Gemeinde wollten wir einladen. Die Mädchen und Jungen waren Feuer und Flamme!

Drei Tage vor dem Fest saßen meine Mutter und ich in meiner Küche und führten uns kreislaufanregenden Kaffee zu.

Schon seit Tagen lastete eine Hitzeglocke über Deutschland. Sie wirkte sich auf alle lähmend aus; selbst Markus war nicht mehr so überschäumend wie sonst. Im Moment hörte ich ihn aus Richtung Kinderzimmer; ruhig und ausgeglichen brabbelte er vor sich hin. Wenn man ein Kind neun Jahre um sich hat, weiß man, wann man alle zwei Minuten aufstehen muß und wann man es auch mal eine Viertelstunde sich selbst überlassen kann.

Seit Wochen hatten wir kein anderes Thema als das Fest.

In unser Pläneschmieden hinein hörten wir die Türklingel.

Als niemand raufkam, lief ich die Treppe hinunter.

Unten stand eine Frau, die ich öfter in der Kirche gesehen hatte.

„Entschuldigen Sie ...", stotterte sie.

Sicherlich wollte sie für einen wohltätigen Zweck sammeln. Ich wußte aus Erfahrung, wie einem beim „Türklinkenputzen" zumute ist.

„Entschuldigen Sie, bitte ..."

Endlich brachte Sie einen vernünftigen Satz zustande.

„Wissen Sie, daß Ihr Junge auf dem Dach sitzt und Anmachholz runterwirft?"

Ich starrte die Frau an, weit davon entfernt zu begreifen, was sie meinte. Markus saß doch in seinem Zimmer. Doch dann ließ ich sie stehen, rannte die Treppe hinauf, zwei Stufen auf einmal nehmend. Ja, tatsächlich! Die Bodenluke stand offen und – Erbarmung – das Dachfenster auch. Da vorne – da – am äußersten Rand – schon fast auf der Dachrinne – da saß er. Unter sich eine Tiefe von neun Metern. Nur eine kleine Drehung nach links – und er lag unten. Während meines lähmenden Entsetzens versuchte ich meine grauen Zellen zu mobilisieren, zu überdenken, welche Möglichkeiten ich hatte. Siegfried nicht zu Hause, ich selbst nicht schwindelfrei! Vielleicht die Feuerwehr benachrichtigen? Bis die mit großem Tatütata angerückt kommen würde, läge mein Kind vielleicht schon zerschmettert unten. Wenn ich ihn nur dazu bringen könnte, zum Bodenfenster zu kommen. Bisher hatte ich nur Einfluß auf ihn gehabt, wenn ich direkt vor ihm stand.

„Markus", rief ich und erschrak, wie dünn und hoch sich hier draußen meine Stimme anhörte.

„Markus", brüllte ich. Tatsächlich, er hob den Kopf.

Ich rief, schrie, versprach, drohte, lockte!

Endlich erhob er sich, stand einen Moment aufrecht an der äußersten Kante und – schwankte. O Gott! Nur nicht hinsehen, wie er hinabstürzte! Dann kam er auf allen vieren in Richtung Bodenfenster gekrabbelt, besann sich nach drei Metern und setzte sich wieder. „Markus, komm, ich geb' dir Schokolade." Daß er den Kopf wendete, um zu sehen, ob ich auch tatsächlich Schokolade hatte, war für mich schon ein Wunder.

„Markus, unten in der Küche hab' ich Schokolade. In der Küche, hörst du", beschwor ich ihn. Endlich bequemte er sich. Er war dem Fenster schon so nahe, fast hätte ich ihn greifen können. Da sah er etwas weiter unten ein Holzscheit liegen, das er vorher aufs Dach geworfen hatte und jetzt unbedingt auf die Straße befördern wollte. Er rutschte auf dem Po ein Stück die Dachpfannen hinunter. „Lieber Vater im Himmel! Bitte bewahre ihn, laß ihn nicht in Fahrt kommen! Die Dachrinne kann ihn nicht aufhalten!" Ich weiß nicht wie, aber am Ende konnte ich ihn doch durch das Fenster zu mir hereinziehen.

Wie war es möglich, daß ich ihn im Kinderzimmer gewähnt hatte, während er auf dem Dach saß? Zwischen dem Platz auf dem Dach und dem Kinderzimmer waren höchstens drei Meter Luftlinie. Die Schallrichtung stimmte also. Aber irgendwann mußte er an uns, die wir in der Küche saßen, vorbeigeschlüpft sein. In unser Gespräch vertieft hatte ich das nicht registriert, und das hätte ihm um Haaresbreite das Leben gekostet.

Schulerfahrungen

Im Juni 1975 wurde Markus aus dem Kindergarten entlassen. Ab Herbst sollte es endlich die Schule für geistig Behinderte geben. Eins stand für mich fest, so schwer wie anfangs im Kindergarten würde es nie wieder werden. Die zwei Jahre, in denen Frau Stern an ihm geschuftet hatte, diesen Bonus konnte ihm keiner nehmen.

Mit dieser Einstellung fuhr ich zum Informationsabend, zu dem die Schulbehörde im Juli alle in Frage kommenden Eltern eingeladen hatte. Auf dem Nachhauseweg spürte ich wieder den Klumpen in der Magengegend. An diesem Abend war mehrfach ein Paragraph erwähnt worden, den ich in etwa so verstanden hatte: Nicht jedes Kind, das geistig behindert ist, kann in einer Schule für geistig Behinderte aufgenommen werden. Grundsätzliches, wie Sauberkeit und Anpassungsfähigkeit, sind Voraussetzungen. Nun, wegen Markus' Sauberkeit machte ich mir keine allzu großen Sorgen. Die Sache mit dem Toilettengang klappte schon ganz gut. Anders mit seiner Anpassung! Da haperte es doch sehr.

Auf dem Nachhauseweg nahm ich ein bekanntes Ehepaar mit, das sich nicht einig werden konnte, ob das Töchterchen, gerade sechs, noch ein weiteres Jahr im Kindergarten oder bereits in die Schule gehen sollte. Die Mutter war für Schule.

„Das sagt doch schon der Name, daß Anke dort mehr lernt", ereiferte sie sich.

Die hatten es gut, mit ihrem angepaßten Down-Syndrom-Kind! Aussuchen können, das wünschte ich mir auch mal. Ich dagegen saß unterlippenkauend am Steuer und überlegte, ob dieser Paragraph wohl das Raster sein würde, an dem Markus hängenblieb? Als das Geplänkel hinter mir immer noch kein Ende nahm, überlegte ich, ob diese ehrgeizige Mutter wohl für ihr Kind das Abitur im Auge hatte.

Wie atmeten wir auf, als wir vom Schulamt eine Zusage bekamen. Der 3. September 1975 sollte der erste Schultag sein. Ende September würde Markus zehn Jahre sein. Zehn Jahre! Das hatte ich auch damals im Gespräch mit dem Schulrat ausgerechnet. Nur, es war noch immer nicht der Neubau, von dem er gesprochen hatte. Der wurde erst drei Jahre später fertig.

Die erste Zeit in der Schule!

Wirklich, ich wußte ja inzwischen, daß unser Junge einer der Schwierigsten war. Ich wußte, daß ihm die Gewöhnung an die neuen Verhältnisse - die Räumlichkeiten, den anderen Bus, die neuen Schüler und Bezugspersonen - schwerfallen mußte. Aber, daß er noch nach vier Monaten Tag für Tag Terror machte, wenn bei Pausenende die Schulglocke ertönte und er wieder in die Klasse mußte, war mir unbegreiflich. Darauf folgte eine Zeit, in der er, was das Eingewöhnen anbetraf, über dem Berg zu sein schien.

Eines Tages wurde uns mitgeteilt, daß Markus die Klasse gewechselt habe, daß er in die Gruppe der Schwerstbehinderten gekommen sei. In diesem Klassenverband waren sieben bis acht Schülerinnen und Schüler zusammengefaßt, die voraussichtlich nie in der Lage sein würden, mit Zahlen und Buchstaben umzugehen. Schwerpunktmäßig sollten Selbständigkeit beim Anziehen und Essen antrainiert und Gruppenverhalten aufgebaut werden. Genau wie mit Frau Stern, so hatten wir diesmal wieder Glück. Die beiden Betreuerinnen, denen Markus zugeteilt war, brachten viel Verständnis für ihn auf. Frau Heitmann, die Klassenlehrerin, äußerte einmal, wie wichtig es ihr wäre, nicht nur den angepaßten Kindern eine Chance zu geben - denen, die man morgens irgendwo hinsetzen und mittags an der gleichen Stelle abholen könnte - sondern auch solchen wie Markus. Vor diesen zwei zierlichen

Frauen, die jahrelang die Arbeit in der Schwerstbehindertenklasse bewältigten, die die jungen Menschen auch noch während der Pubertät und darüber hinaus begleiteten, gewann ich große Achtung. Die Aufgabe war schon allein deswegen so schwer, weil mehr Rückschläge verkraftet werden mußten als Fortschritte zu verzeichnen waren.

Anfangs war ich über den Klassenwechsel nicht glücklich. Nicht daß ich mich an dem Ausdruck „schwerstbehindert" gestoßen hätte. So stolz war ich längst nicht mehr. Aber etwas anderes fiel mir auf. Kein Schüler dieser Klasse war in der Lage, von sich aus Kontakt zu den anderen aufzunehmen. In den Regelkindergärten ging man damals, Anfang der siebziger Jahre, dazu über, Familiengruppen einzurichten. Wie bei Geschwistern, so sollten die jüngeren Kinder von den älteren lernen und umgekehrt, die größeren den kleineren behilflich sein. Und ausgerechnet bei Behinderten richtete man so etwas wie Ghettos ein. Beim nächsten Elterntreffen sagte ich das. Eine Lehrerin aus einer anderen Klasse zog ihre dünn gezupften Augenbrauen hoch. Daß aber auch ausgerechnet ich mich darüber mokierte, fand sie unverzeihlich. „Sie müßten mal Ihren Sohn erleben, wie er das Lernmaterial durcheinanderwürfelt. Da ist kein gezieltes Unterrichten mehr möglich", sagte sie.

Trotzdem schade! Ich würde es nicht geglaubt haben, wenn ich es nicht mit eigenen Augen gesehen hätte! In der bisherigen Klasse hatte Markus einen richtigen Freund gehabt.

Eines Tages brachte ich ihn, weil ich einer Vorladung zum Gesundheitsamt nachkommen mußte, später zur Schule. Das, was mich meine Nervensäge in den verflossenen zwei Stunden hatte sehen lassen, konnte ich ihm so schnell nicht vergessen. Es fing auf der Hinfahrt an. Er benahm sich regelrecht verkehrsgefährdend. Dabei hatte es bisher noch nie Probleme im Auto gegeben. Vielleicht hatte er am Abend vorher etwas mitbekommen, als ich mich mit Siegfried über den Termin unterhielt.

Und Markus, der in seinem kleinen Leben bereits viele unliebsame Erfahrungen mit Ärzten und Krankenhäusern gemacht hatte, drückte seine Ängste mangels Sprache eben mit Toben und Schreien aus. Im Gesundheitsamt ging's erst richtig los! Er kreischte, daß es in den Gängen widerhallte. Türen öffneten sich.

„Was ist denn hier los?" rügte eine Angestellte. „Man kann unmöglich arbeiten."

„Er ist behindert", keuchte ich.

„Das ist noch lange kein Grund, sich so aufzuführen."

Ich hatte keine Zeit, mich gegen diese unverständige Frau zu wehren, denn schon hatte Markus sich losgerissen und war um die nächste Ecke verschwunden.

Wenigstens der Amtsarzt war nett. Hinter seinem Schreibtisch sitzend, verfolgte er das aufrührerische Treiben meines Bürschchens. Ich konnte nur in kurzen, abgehackten Sätzen antworten, weil ich fortwährend eingreifen mußte.

Der Arzt, der Markus als kleinen Terroristen erlebte, hätte sicher nicht geglaubt, daß es sich um denselben Jungen handelte, der jetzt gelöst, mit schwingenden Armen, sein wohlvertrautes Klassenzimmer betrat. Ich blieb an der Tür stehen und beobachtete, wie Jörg, ein molliger Zwölfjähriger, sich aus der Gruppe am Tisch löste und freudig auf Markus zueilte, ihn zu begrüßen. Man mußte Markus schon gut kennen, um zu bemerken, daß er die Begrüßung erwiderte. Er tat es auf seine Nebenbei-Art, wie er mit abgewendeten Blicken ein Puzzle zusammensetzte. Dann gab Markus Jörg noch einen flüchtigen Kuß aufs Ohr, den sich der Dicke gutmütig gefallen ließ.

Wer würde in der Schwerstbehindertenklasse so auf Markus zugehen können? Conny und Volker, die nicht mal allein essen konnten? Oder Olaf, der vor Markus' Geschrei in die äußerste Ecke flüchtete? Oder Ester und Peter, die, selber autistisch, ebensowenig aus sich herauskonnten wie Markus?

Mit der alten Klasse und dem Freund hatte er ein Stück emotionale Heimat verloren, und das quittierte er mit neuen Schwierigkeiten, mit regelrechten Schreikanonaden, die bald in der ganzen Schule gefürchtet waren. Es fing meist harmlos an. Schlechtgelaunt weinte er ein wenig vor sich hin, steigerte sich, für alles Trösten und Zureden unzugänglich, zu regelrechten Anfällen, bis er schließlich den Boden unter den Füßen verlor. Bis ich, durch einen Anruf herbeizitiert, nach halbstündiger Fahrt eintraf, war das meiste gelaufen. Wieder ging die Angst bei uns um. Wie lange würde die Schule das noch hinnehmen?

Frau Heitmann und ihre Kollegin suchten nach einem Lösungskonzept. Sie äußerten den Wunsch, Markus wieder mal einstellen zu lassen. Die verzweifelten Kämpfe der letzten Jahre noch im Hinterkopf, versprach ich mir nicht allzuviel davon. Aber erstens stand Markus' weiterer Schulbesuch auf dem Spiel, und zweitens wollte ich die jungen Frauen, die sich alle erdenkliche Mühe gaben, nicht hängen lassen.

Wie ich erwartet hatte, brachte der Klinikaufenthalt keine durchgreifende Veränderung. Aber eine andere zufällige Begebenheit schien den beiden Lehrerinnen ein Stück weitergeholfen zu haben. Eines Morgens erschien Markus wieder mal mißmutig im Türrahmen seines Klassenzimmers. Mit ausgestrecktem Arm und spitzem Zeigefinger zeigter er gebieterisch auf den Plattenspieler. Mit quengelnden Lauten gab er zu verstehen, daß mit ihm heute nicht gut Kirschen essen war.

Eben kam der Rektor vorbei.

„Nun machen Sie ihm schon Musik, bevor er wieder loslegt", raunte er Frau Heitmann halblaut zu. In dem Moment sei es ihr, wie sie mir später erzählte, wie Schuppen von den Augen gefallen.

„Nein", hatte sie zum Rektor gesagt. „Um diese Zeit gibt es gewöhnlich bei uns keine Musik. Erst in der Frühstückspause. So wird er niemals lernen, sich einzuordnen." Einmal so schön am Zuge, lehnte sie sich auch gleich gegen den Machtspruch des Rektors auf, ihn nach Hause zu holen.

„Das muß der Junge geradezu als Belohnung empfinden", sagte sie. Frau Heitmann war sich dessen sehr wohl bewußt, daß sie mit ihrer konsequenten Haltung zunächst einmal Markus' geballten Unmut heraufbeschwor; aber diesmal war sie es, die am längeren Hebel saß, nicht Markus.

Es scheint das Schicksal verhaltensauffälliger Menschen

wie Markus zu sein, nur von denen angenommen zu werden, die ihnen, wie am Beispiel der Frau Heitmann zu sehen, überlegen sind. Von den anderen Betreuern werden sie abgelehnt, wie ich später erfahren mußte.

Auch ein blindes Huhn findet manchmal ein Korn. Jahrelang hatte ich Tropfen, Tabletten, Beruhigungssäfte ausprobiert, abgesetzt oder notgedrungen weitergegeben, ohne jedoch von der Wirkung überzeugt gewesen zu sein. Endlich stieß ich auf die Tropfen, die bei Markus die optimale Wirkung erzielten und die er dann auch viele Jahre hindurch nahm.

Durch eine Verwechslung beim Gesundheitsamt wurde uns plötzlich ein Platz in einer Klinik angeboten. Ich überlegte nicht lange, sondern griff zu; weniger der Medikamente wegen, sondern um zu Hause freie Bahn zu haben. Wir waren nämlich dabei, unser „Einmal im Leben" zu verwirklichen, ein eigenes Haus zu bauen. Als Markus diesmal nach drei Wochen entlassen wurde, hatte er sich spürbar verändert.

Während unserer Bauzeit mußte uns unsere Älteste öfter bei Markus vertreten. Etwa dann, wenn wir Eheleute bei einer Bank oder Behörde Unterschriften leisteten oder – für mich wesentlich reizvoller – Fliesen, Tapeten oder Teppiche aussuchten. Bei allem, was wir wählten, immer war Markus das Kriterium. Es mußte wegen der hohen Beanspruchung haltbar, gedeckt im Muster und pflegeleicht sein. Nach langem Suchen fanden wir einen Baumarkt, der abschließbare Fenster liefern konnte. Damit sollte Markus' Fassadenturnerei endgültig der Garaus gemacht werden.

Anne-Kathrin nahm die Mehrbelastung geduldig hin. Sicherlich aus einem Solidaritätsgefühl heraus. Aber auch weil ein eigenes Zimmer winkte. Zum Glück gab es in der Schule keine Probleme. Seit drei Jahren fuhr sie in die Kreisstadt zum Gymnasium. Obwohl eine gute Schülerin, war sie doch keine Streberin. Sie hatte jederzeit Freundinnen, die gerne zu uns ins Haus kamen. In meinen Augen ein Beweis dafür, daß unsere Töchter keine „Markusschädigung" davongetragen hatten, wie mir verschiedentlich prophezeit worden war.

Seit Anfang des Jahres nahm Anne-Kathrin, anstatt Klavierunterricht, Orgelstunden. Wenn ihr der Trubel in unserer lebhaften Familie zu bunt wurde, holte sie sich beim Küster den Schlüssel für die nahegelegene Kirche. Dann saß das hochaufgeschossene, schmale Mädchen vor dem großen Instrument und spielte selbstvergessen vor sich hin.

Anders entwickelte sich Cornelia. Sie schien auf das Image „kleines Dummchen" geradezu Wert zu legen. Mit einer Art Bauernschläue hatte sie schnell herausgefunden, daß das ganz schön bequem war. Jetzt, da Markus in die Schule ging, konnte ich mich, anders als bei Anne-Kathrin, während der Hausaufgaben dazusetzen. Aber am liebsten hätte Cornelia gehabt, ich hätte ihr die fertigen Ergebnisse vorgesagt.

Schluchzend fiel sie mir einmal an der Haustür in die Arme, weil sie das zweite Mal, innerhalb kurzer Zeit, in Mathe eine Fünf geschrieben hatte. Aber bereits auf dem obersten Treppenabsatz war das die beste Fünf aus der ganzen Klasse.

Nun ja, aus der Realschule, wie wir sie für Cornelia im Auge hatten, wurde ja jetzt wohl nichts mehr. Das war mir nicht recht, aber in unserer problemgewohnten Familie haben derartige Schwierigkeiten einen anderen Stellenwert.

Beim Eignungstest für die weiterführenden Schulen allerdings schnitt Cornelia gut ab. Selbst der Lehrer war verblüfft. Und auch ich vermutete im ersten Moment, sie hätte sich verhört. Cornelia war beleidigt. Anne-Kathrin wurde so etwas immer auf Anhieb geglaubt.

Nach einer Woche eitel Realschulsonnenschein umwölkte sich Cornelias Stirn bereits wieder.

Wenn Anne-Kathrin doch zum Gymnasium ging, warum nicht auch sie? Es müßte nicht Cornelia sein, die Eltern und Lehrer nicht doch noch hinter sich gebracht hätte.

Cornelias Schulwechsel fiel just in die heiße Phase unserer Bauzeit. Wen wundert es, daß mich Maße für Gardinen und Preise für Lampen und Teppiche augenblicklich mehr interessierten als Klassenarbeiten. So nebenbei bekam ich mit, daß sie in ihrer ersten Arbeit – Englisch – eine Drei bekommen hatte und war beruhigt.

Eben hängte der Dekorateur unsere Gardinen auf, als Cornelia nach Hause kam. Unterbrochen von herzzerreißenden Schluchzern teilte sie mir mit, in Englisch eine Sechs und in Deutsch eine Fünf zu haben.

Die Klassenlehrerin ließ mich kommen.

„Nehmen Sie Ihr Kind von der Schule", überfiel sie mich.

Das sah ich nicht ein. „Andere schreiben doch auch mal eine Sechs und müssen nicht gleich herunter."

„Bei Ihrer Tochter ist das etwas anderes. Weil sie ihrer älteren Schwester nicht nachstehen will, steht sie unter Leistungsdruck."

Leider schien die Lehrerin mit ihrer These recht zu behalten. Obwohl wir gewissenhaft jeden Tag Vokabeln übten, kam Cornelia nicht über den Berg. Am Abend vor jeder Klassenarbeit entnervte sie sich und andere mit ihrer Jammerlitanei, schlief folglich schlecht, konnte sich anderntags nicht konzentrieren und schrieb wieder eine Fünf.

Eines Mittags, als ich mit bangem Herzen auf das Ergebnis einer Englischarbeit wartete, sah ich sie fröhlich nach Hause kommen.

„Hast du es diesmal geschafft?"

„Mama, wo denkst du hin? Aber wir haben heute einen Film gesehen, und das Geräteturnen hat mir großen Spaß gemacht, da wollte ich mir durch die blöde Fünf den Tag nicht verderben lassen."

Was war geschehen? Nachdem Cornelia sich überreden ließ, in die nahegelegene Hauptschule überzuwechseln, war der Druck wie weggeblasen. Sie brauchte aber nicht überzuwechseln. Im zweiten Halbjahr besserte sie nach und nach ihre Zensuren auf, so daß dieses Schuljahr gerettet war; ja sie schaffte sogar alle Klassen bis hin zum Abitur, ohne einmal hängenzubleiben.

Wie eingesperrt

Ich hatte mich verändert, ohne daß es mir bewußt geworden war. Mitunter schäumen Träume hoch, was wir gerne verstecken möchten, sogar vor uns selber.

So träumte ich einmal, ich wollte Markus' Zimmer aufräumen. Aber wie angewurzelt blieb ich in der Tür stehen. Dieser Raum, von der Morgensonne durchflutet, sah plötzlich so ganz anders aus. Die jetzige, seinen Bedürfnissen angepaßte, eher spartanische Einrichtung war gegen eine andere ausgetauscht worden. Die Musikanlage fehlte, der große, alte Kleiderschrank und das Bett. Sein Bett, das er häfuig als Trampolin benutzte, aus dem wir immer wieder die Matratzen, weil er sie durchgehopst hatte, gegen neue auswechseln mußten und von dem Siegfried kurzerhand die ohnehin schon wackelig gewordenen Beine abgesägt hatte. Anstelle der rustikalen braunen Teppichfliesen, denen man mittlerweile bereits „anriechen" konnte, daß Markus nachts nicht richtig in den bereitgestellten Eimer traf, war mein Traumzimmer mit einem hochempfindlichen, fast weißen Velourteppich ausgelegt. Überhaupt erstrahlte, durch den Einfall des Sonnenlichts verstärkt, das Zimmer förmlich in den Farben Zartgelb und Milchweiß. Das Auffälligste darin aber war ein Stubenwagen. Wie eine duftig-zarte Wolke präsentierte er sich inmitten des Raumes. Was mich aber im Traum beunruhigte, war, daß die Gardine des Stubenwagens im Muster haargenau dem Behang glich, den ich damals für Markus' Babykörbchen genäht hatte. Von dem Kind allerdings, das im Stubenwagen schlief, wußte ich, daß es nicht Markus war. Es war zwar mein Kind, aber ein anderes, ein neu hinzugekommenes.

Ich muß nicht unbedingt Psychologin sein, um diesen Traum deuten zu können. Es lag klar auf der Hand: ein neues Kind, ein neuer Anfang.

In einem Buch las ich, daß Eltern, denen ein behindertes Kind auferlegt wird, verschiedene Prozesse durchmachen. Am Anfang stehen Unwissenheit, gefolgt von Nicht-wahrhaben-

Wollen, Scham, Verzweiflung, Aufbegehren bis hin zur Annahme, zur Bejahung. Dieser Bejahungsprozeß war bis zu diesem Zeitpunkt noch nicht abgeschlossen.

Im Gegenteil, ich war erst recht an einem Scheidepunkt angekommen. Alles, was ich mir von Therapie und was damit erreicht werden kann, versprochen hatte, war nicht eingetroffen. Meine Hoffnungen, ihn, und sei es nur für kurze Zeit, mit einer Beschäftigung sich selbst überlassen zu können, hatten sich nicht erfüllt. Tatsächlich hatte sich seit den Zeiten, da er Gurken samt Wasser „über Bord" gekippt hatte, nichts geändert. Er verwandelte sein Umfeld noch genauso in einen Hexenkessel wie damals. Selbst für mich, die ich doch auf ihn eingestellt war, blieb er unberechenbar. Wenn mir der Gedanke kam: Oje, Markus könnte gleich, dann hatte er bereits: etwa Schrankschubladen mit einem solchen Ruck herausgezogen, daß sie in sich zusammenfielen, unsere dunkelrote Couch mit Kuchenteig verziert, den er Sekunden vorher in der Küche stibitzt hatte, die Fliesen im Bad von oben bis unten mit schwer zu entfernender Parkettpolitur besprenkelt. Und immer noch und immer wieder neu ging er seiner Streusucht nach. An seinem Verhalten, seiner Unberechenbarkeit und seiner wieselflinken Art, seine Mitmenschen zu überfahren, hatten auch die Lehrerinnen nichts grundlegend korrigieren können. In der ganzen Schule war kein ähnlich betreuungsaufwendiger Fall bekannt. Bei den anderen Müttern, selbst bei denen aus der Schwerstbehindertenklasse, erweckte ich Mitleid.

Würde das immer so weitergehen? Mein Leben lang? Mich packte Panik. Ich wollte so nicht weiterleben. Ich wollte von vorne anfangen. Vielleicht ein Baby bekommen, wie ich geträumt hatte. Dieses Kind würde heranwachsen und mich eines Tages nicht mehr brauchen. Oder in meinen Beruf zurückgehen. Mein früherer Chef hatte mich schon des öfteren gefragt, ob ich nicht wiederkommen wollte.

Man stelle sich vor, ein neues Haus, etwas, worauf man stolz ist, was man in Eigenleistung und mit finanziellen Opfern aufgebaut hat und dann Markus, der dafür sorgen wird, daß es binnen kurzem hier so aussehen wird wie in der alten Wohnung. Um das zu verhindern, stellte ich mir einen Tagesplan auf. Vormittags, wenn er in der Schule war, beeilte ich mich mit der Hausarbeit, um nachmittags für ihn freie Bahn zu haben. Mit der Zeit zogen sich die Nachmittage jedoch in die Länge wie Gummi. Ausschließlich Markus beaufsichtigen und weiter nichts? Manchmal sehnte ich mich ins Gemeindehaus zurück. Dort waren meine Tage angefüllt gewesen bis zum Rand, und dort war es zum Schluß schon gleichgültig gewesen, wie es in der Wohnung aussah.

Ich mußte mir also etwas einfallen lassen, wie ich die Nachmittage ausfüllte. Gerne hätte ich mich weiterhin wie während der Bauzeit betätigt. Die angefangenen Arbeiten in unserem halbfertigen Haus verursachten ein Kribbeln in mir. Aber Siegfried winkte, im Hinblick auf soviel Zu-Bruch-Gegangenes in der alten Wohnung, mit einem „das gibt mehr Schaden als Gewinn" ab.

Ein Ausflug in die Stadt war mir Markus von je her illusorisch. Der Betrieb dort putschte ihn zu sehr auf. Spielplätze, auf denen ich andere Mütter getroffen hätte, steuerte ich nicht mehr oft an. Wegen des Verbotsschildes „Kindern über 14 Jahren ist das Benutzen der Geräte untersagt" und wegen: „Guck mal, Mami, was der große Junge da macht." (Markus war in diesem neuen Stadtteil halt noch nicht eingeführt.) Was blieb mir anderes übrig, als mich in den Wäldern aufzuhalten, die dieses Neubauviertel reichlich umgaben.

Nichts gegen Natur - aber siebenmal in der Woche, auch sonntags, das war mir zu viel. (An den Sonntagen, wenn sich Papa ausruhen mußte, hielt ich Vater und Sohn möglichst weit auseinander.)

Aber man glaubt ja nicht, wie schnell sich derartige Gewohnheiten, daß Mama - und nur Mama - für Markus zuständig ist, einbürgern. Sicher, wer hätte mir auch Markus abnehmen sollen? Cornelia? War noch zu klein. Meine Mutter wurde mit ihm nicht mehr fertig. Und Anne-Kathrin weiterhin so einzuspannen, wie während der Bauzeit, widerstrebte mir. Bliebe noch Siegfried. Daß ich ihm bei seiner Doppelbelastung nicht noch den kreischenden, hopsenden Markus zumuten konnte, war klar. Schließlich wollte ich nicht, daß er eines Tages zusammenklappte.

Als ich selbst wegen der Zeit, die ich für den Familienwocheneinkauf benötigte, noch feilschen mußte, kam ich mir an den Rand gedrückt vor. Nein eingesperrt! *Eingesperrt, in einen Essigkrug. Und genau wie die Leute im Märchen, so fing auch ich an zu versauern.* Noch tröstete ich mich, daß das Gröbste am Haus bald geschafft sein würde. Dann würde Siegfried mich ablösen. Das Aufstellen von Gartenzäunen und Ausfliesen von Kellern hatte noch Zeit.

Wie verwundert aber war ich, als ich es kurze Zeit später an unserer linken Hausecke klopfen hörte. Siegfried baute einen Kaninchenstall.

„Aber du wolltest doch hier im neuen Haus keine Kaninchen mehr halten", sagte ich fassungslos.

„Ich habe meine Meinung eben geändert", erklärte er freundlich. „Nächste Woche, falls schönes Wetter ist, werde ich Heu machen."

„Heumachen und Kaninchenstallbauen. Da bist du ja mindestens ein Vierteljahr vollauf beschäftigt", sagte ich seufzend.

„Ja, mindestens."

„Und die Zäune und alles, was am Haus noch erledigt werden muß?"

„Du hast doch selbst gesagt, daß das noch Zeit hat."

„Ja, aber damit du mir den *Jungen* abnimmst. Sind dir deine Kaninchen wichtiger als dein Sohn?"

„Gönnst du mir etwa mein Hobby nicht?" lenkte er ab.

Ich schnappte nach Luft. Ich wollte endlich von Markus entlastet werden, und er sprach von Hobbies.

„Du hast doch auch Hobbies", hielt er mir vor.

„... zu denen ich leider vor lauter Markusbeaufsichtigen nicht komme."

„Es gibt Menschen, die sind eben nie zufrieden. Dabei möchte ich es mal so gut haben wie du. Jeden Tag mit dem Jungen spazierengehen."

Heute sehe ich die Querelen von damals mit anderen Augen. Siegfried war gar nicht der Gedanke gekommen, etwas Unrechtes zu tun. An den Nachmittagen hatte er mich immer leichtfüßig dem Wald zustreben sehen, während er die „Knochenarbeit" am Bau verrichten mußte. Seit drei Jahren eingezwängt in dieses Bauenmüssen, sehnte er sich nach etwas, das ihm Spaß machte. Nur, daß auch ich eingezwängt und auf seine Ablösung angewiesen war, kam ihm nicht in den Sinn. Alles, was sich in den letzten Monaten an unbefriedigtem Leben bei mir angestaut hatte, brach sich nun gewaltsam Bahn.

„Und daß du es genau weißt, noch in dieser Woche setze ich mich mit der Fürsorgerin in Verbindung, um Markus für einen Heimplatz vormerken zu lassen." Eine ganze Weile starrten wir uns an, beide erschrocken über das Unglaubliche, das da gesagt worden war.

Natürlich hat Siegfried seine Kaninchen nicht abgeschafft, und selbstverständlich bin ich nicht zur Fürsorgerin gegangen. Was hätte ich dort auch sagen sollen? Mein Mann schafft sich Kaninchen an, deshalb möchte ich meinen Sohn ins Heim geben? Wie hätte sich das angehört? Wäre ich die Mutter in einem Fernsehstück gewesen, hätte ich spätestens an dieser Stelle gestreikt. Aber im wirklichen Leben sitzen Mütter oftmals am kürzeren Hebel. Und das nicht nur in Behindertenfamilien.

In vielen Familien sieht es so aus, daß sich Väter, um dem allabendlichen Hauruck des Kinder-ins-Bett-Bringens und Schulaufgaben-Nachsehens zu entrinnen, mit Ehrenämtern schmücken oder – selbstverständlich zum Wohl der Familie – mit Überstunden überhäufen. Bei uns war nach dem Kaninchenstallbauen mal wieder eine Nachbarschaftshilfe fällig. Auf lange Zeit.

Ich haßte dieses Untätigsein. Es war schwer auszuhalten. Allmählich jedoch geschah eine Wandlung mit mir, an deren Ende eine neue Lebenseinstellung stand; eine Einstellung, an der ich noch heute festhalte. Es begann damit, daß ich anfing, mich in meinem Essigkrug einzurichten, daß ich mit den Gegebenheiten umzugehen lernte. Nicht daß ich aufgehört hätte, Siegfried an seine väterliche Zuständigkeit zu erinnern. Aber ich sagte mir, daß es keinen Zweck habe, sich in Trübsal zu vergraben. (Negativeinstellungen schaden nur, am meisten einem selbst. Aber das lernte ich erst später.)

Während dieser immer wiederkehrenden Spaziergänge, während des endlos langen Winters in jenem Jahr, war ich lustlos hinter Markus hergetrottet. Aber jetzt reckte und streckte sich meine Seele aus ihrer Verkümmerung dem Frühling entgegen. Staunend bemerkte ich, welch schönen Anblick die Wiesen, über und über mit gelben Löwenzahnblüten betupft, durchzogen von weißen Schleiern blühender Schlehdornhecken, boten. Ich beobachtete einen Sonnenuntergang, freute mich an den wechselnden Formationen und dem Farbenspiel der Wolken. Ich brachte im Sommer Beeren nach Hause, sammelte Pilze, setzte mich mit Heilkräutern auseinander. Ein alternatives Betätigungsfeld also für mein nachmittägliches Untätigsein. Ich ließ mich von den Herbststürmen durchpusten. So sehr lebte ich mit den Jahreszeiten, daß mich, als an einem Oktobertag, an dem bereits ein kräftiger Hauch Frost in der Luft lag und Scharen von Kranichen über uns hinwegzogen, ein Stück Wehmut ergriff.

Zu dem Busch am Waldeingang, an dem wir täglich vorbeikamen, baute ich eine Beziehung auf. An ihm hatte ich den Kreislauf der Natur verfolgt, von da an, als sich aus den Knopsen zartgrüne Blättchen entwickelten, bis zu dem Tag, als sich sein Laub rotgolden gegen die Bläue des Himmels abhob. Nun hatte er sein Blattwerk abgeworfen, und wie er so dastand, in seiner kargen Schönheit, wurde er mir zum Sinnbild für mein jetziges Leben. Er lehrte mich, daß es Zeiten des Insichkehrens, des Ausruhens geben muß, um Kraft zum Knospentreiben zu sammeln.

Wer weiß, was noch an Kraftakten auf mich zukommen würde! Vielleicht würde noch ein Lebensabschnitt kommen, in dem ich mich danach zurücksehnen würde, hinter dem laubrieselnden Markus herzugehen und meinen Gedanken nachzuhängen. Beim Nachdenken fing ich an zu danken, selbst für die kleinen Dinge, die ich bisher als selbstverständlich angesehen hatte. Ich begriff auf diesen endlosen Wegen durch den Wald, daß es darum geht, sich das Gute, das ich *heute* habe, ins Gedächtnis zu rufen. Nicht die Umstände also hatten sich verändert, sondern ich hatte mich geändert. Ich lebte intensiver.

Mit derselben Intensität wie alles in jener Zeit erlebte ich unseren nächsten Urlaub, in den ich diesmal allein mit Siegfried fuhr. Wie groß die Hürde war, die ich zu nehmen hatte, mich von zu Hause loszueisen, begreift nur einer, der sich lange Jahre um einen Angehörigen hat kümmern müssen. Wie war ich mir doch egostisch vorgekommen, Markus abzugeben, die Mädchen bei der Oma zu lassen. Noch heute begegnen mir Menschen, die diesen Sprung aus der „Aufopferung" heraus nicht schaffen, die es nicht übers Herz bringen, die Pflege ihrer gebrechlichen Eltern oder des behinderten Kindes für ein paar Wochen abzugeben, um aufzutanken. Dabei handeln insbesondere die Mütter nicht einmal verantwortlich. Was wird aus diesem „Kind", wenn die Mutter eines Tages nicht mehr in der Lage ist, es zu versorgen? Wird es dann nicht erst recht in ein Loch fallen?

Wie wichtig es war, allein mit Siegfried zu verreisen, merkte ich während dieses Urlaubs. Nun, da sich unsere Aufmerksamkeit nicht auf Markus konzentrieren mußte wie während unserer Ferien mit der Familie, bei denen wir Eltern uns stundenweise beim Beaufsichtigen abgelöst hatten, damit der andere Teil mal abschalten konnte, nun nahmen wir einander wieder ganz anders wahr. Vor allem seine Art, wie er Menschen zum Lachen bringt (noch so ein Stück ursprünglicher ostpreußischer Mutterwitz), wurde mir wieder neu an Siegfried bewußt. Dieses gemeinsame Lachen pustet uns – auch heute noch – die Anspannungen aus der Seele.

Nach diesem Urlaub änderte sich einiges in unserer Beziehung. Meine Milchschüsselbemühungen hatten endlich Erfolg, Siegfried sagte seine Nachbarschaftseinsätze ab. Bis dahin hatte er nicht verstanden, wenn ich sagte: „Die Belastung ist für einen zu schwer." Er war zwar nahe am Geschehen, aber doch nicht mittendrin gewesen. In dem Maße, in dem er sich mehr um Markus kümmerte, verstand er, wie schwer es ist, die eigenen Interessen so ganz und gar zurückstellen zu müssen, daß es neben dem Aufpassen nicht möglich ist, ein Buch zu lesen, Briefmarken zu sammeln oder an einem Strickzeug zu arbeiten. (Im Laufe der Jahre entwickelte ich allerdings ein Konzept, mit dem ich es schaffe, mich auch im Beisein von Markus zu beschäftigen.)

Heute ist es Siegfried, der mich ermuntert, die Einladung zu einem Nachbarschaftskaffee anzunehmen oder mich in der Gemeindearbeit einzubringen, einfach, damit ich nicht isoliert bin und versauere.

Gegen dieses Isoliert-Sein gehen wir gemeinsam an. Wir legen keinen Wert darauf, im Ruf zu stehen, uns für unseren Behinderten aufzuopfern. Markus soll es gut haben, aber wir wollen auch leben. Spätestens an dieser Stelle kapitulieren viele Familien. Wenn man einen Tag ohne den Behinderten aus dem Haus kommen oder gar in Urlaub möchte, müssen regelrechte Klimmzüge gemacht werden, Möglichkeiten im Hinblick auf eine Betreuungsperson erwogen werden; da muß arrangiert, hin und her geschoben werden, bis alles zusammenpaßt. Doch obwohl Markus so schwierig ist, haben wir immer, wenn es nötig war, Vertretung bekommen.

Unser Leben floß ab jetzt dahin, gleichmäßig, wie ein ruhiger Strom. In der Schule gab es keine nennenswerten Probleme. Zu Hause hatte sich alles zur allseitigen Zufriedenheit geregelt.

Diese markussorglose Zeit, wie ich sie nenne, wurde noch gekrönt durch einige Annehmlichkeiten. Wir hatten das Glück, unseren Jungen in jedem Jahr an einer Erholungsmaßnahme teilnehmen lassen zu können. In diesen fünf Wochen, mehr als Atempause für uns Eltern gedacht, taten wir das, wozu wir sonst kaum kamen: etwa Renovierungsarbeiten ausführen, Kontakte verdichten, längst fällige Besuche bei entfernt wohnenden Verwandten nachholen, zu denen wir

Markus nicht mitnehmen wollten – oder konnten –, wie man's nimmt.

Zu den Annehmlichkeiten zählten auch Ferienangebote der „Lebenshilfe". Seit unsere Töchter erklärt hatten, lieber mit einer Jugendgruppe fahren zu wollen, schlossen wir uns den Freizeiten der „Lebenshilfe" an. Hier brauchten wir unseres Sohnes wegen keine Hemmungen zu haben, auch wenn es hier und da Pannen gab. Darüber hinaus kamen wir uns innerhalb der Gruppe geschützter vor. Als einzelne Behindertenfamilie fühlen wir uns in der Öffentlichkeit manchmal wie auf einem Präsentierteller.

Was kann Markus wirklich?

Noch immer bedurfte es großer Geduld, bis eine Aufforderung über eine endlos lange Leitung bei Markus ankam. Aber wenn er etwas von „Urlaub" hörte, schaltete seine „Aufnahmezentrale" sofort auf Empfang. In Verbindung mit dem Wort Urlaub mochte sein Gedächtnis lauter Angenehmes gespeichert haben: Busausflüge, Bootsfahrten, Cafébesuche und Küchenpersonal, das freundlich winkte, wenn er nach einer langen Wanderung hungrig vor den Fenstern der Wirtschaftsräume stand, um auszukundschaften, was es heute zum Abendessen gab.

Um sicher zu sein, daß Papa und Mama diesmal nicht ohne ihn in Urlaub fuhren, trieb er sich die ganze Zeit während des Autobeladens vor der Garage herum. – Im Normalfall hätte eine Minute Unaufmerksamkeit genügt, um ihn über alle Berge sein zu lassen. –

Er war selig, wenn wir am Urlaubsort ankamen und er das Ferienheim wiedererkannte. Daß er immer zuerst auf das gegenüberliegende Zimmer, das wir im vorigen Jahr bewohnten, zustürmte, war wieder mal so eine typisch eingefahrene, autistische Verhaltensweise. Oder doch nicht? Hatte das ständige Verwechseln nicht noch einen anderen Grund? Frau Amos von gegenüber hatte eine Vorliebe für feine Pralinen. Und Markus auch.

Wie in jedem Ferienheim, so wurde auch hier Mittagsruhe eingehalten, die wir in Gottes freier Natur zubringen mußten, weil unser Rennemann nicht einsehen wollte, daß seinen Eltern ein Schläfchen guttun würde. Aber am vierten Tag ließ er sich bereitwillig nach oben bringen. Es sah aus, als sollten wir heute auch mal zu unserem Recht kommen. Die zwei anstrengenden Wanderungen an den Vortagen und die Luftveränderung mochten dazu beigetragen haben.

Bevor er sich hinlegte, zog Markus sich Schuhe und Hose aus. Das machte er immer so. Schließlich wußte er, was sich gehörte. Unterhose gleich mit aus. Na ja, auch gut! Markus' Zimmer lag neben dem unseren. Es würde mir nichts anderes übrigbleiben, als so lange vor seinem Zimmer Wache zu halten, bis er eingeschlafen war. Abschließen konnte ich nicht. Wenn er nämlich hören würde, daß sich der Schlüssel im Schloß drehte, würde er aufspringen und Randale machen.

Plötzlich verspürte ich ein menschliches Rühren, und zwar ein sehr intensives. Wo nur Siegfried blieb, der mich hätte ablösen können? Ob ich es riskieren sollte? Allerdings lag die Toilette am anderen Ende des Ganges. Auf einmal hörte ich aufgeregte Stimmen. Wenn das nicht Markus galt! Ich wurde Zeugin folgenden Zweikampfes: Frau Amos – oben ohne – kämpfte gegen Eindringling Markus – unten ohne –, der beide Hände voll Pralinen hatte. Frau Amos hatte die Zimmertür nicht abgeschlossen, weil sie noch auf ihren Mann wartete.

Wäre dieser Zwischenfall in einem Nichtbehindertenumfeld, in einem Hotel oder einer Pension passiert, hätte es uns große Mühe gekostet, den Anschein sexueller Zudringlichkeit, der zweifellos aufgekommen wäre, zu zerstreuen. Frau Amos aber wußte, auch ohne daß wir es ihr groß erklären mußten, wie es sich verhielt. Um das Ganze aber nicht sang- und klanglos zu übergehen, brachte ich ihr am nächsten Tag eine Schachtel allerfeinster Pralinen.

In vielen Familien wird das Sexualverhalten ihrer Angehörigen zum Problem. Je nach geistigem Entwicklungsstand verstehen sie nicht, daß man sich zum Ausüben sexueller Praktiken diskret zurückzieht. Ausnahmsweise macht uns Markus hierin wenig zu schaffen. Er zieht sich zum Onanieren ins Bad zurück. Nicht als ob bei ihm dieses Gefühl für Diskretion entwickelt wäre. Ich denke mir, der Geruch im Bad regt ihn an. Im übrigen habe ich den Eindruck, als sei der Sexualtrieb durch jahrelanges Einnehmen von Neuroleptika bei ihm erheblich eingedämmt. Worauf wir allerdings achten müssen, ist, daß er leichtbekleidete Damen nicht an die Oberschenkel greift. Wir helfen uns so, daß wir Markus nicht ausgerechnet neben einer Frau in Shorts sitzen lassen.

Die Pubertät, für viele Heranwachsende eine Zeit, in der sie sich selbst nicht ausstehen können, schlug auch bei Markus voll zu Buche. Seine Labilität äußerte sich, weil er sich anders nicht mitteilen konnte, in massiven Auto-Aggressionen (Auto-Aggression = sich an sich selbst auslassen). Daß er sich wer weiß wie oft am Tag in den Handrücken biß (das Horn darauf war sein Wahrzeichen), regte mich schon nicht mehr auf.

Außer Fassung geriet ich erst, als er sich selbst ins Gesicht schlug, und zwar so heftig, daß es andertags blau anschwoll. Ich wußte mir nicht anders zu helfen, als so lange auf sein Hinterteil zu klopfen, bis er aufhörte, sich selbst zu attackieren. Der Po, so dachte ich mir, hält mehr aus als das Gesicht. Wenn er mich nach beendeter Randale wie um Verzeihung bittend umarmte und herzhaft knuddelte, konnte ich ihm einfach nicht böse sein. Sicherlich registrierte er, daß meine Schläge auf den Po als Schutz gedacht waren und nicht als Strafe.

Abgesehen von diesen Ausfällen, war ich mit Markus zufrieden. Wenn ich in die Schule kam, klopften die Lehrerinnen und ich uns gegenseitig auf die Schultern, denn gerade in dieser Zeit konnten wir kleine Fortschritte verzeichnen: Stühle auf den Tisch stellen; Besen holen und wieder wegbringen, beim Tischdecken helfen, Bonbonpapier aufheben und in den Mülleimer bringen. Allerdings war es wieder nicht das, was ich mir anfangs versprochen hatte. Ich hatte mir vorgestellt, ihn eines Tages mit kleinen Botengängen beauftragen zu können. „Geh hol mal ein Glas Eingemachtes aus dem Keller! Bring die Post in den Briefkasten!“ (Der Briefkasten befindet sich an unserem Grundstück) Selbstverständlich macht er das. Nur können wir bei soviel Lob, das er wegen seiner guten Tat erntet, nicht sicher sein, ob er nicht eines Tages auch Brieftasche, Portemonnaie und Privatpost in den Briefkastenschlitz einwerfen würde. Beim Eingemachten käme es darauf an, was augenblicklich größer wäre. Seine Lust auf Apfelmus oder seine Freiheitsliebe. Im Fall Hunger würde er das Glas heraufbringen; im anderen Fall würde er Apfelmus Apfelmus sein lassen und durch die Kellertür das Weite suchen. Seitdem er fleißig alles, was auf dem Fußboden liegt, aufhebt, müssen wir jedesmal den Mülleimer kontrollieren, weil möglicherweise Brauchbares vorzeitig auf den „Weg allen Vergänglichen“ geschickt wurde.

Noch war er jung, noch galt es, ihm soviel wie möglich beizubringen. Ich erinnere mich an einen Vortrag, als Markus sechs Jahre alt war. „Kann Ihr Kind sich das Brot allein bestreichen? Hält es die Tasse am Henkel? Kann es sich allein aus- und anziehen?“ hatte der Redner gefragt. Über zehn Jahre waren inzwischen vergangen. Aber meine Anstrengungen waren nur wenig erfolggesegnet. Mindestens fünfmal mußte ich wiederholen: „Nimm den Waschlappen! Nimm Seife! Mach den Wasserhahn auf! Nicht so weit!“ Dazwischen sein ungeduldiges Hopsen und In-die-entgegengesetzte-Richtung-Laufen! Und das alles für ein einziges Mal waschen.

Es hat Jahre gedauert, bis er sich allein aus- und anziehen konnte. Aber seitdem er das kann, verändert er zigmal am Tag sein Outfit. Mal trägt er den Pullover auf links, mal hat er den Ausschnitt nach hinten. Mal hat er die Hose richtig an, mal die Taschensäcke nach außen.

Nach wie vor das größte Handicap ist der ihm fehlende Nachahmungstrieb. Ich half mir so, indem *ich* die Knöpfe an seinem Parka mit *seinen* Fingern in die Knopflöcher schob und die einzelnen Handgriffe beim Schuhe-Anziehen mit *seinen* Händen ausführte. Jedenfalls so lange, bis er es allein konnte. Manchmal klagte ich mich selber an. Es fehlte mir an Geduld und Konsequenz. Man tut nicht gut daran, heute dem behinderten Kind irgendwelche Leistungen abzuverlangen, um sie morgen selber auszuführen. Aber das eine Mal war es der Schulbus, der schon zum drittenmal gehupt hatte und ein anderes Mal fand ich, daß er oft genug vor Ungeduld alle Knöpfe vom Parka abgerissen hatte.

Ob mir dieser kleinen Erfolge wegen der Blick für das Ganze verlorenging? Wirklich, ich hätte es damals nie für möglich gehalten, daß es nochmals Schwierigkeiten in der Schule, in anderen Einrichtungen geben würde. Es hatte für mich so sehr nach sozialer Anpassung ausgesehen. Ich übersah, daß wir es waren, die sich im Zuschnitt des Haushalts, in der Freizeitgestaltung an Markus anpaßten. Sein Manko, hervorgerufen durch Störungen in der Wahrnehmungsverarbeitung, das sich im Umgang mit anderen Menschen, anderen Räumlichkeiten auswuchs und die daraus resultierenden chaotischen Auswirkungen für alle Beteiligten – einschließlich Markus –, dieser Tatbestand war mir nicht mehr so gegenwärtig, weil ich diese Klippe letzthin meistens umschifft hatte. Wir nahmen Markus nur zu bestimmten Bekannten mit, die auf ihn eingingen, die Verständnis für seine Eskapaden aufbrachten, an deren Räumlichkeiten er sich gewöhnt hatte. Im übrigen gingen Siegfried oder ich getrennt zu Geburtstagsfeiern. Oder wir sorgten für eine Betreuung daheim. Früher waren das unsere Töchter. Seitdem sie aus dem Haus sind, ist es jemand aus dem Verwandten- oder Bekanntenkreis.

Und in der Schule? Ich denke, daß deswegen keine nennenswerten Probleme mehr auftauchten, weil die Lehrerinnen inzwischen Markus' Reaktionen einschätzen und ihnen zuvorkommen konnten. Ob ihnen das restlos bewußt war oder ob auch sie an Fortschritt glaubten?

In einem Punkt allerdings hielten die beiden Lehrerinnen ihre Meinung zurück: Wenn ich äußerte, unter Markus' Außenschicht von Unruhe, Abwehr und Verhaltensauffälligkeiten könne sich eine andere Wirklichkeit verbergen. Ich hatte des öfteren Berichte über Autisten gelesen, die plötzlich aus ihrem Eingesponnenseins herausfanden, ja, die sogar lesen und schreiben konnten, ohne daß es von deren Umfeld zunächst bemerkt worden war.

Derartige Berichte wühlen mich immer auf. Auf einmal sehe ich Markus in einem anderen Licht: Daß er Personen noch nach Jahren wiedererkennt. Daß es Dinge gibt, die man ihm nicht mühsam aufpropfen muß, indem man sie hundertzwanzigmal mit ihm übt, die er einfach von selbst kann. Zum Beispiel wie die Geräte in unserem Haushalt bedient werden, wie das Fernsehen eingeschaltet wird, mit welchem Knopf das Radio lauter gedreht wird. Ob er weiß, welchen Wochentag wir haben, wenn er sich freitags Badewasser einlaufen läßt oder samstags Rührschüssel samt Mehl, Zucker und Eier auf den Tisch stellt als Aufforderung, doch den Sonntagskuchen zu backen? Sofern es seine Unruhe zuläßt, sitzt er in der Sofaecke und schaut sich Illustrierte und Prospekte an. Sind es wirklich nur die Bilder, die ihn interessieren, oder kann er etwa auch lesen? Auch beim Fernsehen tappe ich Dunkeln, wieviel er von den vorbeiflimmernden Bildern verarbeitet. Daß er Zusammenhänge mitbekommt, wurde mir während eines Tierfilms klar, als Markus genau an der Stelle anfing zu weinen, als der Löwe die Antilope, die er aus einer Herde aussonderte und verfolgte, schlug. Eines weiß ich ganz gewiß: Ihm entgeht so schnell nichts! Selbst das nicht, was hinter einer verschlossenen Tür geschieht. Zielsicher geht er dann auf die Schranktür zu, hinter der ich diesmal die Schokolade versteckt habe. Es ist offensichtlich, daß er die Ohren spitzt, wenn wir über ihn reden. Wenn er im Türrahmen eines Zimmers erscheint, hat er in Sekundenschnelle erfaßt, was sich dort abspielt. All das steht im krassen Widerspruch zu seiner scheinbaren Schwerfälligkeit im Begreifen. Oder ist es das, daß er gar nicht begreifen will? Ist es am Ende dieses Nichtwollen oder Nichtkönnen, was seine Behinderung ausmacht? Auf Markus' Krankenscheinen steht „schwerer Schwachsinn" als Diagnose (den Klinikakten entnommen). Wir sind gewohnt, Intelligenz an den Äußerungen und Reaktionen eines Menschen zu messen. Was aber, wenn der Kanal, der Intelligenz herausläßt, verstopft ist? Tatsache ist, daß Markus uns nicht an seinen Körper heranläßt und sei es nur, um ihm ein simples Pflaster aufzukleben. Könnte es nicht sein, daß er aus demselben uns nicht bekannten Grund den Einblick in seine Seele verwehrt? Als er klein war, lange bevor ich etwas von Autismus gehört hatte, überkam mich manchmal das Gefühl: Er will nicht. Er will keinen Blickkontakt. Die Augen sind das Fenster der Seele. Er will nicht sprechen. Wenn ihm doch mal ein neues Wort herausgerutscht war und ich ihn voll Freude ermunterte, es nochmal zu sagen, verstummte er sofort, so, als fühle er sich ertappt. Dieses Sich-ertappt-Fühlen ist auch heute noch da. Etwa wenn er am Fenster sitzt und die Nachbarn ihm freundlich zuwinken, dann zieht er sich augenblicklich in sein Zimmer zurück. Ebenso mag er es nicht, fotografiert zu werden. Sobald er merkt, daß sich das Objektiv eines Fotoapparates auf ihn richtet, versucht er aus dem Schußfeld zu gelangen.

Wann wird die Wissenschaft soweit sein, uns Autisteneltern den Schlüssel zum Innern unserer Kinder in die Hand zu geben? Einzelnen ist es gelungen aufzuschließen. Was aber ist mit den anderen? Werden sie weiterhin in ihrer eingeschlossenen Welt leben müssen? Bleibt für sie nichts weiter übrig als stupides Trainieren mit irgendwelchem Therapiematerial? Vielleicht lebt Markus ja in einem gnädigen Dämmerzustand, vielleicht aber in einer grausamen hellwachen Wirklichkeit. Und immer muß er das tun, was wir, die „Normalen" für ihn für richtig halten.

Trotz solcher Gedanken blieb ich, was seine Zukunftsaussichten anbetraf, realistisch. Eines Tages – und dieser Zeitpunkt lag in nicht allzu weiter Ferne – würde er die Schule verlassen müssen. Was dann? Die unliebsamen Erfahrungen der ersten Jahre noch im Gedächtnis, fing ich diesmal zeitig mit dem „Strampeln" an.

Es gab zwar schon lange sogenannte beschützende Werkstätten für Behinderte, aber dort würde Markus auf keinen Fall unterkommen. Das wurde mir an dem Informationsabend klar, zu dem die Schule eingeladen hatte. An diesem Abend sprachen sowohl ein Vertreter dieser Werkstätten als auch ein Zuständiger vom Arbeitsamt. Da war wieder mal von einem Paragraphen die Rede. Von einem „Mindestmaß an wirtschaftlich verwertbarer Arbeit", das erbracht werden mußte. Nun gut, dieses Mindestmaß könnte, spitzfindig genommen, eine einzige Schraube am Tag sein. Unserem Jungen, der Sprudelflaschen auf- und zudrehen kann, würde es zweifellos gelingen, sich mit dem Montieren von ein paar Schrauben an der „Hebung des Bruttosozialproduktes" zu beteiligen. Aber nur so lange, wie jemand neben ihm stand und ihn aufforderte. So viel Personal, daß theoretisch hinter jedem Behinderten ein Betreuer steht, hat aber eine Werkstatt für Behinderte nicht. Wie also sollte Markus die übrigen sechs Stunden und fünfundfünfzig Minuten, in denen sich niemand um ihn kümmern konnte, zubringen? Den Betrieb durcheinanderwürfeln, indem er seine Streusucht an Schrauben und Zubehörteilen ausließ? Daß das nicht lange hingenommen würde, war mir klar. Fazit also: Es gab für ihn nichts außerhalb der Schule. Wir waren also nach seiner Entlassung soweit wie *vor* der Kindergartenzeit. Es mußte wieder bei Null begonnen werden.

Was war eigentlich aus den anderen jungen Leuten geworden, die bereits aus der Schwerstbehindertengruppe entlassen worden waren? Es stellte sich heraus, daß die Eltern sie entweder stillschweigend nach Hause genommen oder in ein Heim abgegeben hatten. Wir wollten für unseren Sohn weder das eine noch das andere. Und so versuchte ich, mich mit den anderen Eltern in gleicher Lage zusammenzuschließen. Der Elternsprecher unserer Schwerstbehindertenklasse schlug vor, uns bei ihm zu treffen.

An diesem Abend hatten fünf Elternteile sechs Meinungen. Die einen sprachen davon, einen Raum anzumieten, indem die Schulentlassenen reihum von uns Müttern betreut werden sollten. Keine schlechte Idee! Ich befürchtete nur, daß es immer dieselben Mütter sein würden, die sich wegen Krankheit abmeldeten. Andere suchten ein Internat. Aber in der Nähe sollte es sein, um an den Wochenenden das „Kind" nach Hause holen zu können. Sie vertraten die Auffassung, auch ein behinderter junger Mensch sollte sich irgendwann von zu Hause abnabeln. Abnabelung von zu Hause! Meiner Meinung nach zu große Worte! Sie standen in keinem Verhältnis zu der Schwere der Behinderung dieser jungen Leute. Sie würden nicht – und sei es nur annähernd – so etwas wie ein selbständiges Leben führen können. Ich hingegen plädierte dafür, daß unsere Kinder weiterhin so betreut würden wie bisher. Morgens aus dem Haus, nachmittags zurück! Was ich nicht wollte war, Markus den ganzen Tag zu Hause haben. Auch ein Behinderter sollte in einen geregelten Tagesablauf eingebunden sein.

Anders als vor der Kindergartenzeit kannten wir Eltern uns jetzt. Also mußte es nach dem Motto „Einigkeit macht stark" möglich sein, an höherer Stelle etwas zu erreichen.

Ein Vierteljahr war seitdem vergangen. Vom Elternsprecher, der die Sache in die Hand genommen hatte, bekam ich einen Brief. Er enthielt ein paar Anschriften nebst einigen lustlosen Zeilen. Damit gab er die Angelegenheit ab.

Als ich mit Marianne darüber sprach – Marianne war in all den Jahren für mich der Mensch, bei dem ich meine Probleme ablud, bei ihr wußte ich mich aufgehoben, weil sie nie etwas, was ich ihr anvertraute, weitergab –, als ich also Marianne meine Enttäuschung mitteilte, sagte sie: „Margret, *du* mußt dich darum kümmern. Ein Sprichwort sagt: ‚Wer etwas schnell erledigt haben will, erledigt es am besten selbst.'" Marianne hatte recht. Ich hatte zwar keine Beziehungen zu Landtagsabgeordneten wie der Elternsprecher, dafür sagte man mir aber Stehvermögen nach.

Ich hatte mich also vor den Karren gespannt, aber mir fehlte die Zielrichtung. Immer noch war unklar, was wir

Eltern überhaupt wollten. Durch Gespräche versuchte ich, ein Muster herauszuarbeiten. Bei der nächsten Schulversammlung unterhielt ich mich mit der Vorsitzenden der Schulpflegschaft. Ihr lag der weitere Verbleib der Schwerstbehinderten auch am Herzen.

„In anderen Städten", so sagte sie, „gibt es bereits unter dem verlängerten Dach der beschützenden Werkstatt solche Einrichtungen für Schwerstbehinderte. Gruppen also, die vorwiegend pädagogisch ausgerichtet sind und in denen nicht dieses ‚Mindestmaß an wirtschaftlich verwertbarer Arbeit' verlangt wird. Und nun kommt es, liebe Frau Koppetsch! Alles, was Sie jetzt brauchen, ist *einen*, der in der Werkstatt abgewiesen wurde. Weil die Eltern bisher die Schulentlassenen stillschweigend nach Hause genommen haben, wird von höherer Stelle, vom Träger der Einrichtung und vom Landschaftsverband, behauptet, es bestehe kein Bedarf für eine solche Gruppe."

Was jetzt auf mich zukam, war ein hartes Stück Arbeit. Nicht der Träger und der Landschaftsverband, nicht die langsam mahlenden Mühlen der Bürokratie waren zunächst mein Widerpart, sondern die Eltern selbst, die eigentlich meine Verbündeten hätten sein sollen.

Allein schon deren Negativeinstellung nervte mich. Bisher hatten wir doch tatsächlich keinen Grund gehabt zu nörgeln. Unsere Kinder waren viele Jahre hindurch betreut worden.

In endlosen Telefonaten versuchte ich, die Mütter hinter mich zu bringen. Ich unterbreitete ihnen das Konzept, das sich mittlerweile herauskristallisiert hatte. Der erste Schritt war, beim Arbeitsamt einen sogenannten Rehabilitationsantrag zu stellen. Ohne den lief *absolut* nichts. Wenn die Mütter wenigstens sachlich geblieben wären. Oft hatte ich den Eindruck, sie hörten gar nicht zu. Sobald ich mich meldete, bekam ich Geschichten vom lieben Andy zu hören oder Herzensergüsse übers Sozialamt, das schon wieder Leistungen gestrichen hatte.

Als nächstes wollte ich bei der Werkstatt vorsprechen. Ich wäre dort gerne mit großem Aufgebot aufmarschiert. Aber es war nicht möglich, terminlich alle unter einen Hut zu bringen. So trafen sich nur drei Mütter, die sich von Herrn Seyfarth Räume und Arbeitsplätze zeigen ließen. Bei dieser Führung entstand bei mir der Eindruck von „zweierlei Sprache". Bei mir kam immer „ganz leicht" und „müßte doch jeder können" an, während ich von „können unsere Behinderten nicht" und von „Sondergruppe" redete.

„Sehen Sie", wollte er uns überzeugen, „bei diesen Plastikteilen braucht lediglich der überstehende Grat abgebrochen zu werden." Tatsächlich, das würde selbst Markus können! Wenn – ja, wenn ihn nicht ständig seine eigene Unruhe vom Stuhl reißen würde.

„Und hier. Hier werden Teile zusammengesetzt. Wenn einer gut puzzlen kann, für den dürfte das kein Problem sein."

Ich stieß Frau Reis an, die gerade wieder von ihrem lieben Andy loslegen wollte, der unheimlich gut Puzzlespiele zusammensetzen kann. Wenn unsere Kinder das wirklich könnten, brauchten wir uns nicht wegen einer Sondergruppe zu verrenken.

Was Frau Reis nur zu Hause erzählt haben mochte. Jedenfalls rief am Abend ihr Mann bei mir an. Ich hatte Mühe, nicht den Hörer aufzuknallen, so wütend machte mich sein Ton.

„Das, was Sie vorhaben, verehrte Dame, wird Ihnen nicht gelingen. Ich weiß, was dort in den beschützenden Werkstätten verlangt wird. Die Firma, in der ich beschäftigt bin, gibt nämlich Produktionsteile dorthin aus. Und was glauben Sie, wer dort arbeitet?"

Nun, es war mir nichts Neues, daß Werkstätten für Behinderte auch Abgänger aus Lernbehindertenschulen aufnahmen; solche, die in der freien Wirtschaft wegen Mangel an Arbeitsplätzen nicht unterkamen. Ich hätte noch manches zu sagen gehabt, aber Herr Reis ließ mich nicht dazwischen. Seinem Reden nach schwebte ich in einem Wolkenkuckucksheim, wo mir jeglicher Realitätssinn abhanden gekommen war.

„Es tut mir leid, meine Dame, Ihnen eine solche Enttäuschung bereiten zu müssen."

Erschöpft legte ich auf. Was wollte er überhaupt? Wir konnten doch nichts verlieren. Entweder wir schafften diese Gruppe, oder wir schafften sie nicht. Aber von vornherein resignieren? Das kam für mich nicht in Frage.

Auf alle Fälle hatten wir drei übriggebliebenen Mütter auf uns aufmerksam gemacht. Denn irgendwann schaltete sich der Leiter der örtlichen „Lebenshilfe" ein (Lebenshilfe für geistig Behinderte e. V.), und irgendwann zog Herr Seyfarth mit.

Aufräumen und Unfälle

Hatte ich mir nicht jahrelang die allergrößte Mühe gegeben, um Markus wenigstens die einfachsten Begriffe von Ordnung beizubringen, um dem Chaos in unserer Wohnung entgegenzusteuern? Heute muß ich mit dem Zauberlehrling sagen: „Die ich rief, die Geister, werd' ich nun nicht los." Denn wie ein Bumerang kommt das ihm mühsam Antrainierte in Form von Manien wieder auf mich zu. Er räumt auf, ohne Sinn und Verstand.

Die Anfänge des Ordnungsmachens reichen bis in seine Kindheit zurück. Von der Wohnzimmerlampe war eine Schale zerbrochen. Eine Scherbe lag im Mülleimer. Der Familienrat tagte. Keiner war es, niemand hatte etwas gesehen. Markus kam ohnehin nicht in Frage. Eine Lampe zerdeppern und klammheimlich im Mülleimer verschwinden lassen, das wäre für ihn geradezu Gedankenakrobatik gewesen. Einer kam auf die Idee, ihn auf die Probe zu stellen. Wir legten die Scherbe zurück ins Wohnzimmer, und siehe da, sofort brachte er sie zurück in den Mülleimer. Die ganze Familie wußte sich vor Stolz nicht zu lassen. Es sah wieder mal nach Fortschritt aus.

Darauf folgte eine Zeit, in der er ohne Aufforderung Bonbonpapier aufhob und Schuhe in den Schuhschrank stellte. Natürlich wurde er dafür gelobt. Aber neuerdings veranstaltete er regelrechte Aufräumorgien, und zwar, wie mir vorkam, in Zeiten, in denen er sich selbst nicht leiden konnte.

Wie einmal, als er aus der Schule kam.

Die Zeitungen in der Schranknische störten ihn. Er pfropfte sie in den Zeitungsständer. Meine Handtasche lag auch nicht an ihrem Platz. Die flog in den Garderobenschrank. Die Bodenvase vor dem Fenster hatte er auch schon woanders gesehen. Ja, richtig, im Flur. Also schleppte er sie dorthin. Den großen Christusdorn hatte Papa umgetopft. Das konnte er nicht ändern. Oder doch? Im Vorbeigehen zog er den Strunk heraus – igitt, war der stachelig – und ließ ihn auf Mamas geschonte Häkeldecke fallen. Bei seinem Amoklauf durch die Wohnung gelangte er wieder im Wohnzimmer an. Den Packen Zeitungen, eben noch aus dem Ständer in die Schranknische gepfropft, hievte er nun hoch oben auf den Wohnzimmerschrank. Ich, die ich gerade meinen Einkaufszettel schrieb, rannte hilflos hinter ihm her. Alles Verbieten war, wie bei allen seinen Manien, zwecklos. Auf einmal war mein Portemonnaie weg. Wirklich, ich hatte es nur aus der Hand gelegt, um meiner Einkaufsliste etwas hinzuzufügen. Alles Suchen blieb ergebnislos. Ja, noch schlimmer! Während ich suchte, räumte er unentwegt weiter auf. Er warf doch mit Vorliebe alles auf den Wohnzimmerschrank. Ob es dahintergefallen war? Also rückten wir das dreimeterfünfzig breite Monstrum von einem Schrank von der Wand. Zum Vorschein kam aber nur eine zehn Jahre alte Zeitung. Die Geldbörse fanden wir eine Woche später ganz hinten im Besenschrank.

Dieser ständige Kampf um Rechnungen und wichtige Formulare, die, nach längerem Suchen, im Altpapier wiedergefunden werden, um benutztes Geschirr und Besteck, das ungespült im Schrank verschwindet, ist noch schlimmer als sein Unordnungmachen von früher. Ich mußte jetzt oft an Frau Langenbroich denken, an ihr bedeutsames: „Warten Sie's ab!"

Neuerdings wirft er wieder alles zum Fenster hinaus. Etwas, was er lange Zeit nicht mehr getan hat. Und so suche ich zwischen Radieschen und Salatköpfen nach Zahnbürsten und Seife, wate durchs Kartoffelbeet, um Handtücher und Badematten einzusammeln, und mühe mich bei Dunkelheit und strömenden Regen, unsere Läufer aus der Diele wiederzufinden. Seitdem unsere Personenwaage hochkant im Schnee stak, wiegen wir alle unter fünfundvierzig Kilo. Am einfachsten wäre, die Fenster wieder abzuschließen. Aber die Schlösser, die wir damals einbauen ließen, hatten seinen zunehmenden Körperkräften nicht mehr standgehalten.

Seine zunehmenden Körperkräfte waren es denn auch, weswegen kleine Unfälle, im Grunde Bagatellen, für Markus lebensbedrohlichen Charakter annahmen.

Einmal hatte er sich an einem rostigen Zaun verletzt. Ein Stück vom Handballen stand rechtwinklig ab. Ich nehme an, normalerweise wäre die Wunde mit örtlicher Betäubung genäht worden. Bei Markus aber war Nähen ohne Vollnarkos nicht möglich. Aber gerade gegen die Narkosespritze und den dringend notwendigen Tetanusschutz wehrte er sich, als ob es ihm ans Leben sollte.

Ein anderes Mal stach ihn eine Wespe in die Mundhöhle. Meine Mutter hatte Geburtstag. Kinder und Enkelkinder waren gekommen. An diesem Spätsommertag, einem Tag wie blaßblaue Seide, feierten wir Omas Ehrentag auf der Terrasse.

Ich sah die Wespe in der Limonade paddeln, aber ich war zu erschöpft, die Gefahr, die davon ausging, zu registrieren. So eine Feier mit Markus im Hintergrund bedeutete einen dreifachen Aufwand an Kraft und Nerven, denn Freude, viele Menschen und Mamas Woandersbeschäftigtsein ließ Markus aus den Fugen geraten.

Gerade noch im Schaukeln begriffen, sprang er plötzlich herab und trank den Rest der Limonade aus.

Er schrie, würgte, bekam Nasenbluten, brach die Wespe aus. Aber sie hatte ihn bereits in den Schlund gestochen.

„Er wird sterben", entsetzte sich Gabi.

An Schreckensmomente gewöhnt, versuchte ich, meine Fassung zu behalten. Sein Beruhigungsmedikament – das wußte ich aus einem ähnlichen Vorkommnis – enthielt einen Wirkstoff, der das totale Zuschwellen, das ja zum Erstickungstod führt, verhindert. Um nichts zu versäumen, ließ ich mich ins Krankenhaus fahren.

Durch die neue Umgebung von seinem Schmerz abgelenkt, klopfte mein Markus, blutverschmiert und barfuß, wie ich ihn von der Schaukel mitgenommen hatte, interessiert alle Gegenstände im Operationsraum ab. Das wurde dem diensthabenden Pfleger zu bunt. Sich hier im Allerheiligsten der Medizinier aufzuführen wie im Spielzimmer! „Markus, nimm deine Mama und geh nach Hause", sagte er humorvoll.

Waren diese Zwischenfälle noch glimpflich verlaufen, so ging es etliche Jahre später tatsächlich einmal auf Leben und Tod. Eine Woche brauchten wir, um die Blutspuren von Teppichen, Gardinen und Wänden zu entfernen.

An diesem Morgen streifte Markus plan- und ziellos durch die Wohnung. Seit Jahren hatte ich mir angewöhnt, ihn mit den Ohren zu beaufsichtigen. Das heißt, ich höre an den Geräuschen, wo er sich gerade befindet, was er tut. Augenblicklich suchte er den Bodenschlüssel, fand ihn und schloß auf. Jetzt war der Zeitpunkt gekommen hinterherzuspringen, um Untaten zuvorzukommen. Aber nein, keine Untaten. Der Junge wollte sich nur Sprudel holen. Während ich hinter ihm abschloß und mir sagte, daß ich den Schlüssel diesmal besser verstecken müsse, lief er vorweg die Treppe hinunter. Auf einmal ein Bums, ein Klirren, ein dumpfer Schrei! Auf Anhieb wußte ich, da ist nicht nur die Flasche zu Bruch gegangen. Das ist etwas *passiert*! Eine Blutspur führte in die Küche. Er ließ mich nicht nachsehen, wo er sich verletzt hatte; aber da – aus der Hand tropfte Blut. Wild schlenkerte er mit dem Arm umher. Vermutlich wollte er Blut und Schmerz abstreifen. Das Handtuch, das ich um seinen Arm wickelte, färbte sich im Nu rot. Ich mußte telefonieren. Dazu brauchte ich Hilfe! „Mutter, bitte komm und hilf mir!" schrie ich die Treppe hinunter. Meine Stimme überschlug sich. Und meine Mutter, alt, nicht mehr so behende und geistesgegenwärtig, versuchte, mit dem springenden armen Kerl, der vor Schmerz durch alle Zimmer lief, Schritt zu halten. Ich rief unsere Hausärztin an. Besetzt. Wieder und wieder drehte ich die Wählscheibe. „Mutti, du mußt ihm das Handtuch drumhalten!" – „Tue ich doch", sagte sie. Ich bezweifelte es, denn in den zwei Minuten, in denen ich am Telefon festsaß, war alles über und über mit Blut bespritzt. „Mutti, wo wischst du denn überhaupt?" – „Ich denke, er hat Nasenbluten?" – „Nnnein, Mutti. Er blutet aus der Hand!" Die Ärztin kam. „Da ist eine Arterie verletzt. Er muß im Krankenhaus genäht werden", stellte sie fest. Gut, daß sie gekommen war. Wenn sie ihm schon hier vor Ort nicht helfen konnte – gegen den blutstillenden Verband wehrte er sich wie wild –, so machte sie wenigstens dem Krankenwagen Dampf.

Argwöhnisch registrierte Markus den ungewohnten Betrieb in der Diele. Um die Trage machte er einen großen Bogen. Als ihn aber die Krankentransporter packen und darauf festschnallen wollten, wehrte er sich mit einer Verzweiflung, gegen die zwei starke Männer nicht ankamen. Das kannte er doch noch von früher! Festhalten und dann piesacken! Die Männer kamen ins Schwitzen. So etwas hatten sie noch nicht erlebt.

„Los, ruf die grünen Jungs!" Alleine schaffen wir ihn nicht hier raus", sagte der eine.

Bisher hatte ich nur aus Angst und Panik bestanden. Die Zeit rann dahin und mit ihr das Leben aus seinem Körper. Aber auf einmal war ich ruhig. Ich wußte, was ich zu tun hatte.

„Bitte, lassen Sie ihn los", sagte ich.

Und dann, wie selbstverständlich: „Komm, Markus, steig ins Auto ein!" Markus, froh seinen Drangsalierern zu entkommen, ließ sich darauf ein.

Auf der Bergkuppe begegneten wir dem Streifenwagen. Die Fahrer der beiden Wagen kurbelten die Fenster herunter.

„Hat sich erledigt", gab unser dem anderen Bescheid.

Markus' Gesicht hatte eine wächserne Blässe angenommen. Auch dem Beifahrer schien das aufgefallen zu sein.

„Es wird Zeit, gib Gas, stell das Blaulicht an", rief er seinem Vordermann zu.

Nun saß ich vor der Tür des OP-Raumes, lauschte auf die Geräusche drinnen und betete. Er wird sterben, hämmerte es in mir. Von drinnen immer noch Stöhnen und Schreie! Diese schrecklichen Schreie eines Tieres, das sich in die Enge getrieben fühlt. Mir war jegliches Gefühl für Zeit verlorengegangen.

Gleich würde man herauskommen und achselzuckend sagen: „Er läßt ja niemand an sich heran." Erst neulich noch hatte man uns unverrichteter Dinge nach Hause fahren lassen. – Warum mir das ausgerechnet in diesem Augenblick wieder einfiel? – Markus sollte für eine spezielle Untersuchung Blut abgenommen werden. Zweihundertfünfzig Kilometer waren wir deswegen gereist.

Aber nein, schrie es in mir auf, dies hier war doch etwas anderes! Hier ging es um Leben und Tod!

Endlich – Stille! Lieber himmlischer Vater, ich danke dir. Es wird alles gut!

Wie durch einen Nebel wurde ich gewahr, daß ein Polizist neben mir saß und Fragen stellte. Was wollte er überhaupt? Die Polizei war doch nicht in Anspruch genommen worden.

„Ich muß dieses Protokoll aber aufnehmen", sagte er.

Na schön, wenn er mußte, dann mußte er eben. Da konnte man nichts machen.

„Fragen Sie nur!" sagte ich.

„Sind Sie eine Angehörige von dem Mann?"

„Von welchem Mann?"

„Von dem, der gerade ins Krankenhaus gekommen ist."

„Ja, natürlich! Ich bin die Mutter. Entschuldigen Sie, ich bin noch ganz durcheinander." Der Polizist hatte Verständnis.

„Wer hat ihn aufgefunden?"

Aufgefunden? Was meinte er bloß? Markus mußte man doch nicht groß auffinden.

„Es ist im Flur passiert. Als ich ihn sah, war er bereits in der Küche", sagte ich wahrheitsgemäß.

„Wie ist es passiert?"

„Mit der Sprudelflasche."

„Aha, Sprudelflasche", notierte der Beamte.

Wollte er mir etwa einen Vorwurf machen, daß ich Markus die Flasche habe tragen lassen?

„Er hat sich schon öfter selber etwas zu trinken geholt", verteidigte ich mich, „und es ist nie etwas passiert."

Der Mann sah mich mit einem langen, prüfenden Blick an, so, als habe ich tatsächlich ein bißchen gelitten.

„Er muß auf der Treppe irgendwie ausgerutscht sein, die Flasche ging zu Bruch, und dabei hat er sich die Arterie aufgeschnitten", ergänzte ich. Der Polizist schaute noch verdutzter.

„Dann wollte er sich gar nicht das Leben nehmen?"

„Sich selbst das Leben nehmen? Wie kommen Sie darauf?"

„Bei uns ging ein Funkspruch ein: Da hat sich einer die Ader aufgeschnitten, der will nicht ins Krankenhaus."

Noch nach Wochen hing dieser eklige süßliche Geruch nach getrocknetem Blut in unserer Wohnung.

Daß er niemand an sich heranläßt, macht uns nicht erst zu schaffen, wenn es so dramatisch zugeht, wie eben beschrieben. Die Hürden sind schon bei der täglichen Körperpflege zu nehmen. Gegen den Rasierapparat wehrt er sich genauso fanatisch wie gegen eine Spritze. Wir ließen ihm deshalb einen Bart wachsen, den er sich allerdings mit der Schere kurzhalten läßt.

Daß er beim Haareschneiden einigermaßen still hält, dafür hat er zwanzig Jahre gebraucht. Vom Friseur ließ er sich nur zweimal die Haare schneiden; beim drittenmal entwischte er, halbgeschoren auf die Straße. Fußnägel bekomme ich bis zum heutigen Tage nur durch Hinterherlaufen geschnitten und Pflaster aufkleben und Fieberthermometer einführen sind ein Ding der Unmöglichkeit.

Was aber, wenn Markus zum Zahnarzt muß?

Den ersten kranken Zahn hatte er, als er bereits achtzehn war. Ich glaube, sein gesundes Gebiß verdankte er seinem Verhalten seit frühester Kindheit, nämlich dem Beißen auf alle harten Gegenstände. In einer gewöhnlichen Zahnpraxis würde man Markus nicht behandeln. Aber es hatte sich unter Behinderteneltern herumgesprochen, daß es in der nächsten Großstadt, vierzig Kilometer von uns entfernt, eine Zahnklinik gibt, die auch Behinderte nimmt.

Dort meldeten wir uns an.

„Der Zahn muß raus", stellte der Zahnarzt fest.

Jetzt kam die Kardinalfrage. Sollten wir ihm hier und jetzt, sozusagen mit Überraschungseffekt, den Zahn ziehen lassen oder anderntags mit Narkose. Siegfried entschied für Narkose.

Wegen der Narkose durfte Markus am anderen Morgen weder essen noch trinken. Ich weiß noch, daß ich im Flur stand und krampfhaft überlegte, ob ich auch alles, wirklich alles weggeschlossen hatte. Wenn unseren Jungen nämlich der Hunger plagte, entwickelte er einen ungemeinen Erfindungsreichtum im Aufstöbern von Geheimverstecken.

„Hier in der Nähe wohnen Onkel Friederich und Tante Hermine", fiel mir ein, als wir uns durch den Großstadtverkehr wühlten.

„Ob wir uns mal zum Mittagessen bei ihnen anmelden sollen?" Das war nur ein Scherz, denn Tante Hermine war alles andere als gastfrei. Man konnte nach fünf Jahren das erstemal bei ihr auftauchen, um nicht einmal eine Tasse Kaffee angeboten zu bekommen. Markus indes, dem der Magen in den Kniekehlen hing, hörte nur das Wort „essen" heraus. Damit hatten wir ihn, der sich immer noch vor weißen Kitteln fürchtete, überrumpelt, ohne daß es in unserer Absicht lag.

Am Krankenhaus angekommen, wo wir heute hinmußten, stieg er bereitwillig aus, weil er annahm, hier wohne Tante Hermine.

Auf der Station erwartete man uns. Siegfried durfte mit hinein. Ich wurde in einen Vorraum gewiesen, um den Anästhesiebogen auszufüllen. In der Mitte des Zettels angekommen, hörte ich gräßliche Schreie. Ich hielt mir die Ohren zu. Dann war alles still. Siegfried kam heraus, kreideweiß im Gesicht. Er riß das Fenster auf und atmete tief durch.

„Es war schlimm. Wir bekamen ihn einfach nicht von den Beinen. Er hat mir eine Rippe gequetscht", berichtete er.

Zu sechst hatten sie ihn festgehalten, um ihm die Narkosespritze geben zu können. Armer Markus! Wenn ich mir vorstelle, sechs starke Männer würden sich auf mich stürzen und ich hätte keinen blassen Schimmer warum.

Ich habe mir meinen Sohn nicht aussuchen können

Unser im angenehmen Gleichmaß dahinfließendes Leben – mit den Ferien in jenem Jahr ging es zu Ende. Was nun folgte, waren Jahre, in denen ich wiederum auf ein Schüttelsieb geworfen wurde.

Und dabei hatte ich gerade diesen Urlaub als einen der ausgeglichensten empfunden. Markus kannte sich von mehreren Malen her in den Gegebenheiten aus. Das war für ihn wichtig, denn so konnte er stets einordnen, was auf ihn zukam, und er reagierte nicht mit vermehrter Unruhe.

Aber wie durch den schrillen Ton des Weckers aus einem schönen Traum gerissen, so fing die Schule an. Daß er nach den ersten zwei Schultagen aufgedreht heimkam, war ich gewohnt. Auf jede kleinste Veränderung, gleich, ob Wechsel von Elternhaus auf Schule oder umgekehrt, reagiert er so empfindlich wie ein Seismograph auf eine Erderschütterung. Auch dafür, daß er sich nach drei Tagen noch nicht beruhigt hatte, fand ich eine Erklärung. Seit Schulbeginn hielt ein neuer Bus vor unserem Haus. Neuer Bus, neues Begleitpersonal, andere Kinder – das mußte erst mal verkraftet werden. Und prompt kam nach einer Woche die erste Beschwerde. Markus hatte gebissen. Diesmal nicht sich selber, sondern die Busbegleiterin. Daß er andere biß, so etwas war des öfteren vorgekommen. Und zwar sowohl in der Schule als auch zu Hause. Was aber sollte werden, wenn die Busbesatzung erklären würde, ihn nicht mehr mitnehmen zu wollen?

Bei einer Tasse Kaffee läßt sich so etwas besser besprechen als zwischen Tür und Angel. Mit Erleichterung stellte ich fest, daß die beiden Damen, Fahrerin und Begleiterin, das Herz auf dem rechten Fleck hatten. Eine von ihnen hatte selber einen behinderten Bruder. Sie wußte, wie man mit solchen Rackern umging. Diese pädagogische Unbekümmertheit – eine Eigenschaft, die ich in den darauffolgenden Monaten schätzen lernte – brachte mich auf eine Idee.

„Nehmen Sie einen Kochlöffel mit in den Bus und *zeigen* Sie ihm den. Davor hat er nämlich Angst", riet ich ihr.

„Er hat mir den Kochlöffel aus der Hand gewunden", beschwerte sie sich am nächsten Tag.

„Nun gut, dann nehmen Sie morgen zwei Kochlöffel, damit Sie noch einen in petto haben", sagte ich.

Von da an gab's im Bus keine Probleme mehr.

Dafür aber zu Hause.

Unruhe war bei Markus Normalität. Aber was ich in diesen Wochen seit Schulbeginn erlebte, war Unruhe hoch drei. Es erinnerte mich stark an die Frühjahrszeit von damals.

An der Art, wie er aus dem Bus sprang, in die Küche stürzte, sein Essen unzerkaut in sich hineinschlang und sofort, wirklich sofort auf die Schaukel wollte, merkte ich, daß dieser Tag so werden würde wie die vorigen.

Es wehte ein eisiger Nordostwind. Nur mit Mühe konnte ich ihn dazu bewegen, wenigstens seinen Parka überzuziehen, so eilig hatte er es. Nun tobte er mit viel Stimmaufwand auf der Terrasse herum. Vom Abreagieren, wie sonst nach der Schule, war nichts zu merken. Nach einer halben Stunde meinte ich, auch mal auf die Nachbarn Rücksicht nehmen zu müssen. Seine Baßstimme mußte im ganzen Viertel schaurig zu hören sein.

„Markus, wenn du nicht sofort ruhig bist, mußt du rein!"

Er gab sich Mühe, das, was mit Macht aus ihm herauswollte, zu unterdrücken. Aber es gelang ihm nicht.

Nun stand er im Wohnzimmer. Mit in Schulterhöhe angewinkelten Ellbogen verharrte er ein paar Sekunden, dann flatterte er mit den Armen. Ich schreibe "flattern". Das hört sich nach Leichtigkeit an. In Wirklichkeit verkrampfte sich alles in ihm, war geballte Kraft, die mit jedem „Flügelschlag" heraus mußte. Seine Bewegungen steigerten sich vom Allegro zum Presto. Zwischendurch entspannte er sich. Fermate. Aber wie der Wind draußen stoßweise gegen unser Haus fuhr, so wurde Markus erneut von Unruhe gepackt. Abgemagert war er. Selbst ein Hochleistungssportler würde nicht mehr Trainingsstunden absolvieren, als er. Ich gab ihm zusätzlich von seinen Medikamenten. Gegen Mitternacht schlief er endlich ein. Fine. Jedenfalls für heute.

Ich machte mich für die Nacht fertig. Eigentlich müßte mich das Erbarmen packen, aber auch meine Nerven waren bis zum äußersten strapaziert vom ununterbrochenen Muhen, Brummen, Kreischen. Nachts fuhr ich bei jedem Laut „markusgeschädigt" in die Höhe.

Zwei Wochen später erfuhr ich, daß Markus einen neuen Lehrer hatte. Auch er klagte über die Unruhe unseres Jungen.

Bisher war ich gewohnt, anfallende Probleme oder Erfreuliches mit den Lehrerinnen auszutauschen. Ich weiß nicht, was zwischen mir und dem Neuen verkehrt war. So vorsichtig ich meine Worte wählen mochte, am Ende hatte ich immer das Gefühl, ihm zu nahe getreten zu sein. Er verstand nicht, daß es mir nicht um Schuldzuweisung ging, sondern um das gemeinsame Finden einer Lösung.

Anfangs hatte ich noch geglaubt, die Unstimmigkeiten würden sich bei besserem Kennenlernen geben. Aber je länger ich Herrn Langhammer kannte, desto ratloser wurde ich. Unsere Gespräche hatten schon bald etwas Destruktives an sich. Sagte ich „Hü", so kam von dem Lehrer unter Garantie „Hott".

Herr Langhammer fuhr dann gewöhnlich aus der Haut. Den Lehrer gegen mich aufbringen, war das Letzte, was ich gewollt hätte. Ich fühlte mich so abhängig von ihm.

Ein sachliches Gespräch war auch aus einem anderen Grund nicht möglich. Herr Langhammer hatte seine eigene Art, mich abzublocken. Er redete ruhig, gleichmäßig, ja fast freundlich; aber ununterbrochen. Sobald ich meinen Mund auftat, unterbrach er mich und redete weiter: langsam, kontinuierlich. Genausogut hätte ich dem Anrufbeantworter meine Einwände bringen können. Alles Ungesagte staute sich in mir, wie Geröllmassen, vom Hochwasser angeschwemmt.

Man konnte diesem Mann beileibe nicht nachsagen, er mache sich die Aufgabe leicht. Um auf dem neuesten Stand zu sein, beschaffte er sich Literatur über Autismus. Er machte dann aber, wie ich das überblicken konnte, den Fehler, Markus in das, was er sich angelesen hatte, hineinpressen zu wollen. Dabei kamen solche Widersinnigkeiten heraus wie die Behauptung, Markus ließe sich von niemand anfassen, auch von uns, seinen Eltern, nicht. Ja, er nähme uns nicht einmal wahr.

Wenn es nicht so ernst gewesen wäre, hätte ich darüber gelacht. Sicherlich, vielleicht wäre manches im Umgang mit unserem Sohn einfacher, wenn man ihn irgendwo zuordnen könnte. Aber er paßt in keine Schablone. Das hatte die junge Psychologin damals im Kindergarten bereits herausgefunden. Sie war Ausländerin und formulierte es sehr treffend so: „Ich probiere dies, und ich probiere das, und was Markus dann macht, das steht nicht in meinem Buch."

Ein anderes Mal, so hatte ich den Eindruck, wollte der Lehrer Markus „werkstattreif" machen, also so viel aus ihm herausholen, daß die Sondergruppe, die ich anstrebte, gar nicht vonnöten sein würde. Sicher, etliches an unserem Jungen berechtigt zu der Annahme, in ihm stecke mehr. War es mir früher nicht ähnlich ergangen? Aber nach zwanzigjährigem Umgang mit ihm habe ich einsehen gelernt, daß ihm sehr enge Grenzen gesetzt sind. Nur, Herr Langhammer war nicht bereit, was vor ihm war, anzuerkennen. Was die Kindergärtnerin, die Lehrerinnen und ich an ihm geschuftet hatten, fegte er mit einer Handbewegung vom Tisch.

Wollte man ihm Glauben schenken, so war Markus nichts beigebracht worden. *Absolut* nichts! Und mein Junge – das war mir klar – würde den Ehrgeiz des Lehrers ausbaden müssen. Er würde es auf die einzig ihm verbleibende Art tun: mit vermehrter Unruhe. Und die Unruhe war es doch, die der Lehrer anprangerte. Ein Teufelskreis!

Herr Langhammer war anderer Ansicht. Ihm schwebte da ein Schüler vor, der durch eine Medikamentenumstellung umgänglich geworden war. Selbstverständlich waren wir bereit, in diese Richtung Schritte zu unternehmen. Das hatten wir bis dahin doch immer getan. Nur fühlte ich mich verpflichtet, darauf hinzuweisen, daß Markus sich „hinsichtlich der Beeinflußbarkeit von Neuroleptika als sehr resistent erweist und daß aufgrund seines wechselhaften Verhaltens eine medikamentöse Einstellung besonders schwierig ist", wie es in einem Klinikbericht heißt. Medikamente allein also genügen nicht. Es muß gleichzeitig nach anderen Lösungskonzepten gesucht werden. Wenn wir seinem „Anraten" nicht nachkämen, müßte unser Sohn entlassen werden. Es war das erstemal, daß er unverblümt mit Ausschulung drohte. Und dieser Mann würde nicht lange fackeln, hatte ich das Gefühl.

Diesmal wollten wir Markus nicht in eine Psychiatrie geben. Es erschien uns sinnvoller, ihn von einem Neurologen am Ort einstellen zu lassen. Eines Tages mußten wir Markus wegen eines Termins beim Arzt vorzeitig aus der Schule holen. So wie ich ihn da erlebte, das nahm mich doch sehr mit. Während er sonst bei meinem Auftauchen in der Klasse fröhlich mit den Armen gewedelt hatte, nahm er diesmal keine Notiz von uns Eltern. Wie ein Löwe im Käfig lief er im Klassenraum auf und ab, auf und ab. Schweiß perlte auf der Nase; das Hemd klebte am Rücken.

„Ist er immer so?" fragte ich gepreßt.

„Immer", lautete die übereinstimmende Antwort. „Von morgens acht bis nachmittags drei Uhr."

Am meisten aber belastete mich sein Gesichtsausdruck. Dieser verloren wirkende Gesichtsausdruck! Was nur hatte ihn so verändert?

Im Wartezimmer des Arztes hatte ich Zeit zum Nachdenken. Sobald die Schultür hinter ihm zugefallen war, schien Markus wie ausgewechselt. Wo war die Ursache für die neue Art von Aufgedrehtheit? Hing sie mit der konsequenten Therapie zusammen? Oder mit der neuen medikamentösen Einstellung? Von seiten des Lehrers wurden immer höhere Dosen verlangt, und als die nicht zum erhofften Erfolg führten, unterstellte er mir, den Medikamentenplan zu unterlaufen.

Er kam mit mir überein, den Arzt von seiner Schweigepflicht gegenüber der Schule zu entbinden, falls plötzlich ein ärztlicher Rat vonnöten sein sollte. Dadurch entstand aber ein unglückliches Dreierverhältnis. Der Arzt wußte nun um die Querelen in der Schule. Allmählich stellte ich fest, daß Markus von den Tropfen immer blonder wurde. Es erschreckte mich, auf einmal einen weißblonden Sohn zu haben. Doch der Arzt tat das als Einbildung einer überreagierenden Mutter ab. Und ich war schon so weichgeklopft, daß ich mich nicht mehr wehrte. Erst als Markus aus der Schule entlassen war, zeigte ich dem Arzt zwei Fotos. Daraufhin versprach er mir, sie ans Pharmaunternehmen zu schicken.

Ich könnte es nicht mit meinem Gewissen vereinbaren, Herrn Langhammer als einen übelwollenden Menschen hinzustellen. Schüler aus seiner vorigen Klasse kamen in der Pause herüber, um ihm freundschaftlich auf die Schulter zu klopfen. So etwas tut ein Kind nicht, wenn es den Lehrer nicht mag. Oder? Der Lehrer meldete sich bei uns zu einem Hausbesuch an, in dessen Verlauf er mir allerdings recht gab, daß sich der Junge zu Hause anders verhielte als in der Schule.

Aber den folgenden Satz habe ich ihm sehr übelgenommen. An anderer Stelle ebenfalls zum besten gegeben, hat er Markus später sehr geschadet: „Wenn ich zu bestimmen gehabt hätte, Frau Koppetsch, wäre Ihr Sohn nicht hier. Er gehört weder in einen Kindergarten noch in diese Schule, noch wird eine beschützende Werkstatt für ihn das Richtige sein. Er gehört in die Psychiatrie!"

Dann aber im selben Atemzug: „Solange ich Lehrer hier bin, kommt keiner meiner Schüler in eine Psychiatrie."

Ich müßte nicht der Frosch gewesen sein, wenn ich nicht wiederum angefangen hätte, mich zu regen. Nur daß mir diesmal die Wellen meines eigenen Strampelns über den Kopf schlugen. Was hatte ich mir davon versprochen, als ich Herrn Langhammer und die Rektorin bat, mich für eine Woche in der Klasse dabeisitzen zu lassen? Ich wollte ergründen, woran es lag, daß die Klagen sich häuften, während ich von Frau Heitmann über Jahre nichts gehört hatte. Bisher hatte ich immer neue Bewältigungsstrategien ausarbeiten müssen, um Markus' Manien ertragen zu können, um ihn in unserer Familie zu integrieren. Also würde mir, so hoffte ich, auch für die Schule etwas einfallen.

Allerdings hätte mir nach dem Bisherigen doch klar sein müssen, daß Herr Langhammer nicht bereit sein würde, Lösungskonzepte mit mir durchzudiskutieren. Aber der unglückliche Gesichtsausdruck meines Jungen war es, der mich nicht losließ.

Der erste Tag verlief nach Wunsch. Markus war anders als sonst. So jedenfalls sagten sowohl die zweite Lehrkraft dieser Klasse als auch der Zivildienstleistende. Als er im Laufe des Vormittags wieder in dieses Kessel-unter-Dampf-Verhalten verfiel, bat ich darum, mit ihm hinausgehen zu dürfen. Ja, ich bat darum. Hier in der Schule hat der Lehrer das Sagen, nicht ich. Ich wollte beweisen, daß Markus während eines Ganges durch den Wald Dampf ablassen würde. Und ich habe mein Ziel erreicht! Ein ganz anderer Junge betrat den Klassenraum. Als ich auf die Spaziergänge als eine Möglichkeit des Abreagierens hinwies, wurde mir bedeutet, daß schließlich nicht alle eigens für meinen Sohn da seien.

Am nächsten Tag war es der Lehrer, der mir etwas beweisen wollte. Er verlangte von mir, mich hinten in die Ecke zu setzen. Nein! Ich sollte heute nicht spazierengehen. Auch der Lehrer hatte sein Ziel erreicht, denn nun bekam ich Markus' Hochdruckverhalten in vollem Umfang mit. Stunde um Stunde.

Je aufgedrehter er wurde, desto mehr räumte er auf, trank er reihum alle Tassen leer. Und bei jedem Aufräumen riefen die drei Erzieher einzeln oder im Chor: „Markus, laß das!" Was ihn, wie er nunmal beschaffen ist, noch mehr unter Druck setzt. Ich dachte, ich würde verrückt. Hier sitzen, zusehen, wie die anderen recht haben, und nicht eingreifen zu dürfen, ja im Grunde selber kein Konzept zu haben! Dazu wieder der Hinweis auf die Ausschulung.

Nach diesem zweiten und gleichzeitig letzten Tag fühlte ich mich elender als zuvor. Weinend fiel ich Siegfried um den Hals, ließ mich streicheln und trösten wie ein Kind.

Von da ab würgte ich mein Essen nur noch appetitlos in mich hinein. Schlafen konnte ich auch nicht mehr. Nicht, als ob ich die ganze Nacht gegrübelt hätte. Grübeln hatte ich mir bereits vorzeiten abgewöhnt. Aber dieses Schreckgespenst „Ausschulung" – es war allgegenwärtig, kroch mit der fahlen Morgendämmerung durchs Fenster. Es stand neben meinem Bett, wenn ich aus einem Halbschlaf auffuhr. Gleich darauf hörte ich Markus' Matratzen knatschen; das untrügliche Zeichen dafür, daß auch diese Nacht in ein paar Minuten zu Ende sein würde, noch Stunden, bevor es Zeit zum Aufstehen war. Denn seitdem Markus' Medikamente umgestellt waren, bekamen wir nur noch unregelmäßig unsere Nachtruhe. Den größten Anteil der Tropfen bekam er morgens vor und vormittags in der Schule. Demzufolge schlief er den ganzen Nachmittag, war abends nicht wach zu bekommen und hatte häufig schon um zwei ausgeschlafen. Einmal sogar um elf, als wir gerade ins Bett wollten. Siegfried, der damals jeden Morgen um vier aufstehen mußte, klagte bereits über Herzbeschwerden. Aber wir nahmen es hin, ohne uns zu beschweren. Eltern lassen sich so schnell weichklopfen, wie ich später auch bei anderen festgestellt habe.

Ich mußte mal für ein paar Tage raus!

Gleich in der ersten Stunde nach meiner Rückkehr bekam ich die kalte Dusche. Ich sollte mich Montag in der Schule melden. Unbedingt. Hätte Siegfried mit dieser Hiobsbotschaft nicht wenigstens bis morgen früh warten können?

„Ich wollte doch nur den Druck loswerden", meinte er, mit einem mißglückten Lächeln. Oha, das waren ja ganz neue Töne! Nicht mehr die von den hausgemachten Problemen. Diesmal war er es, dem der Wind ins Gesicht blies.

Ich machte mir nichts mehr vor. Das war das „Aus" für Markus. Wenigstens ließ Siegfried sich überreden mitzukommen.

Um die Wichtigkeit des Augenblicks zu unterstreichen, hatte man uns ins Konferenzzimmer geführt. Uns gegenüber saß die Rektorin, Herr Langhammer vor Kopf. Er las ein vier Seiten langes, von ihm selbst verfertigtes Papier vor, in dem es nur so von Paragraphen der Schulgesetzordnung wimmelte. Der Schluß lautete so: „Der Obengenannte kann nach einer Beurlaubung von zwei bis vierzehn Tagen nur dann wieder beschult werden, wenn die Eltern bereit sind, die Anordnungen des Arztes ohne ‚Wenn und Aber' zu befolgen." Um Haaresbreite hätte ich alles wieder falsch gemacht, indem ich mich an dem letzten Satz festgebissen hätte. Aber Siegfried war hier. Ruhig-sachlich, so daß selbst der Lehrer nicht wagte, daran zu deuteln, sagte er: „Wir haben bisher immer die Anordnungen des Arztes befolgt."

Eben im Konferenzraum hatte ich gegen die aufsteigenden Tränen gekämpft. Jetzt im Auto ließ ich ihnen freien Lauf.

Als ich mich gefaßt hatte, sagte ich: „Ist das nicht seltsam?"

„Was ist seltsam?" fragte Siegfried.

„Einerseits spricht der Lehrer von Ausschulung, und andererseits drückt die Rektorin uns einen Antrag auf ein Jahr Schulverlängerung in die Hand."

Ein halbes Jahr später war Elternsprechtag. Und wieder blieb mir nichts anderes übrig, als allein dort zu erscheinen, weil Siegfried bei Markus bleiben mußte, der ja schulfrei hatte.

Aber nicht mit hängenden Schultern, wie sonst, betrat ich den Klassenraum. Das Druckmittel „Ausschulung" wirkte schon lange nicht mehr. Siegfried und ich, wir waren der Meinung, wenn er unseren Sohn entlassen will, dann wird er es tun, und keine Macht der Welt wird ihn aufhalten. Und erst recht nicht unser ständiges Nachgeben. Wie erwartet, erging sich der Lehrer erneut in Negationen. Den nichtsnutzigsten Sohn auf Gottes weitem Erdenrund hatte ich! Leise, ohne Nachdruck, ohne meine sonstige Aufgeregtheit sagte ich: „Herr Langhammer, ich habe mir meinen Sohn nicht aussuchen können!" Betretene Stille. Auch bei den anderen Lehrern in der Runde.

In dem verbliebenen halben Jahr hörte ich nicht mehr viel aus der Schule. Möglich, daß den Lehrer meine Haltung beeindruckt hatte. Oder aber, daß sich Betreuer und Schützling zusammengerauft hatten. Das zu erforschen hatte ich keine Lust.

Am 3. Juli 1987 wurde Markus entlassen. Über belegte Brötchen und Kaffeetassen hinweg reichten wir uns die Hand, der Lehrer und ich. Wenn wir schon nicht mit freundschaftlichen Gefühlen voneinander schieden, so wollten wir doch die Persönlichkeit des anderen stehen lassen.

Erst Jahre später ist es mir gelungen, diese für uns so notvolle Zeit aufzuarbeiten. Und zwar seit dem Zeitpunkt, als andere Eltern, die um unsere damaligen Schwierigkeiten wußten, das Gespräch mit uns suchten. Obwohl es sich dabei um ein nichtbehindertes Kind handelte, zeichnete sich doch das gleiche Muster ab. Und nun, aus der Sicht einer unbeteiligten Dritten, wurde mir klar, was den Druck auf die Eltern ausmacht. Der Klassenlehrer hat die Möglichkeit, innerhalb der Lehrerschaft seine Position zu stärken, während wir Eltern niemand haben; im Gegenteil, wir stehen einem geschlossenen Kollektiv gegenüber. Alle hielten sie damals zusammen: der Zivildienstleistende, die zweite Lehrkraft, die Markus schon lange kannte und nicht bereit war, mir in Gegenwart des Klassenlehrers beizustehen, mir dann aber, beim Hinausgehen, etwas Beschwichtigendes zuflüsterte, bis hin zur Rektorin: „Sie sind doch einer Meinung mit mir, daß Herr Langhammer ein guter Lehrer ist."

Man hat das Gefühl, nirgends angehört zu werden, nirgends recht zu bekommen, sich alles gefallen lassen zu müssen – des Kindes wegen – und somit ausgeliefert zu sein. Unseren Freunden gab ich den Rat, ihre Tochter in eine andere Schule überwechseln zu lassen. Damit war das Dilemma behoben. Das Mädchen war wieder eine gute Schülerin. Aber selbst eine solche Möglichkeit blieb uns damals versperrt, denn unterhalb der Schule für geistig Behinderte gibt es bekanntlich nichts mehr. In Zeiten, in denen ich meinte, den Druck nicht mehr aushalten zu können, hatte ich schon erwogen, Markus aus der Schule zu nehmen. Tag für Tag Markus um mich, das konnte nicht schlimmer sein. Aber selbst das wäre ein Eigentor gewesen. Es liegt an den Eltern, würde man später bei jeder Kleinigkeit sagen. Mit der Schule sind sie auch schon nicht zurechtgekommen.

Und die Lehre, die ich aus alldem zog? In Zukunft wollte ich mehr nach meinen Rechten Ausschau halten; mich nicht mehr so runterdrücken lassen.

Täglich fünfzehn Stunden Markus

Nun lag die Schule hinter Markus. Nach der Entlassungsfeier hatte ich meinen Jungen nach Hause genommen, um ihn gleich für die tägliche Wanderung zu präparieren.

Es war ein nasser Sommer in diesem Jahr 1987. Die Wetterkarte im Fernsehen brachte einfach keine Abwechslung. Immer das gleiche Tief mit Kern über der Nordsee, das seine Wolkenmassen über uns hinwegbaggerte. Es machte wenig Spaß. Die Waldwege waren aufgeweicht. Das blühende Gras am Wegrand bog sich schwer zur Seite, und bei jeder unbeabsichtigten Berührung rieselten Millionen Tröpfchen auf unsere Schuhe.

Ab jetzt standen mir täglich fünfzehn Stunden Markus bevor. Und es war nicht abzusehen, für wie lange.

Denn das, was ich über fünf Jahre hinweg mittels Telefonieren und Mobilisieren angestrebt hatte, nämlich einen nahtlosen Übergang in die Werkstatt, war nicht erreicht worden.

Bis zum Frühjahr hatten sich die Meldungen von dort noch positiv angehört: „Es tut sich etwas", oder „Wir sind mit Hochdruck dabei" oder „Nein, mit Herrn Seyfarth kann ich Sie nicht verbinden. Er ist bei einer Besprechung, in der es um eben diese Schwerstbehindertengruppe geht." Aber als ich kurz vor Markus' Entlassung dort anrief, kamen neue Töne auf.

„Ich kann Ihnen keinen Eröffnungstermin nennen. Wir sind dabei, Räume anzumieten ... und die Bauaufsichtsbehörde ... und und ..."

„Wie ich die Sache überblicken kann", meinte Siegfried, „wird sich das Ganze noch bis zum Ende des Jahres hinziehen. Sollen wir nicht lieber noch einmal einen Verlängerungsantrag bei der Schule stellen?" Uns war bekannt, daß ein solcher Antrag bis zur Vollendung des fünfundzwanzigsten Lebensjahres gestellt werden kann. Ob ihm aber stattgegeben wird, das ist Ermessenssache.

Die Schulrektorin, die ich daraufhin ansprach, lenkte zunächst von einem Verlängerungsantrag ab. Der Werkstattleiter sei vor vierzehn Tagen hier gewesen und habe sich die zu entlassenen Schüler angesehen, und speziell bei unserem Sohn habe er sich dahingehend geäußert, daß er für diese Gruppe in Frage käme, und im Fall einer Ablehnung könne ich ruhig von ihrer Aussage Gebrauch machen.

„Und was ist mit der Schulverlängerung?" kam ich auf den Grund meines Hierseins zurück. Ich wollte mich nicht so einfach hinausliebenswürdigen lassen.

Nun, das könne sie allein nicht entscheiden. Aber sie persönlich würde dem nicht zustimmen.

„Warum nicht?"

Weil sie der Meinung sei, die Werkstatt wäre jetzt an der Reihe, ihren Teil zu leisten. Würde die Schule weiterhin verlängern, würde die Werkstatt keine Veranlassung sehen, sich für eine Sondergruppe stark zu machen. Ihrer Darstellung nach würde die Sondergruppe im September, also sofort nach der Sommerpause, aufnahmebereit sein. Nur daß sie dort nicht den geringsten Einfluß hatte und hier, wo sie als Rektorin maßgeblichen Einfluß hatte, hier machte sie ihn nicht geltend.

Ich hatte Angst vor dieser Übergangszeit.

Gut, daß ich nicht wußte, wie viele Jahre sie währen würde – mit kleinen Unterbrechungen währen würde –, sonst hätte ich wahrscheinlich von vornherein resigniert.

Die Schulferien waren jedesmal ein Vorgeschmack dessen, was auf mich zukommen würde. Drei Wochen Osterferien oder zwei Wochen Weihnachtsferien überstand ich locker. Für diese kurze Zeit konnte ich vor- beziehungsweise aufarbeiten. Aber die sechs Wochen Sommerferien! Die Arbeit schob sich.

In den Ferien hatten mir meine Mädchen Markus zeitweise

abgenommen. Doch jetzt waren beide aus dem Haus. Nun, Siegfried würde mich ablösen. So war es ausgemacht.

Und er machte das Beste daraus, wie er versicherte.

Wenn er nach seiner Dienstzeit zu müde war, mit dem an Kräften noch unverbrauchten Markus eine Wanderung zu machen, setzten sich beide in die Bahn. (Markus und eine Begleitperson können mit dem Behindertenpaß bestimmte Strecken unentgeltlich fahren.) An Wochenenden schloß ich mich an. Uns gefiel diese neue Variante von Freizeitgestaltung, durch die Gegend fahren, neue Städte kennenlernen. – Zu zweit können wir Markus ohne weiteres in die Stadt mitnehmen. Einer behält ihn im Auge, während der andere Busverbindungen heraussucht, Kaffee besorgt oder sich an der Würstchenbude anstellt. –

Es machte uns nichts mehr aus, sagen zu müssen: „Entschuldigen Sie, unser Sohn ist behindert."

Und es war interessant zu beobachten, wie die Leute, trotz Aufklärung durch die Medien, auf einen so verhaltensauffälligen Menschen reagieren.

Behinderte, das sind für die meisten Rollstuhlfahrer oder Menschen mit Down-Syndrom. Aber einer, der wie Markus „normal" aussieht, „normal" dahergeht und plötzlich …

Die Skala reicht von Angst, wegen seiner unartikulierten Laute, über Erschrecken, wenn er auf einmal hochspringt, über Abscheu, wenn er sich blitzschnell auf die Knie fallen läßt, einen Halm aufhebt, auf dem er dann herumkaut, bis hin zu Mitleid – o Gott, die armen Eltern! – oder Wohlwollen, indem man Markus Schokolade anbietet oder versucht, ein Gespräch anzuknüpfen.

In den Sommerferien voriger Jahre war es der Wäscheberg unserer Wühlmaus und zu verarbeitendes Obst und Gemüse aus dem Garten, weswegen ich nicht zu Rande kam. Jetzt kämpfte ich gegen Markus' Aufräumtick an, den ich bisher mehr belächelt hatte. Warum war mir das Ausmaß dieser Manie bis dahin nicht so aufgefallen? Nun, an den Wochentagen, nach der Schule, schlief er meist aufgrund seines hohen Medikamentenkonsums. Und an den Wochenenden hatten wir immer etwas unternommen.

Diese Aufräumzwänge, sie erinnerten mich stark an den niederfallenden Regen früherer Jahre, dem ich hilflos ausgeliefert war. Nein, ich war nicht mehr hilflos. Ich hatte damit umzugehen gelernt!

Um nicht, wie früher, den Anspannungen von „was mag Markus jetzt wohl anstellen“ ausgesetzt zu sein, schließe ich ringsum alle Zimmer ab. Nur der Raum, in dem wir uns gerade aufhalten und Markus' Zimmer bleiben offen. Damit haben wir ein neues Problem geschaffen, nämlich hundertfünfzigmal am Tag zu schließen. Allein für ein Handtuch, das ich aus dem Schlafzimmer ins Bad hole, muß ich sechsmal schließen. Bad zu, denn ein winziger Augenblick würde genügen, und Seife und Zahnbecher würden den Radieschen im Garten Gesellschaft leisten - Schlafzimmer auf - Schranktür auf - undsoweiter, bis ich wieder beim Bad-Aufschließen angekommen bin.

Die zweite Möglichkeit, mit seinen Auswüchsen fertig zu werden, besteht darin, daß ich versuche, ihn davon abzubringen und die dritte, daß ich sie hinnehme und mich, um nicht daran kaputtzugehen, innerlich abgrenze.

Dazu zwei Beispiele.

Er konnte doch keinen Durst haben. Warum, in aller Welt, trank er alle Tassen leer? Dabei machte er keine Unterschiede, ob es sich um seine Tasse, um die eines Familienmitgliedes oder um die eines Gastes handelte. Belehren, Schimpfen, Drohen waren wie immer zwecklos. Sein Zwang, sein Ordnungszwang ist stärker. Es scheint ihn innerlich zu zerreißen, noch etwas in der Tasse zu sehen. Vor allem das Austrinken von Besuchertassen war mir peinlich. Ab jetzt setzte ich Markus eine Tasse vor, die sich im Aussehen wesentlich von den übrigen unterschied. Und wehe ihm, wenn er einen Übergriff auf andere machte. Dann schüttete ich ihm rabiat einen Schwung kalten Wassers ins Gesicht.

Die Abwandlung dieses Zwanges sieht so aus: Jedesmal,

wenn er am Wasserhahn vorbeikommt, schüttet er zwei Glas Wasser in sich hinein. Nein wirklich, er trinkt nicht. Er schüttet! Vermutlich will er den Wasserhahn leertrinken. Beim zweiundfünfzigsten Mal würde ich ihn am liebsten die Treppe hinunterschubsen, aus dem Fenster werfen oder sonstwas mit ihm tun.

Ich versuche folgendermaßen mit meinen Aggressionen fertig zu werden. Was nützt es, so sage ich mir, wenn ich ihn mit unendlich viel Geduld und einem hohen Aufwand an Kraft von dieser Eigenschaft abbringen würde - nach dem Erziehungsschema von Frau Langenbroich. Im Nu hätte er eine andere Manie. (Bei Autisten ist das nun mal so.) Und ob mich diese weniger nerven würde, bliebe dahingestellt. Also lasse ich ihn trinken. Viel trinken soll ja gar nicht mal so ungesund sein, vor allem wegen der hohen Dosis an Medikamenten, die er einnimmt. Vielleicht tut er instinktiv das Richtige. Seitdem Markus ganztags zu Hause ist, wird das Putzen zum Notstand. Während ich an einer Ecke wische, räumt er an einer anderen bereits auf. Zum Beispiel stellt er Gläser zu den anderen ins Regal, versucht er den gesamten Inhalt des Schrankes in ein Fach zu propfen. Für herausfallendes Geschirr und zerknitterte Anzüge fehlt ihm jegliche Antenne. Einem, der es nicht miterlebt hat, ist kaum zu erklären, wieviel Virtuosität ich für das Zubereiten einer einzigen Mahlzeit aufbringen muß: Kräuter hacken, im Kochtopf rühren - den immer hungrigen Markus von den Speisen fernhalten - Bestecke, die er während meines Zubereitens fortlaufend einsammelt, zurückholen - Spültuch, das in regelmäßigen Abständen in den Spülschrank fliegt, wieder holen - dann Gehacktes zubereiten - Markus einbleuen, ja nicht am Gehackten zu naschen, während ich Zutaten hole - mit Markus schimpfen, der doch wieder ... - schnell Spüllappen holen wollen, um breitgetretene Gehackteskleckse aufzuwischen - auf meine Mutter warten, die gerade Möhren wäscht und somit die Spüle blockiert - auf Mutter eingehen, die nicht weiß, welche Reibe sie für die Möhrenrohkost nehmen soll. Das Älterwerden meiner Mutter wird zunehmend zum Problem im Zusammenspiel mit Markus. Eigentlich wäre sie es, die jetzt auf meine Zuwendung, mein geduldiges Auf-sie-Eingehen Anspruch hätte. Statt dessen konzentriert sich immer noch alles auf Markus. Wie sie es gewohnt ist, will sie ihrer armen Tochter helfen, die nicht weiß, wo ihr der Kopf steht. Dabei wäre mir am meisten geholfen, wenn sie sich still auf ihren Platz am Fenster setzen würde. Denn so steht sie immer gerade dort, wo ich mit Markus rangeln, ihn zur Räson bringen muß. Und Markus, der spontan seinen Vorteil herausfindet, kommt durch die kleinen „Verkehrsstaus" erst recht zu seinem Ziel.

Rausgeschmissen

Inzwischen waren die Schulferien vorüber. Wie immer, wenn sich der Sommer mit Spinnweben in der Pergola, Frühnebeln über dem Tal und einem Hauch von Melancholie verabschiedete, so ergriff mich auch diesmal eine leichte Unruhe. War dies doch der Zeitpunkt, an dem nach den Sommerferien Normalität in unseren Haushalt einkehrte.

Anders in diesem Jahr. Die Eröffnung der Sondergruppe war noch nicht in Sicht.

Herbst und Winter gingen ins Land, ohne daß sich etwas getan hätte. Wenigstens auf Herrn Seyfarth war Verlaß. Er blieb weiterhin „am Ball", wie er mir bei Anrufen versicherte.

Um einen Eindruck zu vermitteln, wie langwierig bürokratische Vorgänge sind – diese Erfahrung sollte ich zu meinem Leidwesen in den nächsten Jahre noch häufig machen:

Im Frühjahr, also ein Dreivierteljahr nach der Schulentlassung, sollte endlich „grünes Licht" für den „Sonderarbeitstrainingsbereich für die Personengruppe mit erhöhtem Pflgeaufwand" gegeben werden. Das ist der Fachausdruck für das, was ich schlicht mit „Sondergruppe" bezeichne. Unterdessen waren die Räume angemietet, liebevoll eingerichtet und die Betreuer engagiert worden. Nun hätte es nach meinem Dafürhalten losgehen können. Weit gefehlt! Denn seit Monaten schon rangelten Arbeitsamt und Landschaftsverband um Paragraphen. Es ging darum, wer von beiden zu zahlen hatte. Herr Seyfarth machte mich darauf aufmerksam, daß ich als Elternteil Möglichkeiten hätte, die Angelegenheit zu forcieren. Also schrieb ich mal wieder, telefonierte bis hin zum Landesarbeitsamt, lud die anderen betroffenen Eltern zu mir ein, um Briefe an Politiker zu schreiben, die wir baten, sich für unsere Sache einzusetzen.

Im April wurde das Schwarze-Peter-Spiel endlich beendet und Mitte Mai die ersten beiden Behinderten aufgenommen. Ich fand es nur gerecht, daß diese zwei Volker Hartwig und Markus waren; waren doch Frau Hartwig und ich die einzigen, die über fünf lange Jahre bei der Stange geblieben waren. In dieser Minigruppe, so hoffte ich, würde unserem Jungen das Eingewöhnen nach der langen Überbrückungszeit leichter werden.

So war es tatsächlich. Die täglichen Mitteilungen im Heftchen hörten sich zwar verhalten an, aber durchaus nicht negativ. Mit diesem Herrn Clausen, dem Betreuer, hatten wir, so schien es, Glück gehabt. Im August, nach den Betriebsferien, war die Gruppe vollzählig: acht Behinderte, zwei Erzieher und ein Zivildienstleistender. Elf Personen in einem Raum, von dem allerdings ein Teil als Ruhezone abgeteilt war. Meine Befürchtungen gingen dahin, daß Markus zwischen so viel Menschen auf engem Raum sehr unruhig würde.

Ende August kam das, worauf ich unterschwellig gewartet hatte. Markus hatte Marina, eine von den behinderten jungen Frauen, gebissen. Da gab es nichts zu beschönigen! Das Beißen wiederholte sich; mal waren es Behinderte, mal Betreuer. Die Eltern beschwerten sich bereits.

Was nun folgte, kannte ich doch schon. Große Krisensitzung in der Werkstatt. Im Gegensatz zu Herrn Langhammer, der mich immer abgeblockt hatte, wurde ich hier aufgefordert zu erzählen. Ich hielt den Zeitpunkt für gekommen, generell etwas über Markus' Behinderung, wie ich sie erlebe, zu sagen. Seine Eigenheiten, die uns, den Nichtbehinderten, milde ausgedrückt, „auf den Wecker" gehen, braucht er, um sich abzuschotten. Je größer die Unruhe um ihn her, desto zwingender der Drang in ihm, aufzuräumen, Tassen zu leeren! Versucht man, ihn davon abzuhalten, verstärkt sich logischerweise sein innerer Druck. Oder versucht man in dieser angespannten Situation gar, ihn Schrauben eindrehen zu lassen, wie in der Werkstatt geschehen, muß es unweigerlich zum Kollaps kommen. Als er klein war, hat er sich in solchen Momenten des Zusammenbruchs weggeschrien, später sich selber gebissen. Und jetzt hatte er offenbar herausgefunden, daß das Beißen weniger schmerzhaft ist, wenn man es bei anderen macht.

Am 21. September war zu einem Elternabend eingeladen worden, dem ersten, seit die Gruppe bestand. Wir regelten es so wie immer: Ich fuhr zum Treffen, und Siegfried blieb bei Markus. Und ich fuhr arglos, ohne das flaue Gefühl in der Magengegend, das ich seit ein paar Wochen wieder mal verspürte. Markus war krank gewesen und eine ganze Woche nicht zur „Arbeit" gegangen. Heute war sein erster Tag gewesen.

In der Runde der Werkstattmitarbeiter sah ich ein neues Gesicht. Ein Herr Flothau wurde uns vorgestellt, pädagogischer und Verwaltungsleiter. Im Laufe des Abends wandte er sich an mich, er habe gleich noch etwas mit mir zu besprechen. Vielleicht ging es um ein paar Eigenheiten von Markus? Noch immer dachte ich an nichts Böses. Erst, als sich alle Mitarbeiter in großer Runde um mich gruppierten, schöpfte ich Verdacht.

Herr Seyfarth eröffnete das Gespräch.

„Frau Koppetsch, ich denke, der Zeitpunkt ist gekommen, daß wir uns von Markus trennen müssen." Er machte eine hilflose Gebärde. „Ich weiß, es ist eine Kapitulation." Er hielt inne, suchte nach einem anderen Wort, das sich milder anhören sollte, fand keins und bekräftigte: „Ja, es ist eine Kapitulation."

Eis! Wie oft hatte ich dieses Gefühl gehabt! Immer, wenn man mir, bedauerlicherweise, eine Absage geben mußte.

Zunächst wurde Herr Clausen, der Gruppenleiter, aufgefordert zu berichten, was sich heute abgespielt hatte.

„Es war chaotisch", begann er. „Markus hat die großen, schweren Kisten mit Werkstattmaterial aus dem Regal gezogen und die Anwesenden mit Schrauben bombardiert."

„Wir können nicht mehr für die Sicherheit der anderen garantieren", fiel Herr Seyfarth ein.

„Dann hat er die Tür getroffen. Darin ist jetzt ein Loch", fuhr Herr Clausen fort.

„Von dem Sachschaden wollen wir gar nicht reden", sagte Herr Seyfarth dazwischen.

„Er hat auch kräftig gegen die Heizung getreten", vervollständigte Herr Clausen seinen Bericht.

Zwar hatte er heute nicht gebissen, trotzdem kam das Thema auf den Tisch, sozusagen als Hauptentlassungsgrund.

Zu acht saßen sie mir gegenüber. Ich fühlte mich wie auf dem Schulhof, alle gegen einen. Nur war es hier Markus, der etwas angestellt hatte, und ich bezog dafür die Prügel.

So sehr ließ ich mich von den Werkstattmitgliedern in die Ecke drängen, daß meine in den letzten Jahren aufgebaute Selbstsicherheit darüber zerrann. Diese Werkstattgruppe war die unterste Stufe. Darunter kam doch nichts mehr.

Meine Gedanken machten einen Sprung, zwanzig Jahre zurück. Das Heim, das wir uns angesehen hatten, der Raum ganz hinten, am Ende des Ganges, stand mir vor Augen, in dem Behinderte ihre Aggressionen aneinander ausließen. Für mich damals das Allerletzte, was ich auf keinen Fall für Markus gewollt hätte. Jetzt sah ich ihn im Geiste mitten unter den anderen. Aber nicht als das bedauernswerte Opfer, sondern – als Aggressor.

Wenn sie nur nicht so recht gehabt hätten. Wenn ich ihnen etwas entgegenzusetzen gehabt hätte! Jeden Tag zitterte ich vor neuen Vorkommnissen.

Ich hielt das nicht mehr aus! Ich hielt den Druck nicht mehr aus! „Aber er ist doch nun mal auf dieser Welt", schrie ich. „Ich kann ihn doch nicht totschlagen!"

Peinliche Betroffenheit bei den Anwesenden. Aber mir war egal, wie man über mich dachte. Mir war alles so egal!

Als ich mich beruhigt hatte, sollte ich Stellung nehmen zu den heutigen Vorfällen. Aber wer kann das schon, so aus der Ferne, ohne dabei gewesen zu sein? Ich interpretierte das Werfen mit Schrauben anders als Herr Clausen. Nach meinem Dafürhalten handelte es sich weniger um Aggressionen als um Albernheit. Abends, wenn Markus müde neben mir auf der Couch sitzt, fängt er manchmal an, mich zu kneifen. Für ihn ist das ein Zärtlichkeitsbeweis. Es war jene abendliche Albernheit, die ihn Kisten aus Regalen ziehen und mit Schrauben um sich werfen ließ. Die eben überstandene Krankheit, Abschlagenheit, Müdigkeit – für mich fügte sich das Puzzle gut ineinander. Den mir Gegenübersitzenden jedoch kam meine Beweisführung nur schwach zu Bewußtsein. So als Versuch einer Mutter, auf jeden Fall eine Entschuldigung zu finden. Wie prägnant und griffig sie hingegen in ihrer psychologisch-pädagogischen Fachsprache reden konnten!

Man wollte zu einem Ergebnis kommen.

„Schicken Sie Ihren Sohn morgen wieder“, einigte man sich mit mir. Bis zu Markus' Kur sollte es noch einmal versucht werden. Danach wollte man weiter sehen. Aber dann kam die Bedingung für die verbleibenden drei Wochen: Sobald er wieder beißen würde, sollte ich *sofort,* ohne Verzug, herkommen und ihn abholen. Mir kam in den Sinn, daß Markus das Nachhauseholen höchstens noch als Belohnung auffassen würde. Aber jetzt war nicht der Moment für Einwände. Falls ich nicht darauf einging, würde Markus morgen zu Hause sein.

Siegfried saß vor dem Fernseher.

„Bitte, mach sofort den Kasten aus! Ich muß mit dir reden.“

„Was denkt man sich dort, was nach einer Ausgliederung mit Markus geschehen soll?“ sagte Siegfried, nachdem ich ihm den Verlauf des Abends geschildert hatte, nun seinerseits aufgebracht.

„Vollzeiteinrichtung“, sagte ich dumpf.

„Ja und? Hat man da so eine Art Übermenschen? Warum

traut die Werkstatt dem Personal dort mehr zu als den eigenen Leuten? Markus wird doch seine Schwierigkeiten überallhin mitbringen. Hinzu kommt noch, daß er in einer Vollzeiteinrichtung zweimal rund um die Uhr von fremden Menschen betreut werden muß. In der Werkstatt ist er lediglich sieben Stunden. Die Restzeit des Tages, plus Wochenende, plus Urlaub haben wir Eltern ihn doch."

Der Streß ging immer schon morgens los. Ich rechnete mir aus, wann Markus angekommen sein würde. Ab da setzte der massive Druck in der Herzgegend ein. Ich versuchte, nicht auf die Uhr zu schauen, mich intensiv zu beschäftigen. Der Terror ging vom Telefon aus; wenn es läutete, fing ich an zu flattern. Am liebsten wäre ich aus dem Haus gelaufen, dem Druck auf und davon. Aber ich hatte Herrn Flothau, dem Neuen, versprechen müssen, immer erreichbar zu sein. Plötzlich - es klingelte! Noch konnte es jemand aus dem Bekanntenkreis sein. Jedoch am anderen Ende Herr Clausen: „Holen Sie Ihren Sohn ab. Er hat wieder gebissen."

Die Kur gab einen kurzen Aufschub.

„Wie ist es mit Markus?" fragte die Dame von der Aufnahme, die ihn von sechs Kuren her kannte.

„Es gibt neuerliche Probleme", antwortete Siegfried, „diesmal mit der Werkstatt."

Sie winkte den Sozialbetreuer herbei. Was der sagte, ging mir hinunter wie Honig.

„Markus ist schwierig, sehr schwierig sogar. Ich betone noch mal, daß wir ihn nur aufnehmen können, wenn das Haus nicht voll belegt ist, wenn wir Einzelbetreuung übrigmachen können. Für unser Haus jedesmal ein Kraftakt! Aber - er ist ein liebenswürdiger Kerl."

Durchs Fenster beobachtete ich, wie der Zivildienstleistende, der Markus in der vorigen Kur schon betreut hatte, sich draußen im Hof mit ihm abgab. Letzten Sommer hatte der junge Mann ein paarmal bei uns angerufen und sich nach Markus erkundigt. Einmal kam er sogar die vierhundert Kilometer zu uns gefahren, um Markus zu besuchen. So etwas tut ein junger Mann nicht, wenn er seinen Schützling nicht mag. Seit der Zeit mit Herrn Langhammer litt ich unter der Vorstellung, Markus sei ein ungeliebter Mensch. Die Werkstatt hatte durch ihr Verhalten noch dieses Gefühl verstärkt. Wie eine Ertrinkende klammerte ich mich an Positivmeldungen wie die aus der Kur.

Wie in den Jahren zuvor, so nutzten wir auch diesmal wieder Markus' Abwesenheit, um Urlaub zu machen. Wir gingen ins Café und besichtigten Sehenswürdigkeiten. Aber die Traurigkeit war mein ständiger Begleiter. In einer Kirche hingen an einer Pinnwand aufgeschriebene Gebete. Unter Tränen schrieb ich meins hinzu.

Nach der Kur ging zunächst alles glatt. Vielleicht war es nun doch geschafft. Jedoch bereits am Ende der ersten Woche hatte Markus Herrn Clausen gebissen. Ausgerechnet Herrn Clausen, zu dem er doch die meiste Beziehung hatte. Aber was das Allerunglaublichste war, es passierte während eines Spaziergangs. Wir Eltern hatten doch immer behauptet, viele Menschen auf engstem Raum, das wäre es, was die Aggressionen auslöste.

Am 7. Dezember wurden wir wieder in die Werkstatt bestellt, ausdrücklich beide Elternteile. Wir machten uns nichts mehr vor, dies würde das letzte Mal sein. Aber hatten sich solche Zittermomente, wie dieser hier, nicht seit seiner Kindergartenzeit auf mindestens zwanzig summiert? Und war nicht im letzten Moment immer noch eingelenkt worden? Man hätte den Eindruck einer gemütlichen Kaffeerunde haben können; Tassen standen auf dem Tisch, der Adventskranz brannte. Aber dann, ohne große Einleitung: Markus war entlassen! Endgültig.

Es wird kaum einer begreifen, aber ich empfand zunächst Erleichterung. Unwillkürlich mußte ich an Tante Hermine denken, wie sie Nacht für Nacht im Luftschutzkeller vor

Angst verging, es könnte diesmal ihr Haus sein, das von Bomben getroffen wurde. Dasselbe Gefühl von Befreiung, Befreiung nämlich von den seelischen Anspannungen, überkam mich in diesem Augenblick. Die Anspannung war nicht von mir gewichen, seit Herr Flothau mich verpflichtet hatte, bei Anruf sofort zu kommen. Lange hätte ich das nicht mehr ausgehalten. Ich war auf dem besten Wege, depressiv zu werden, weil ich dieses erhöhte Maß an seelischen Kräften, das dieses Aushalten-Müssen verbrauchte, nicht mehr aufbringen konnte. Denn die Ausgliederung kam einer Katastrophe gleich! An dieser Stelle war Horizont. Ende. Jenseits der Werkstatt gab es nichts mehr. Jedenfalls nichts Vergleichbares.

Ab jetzt verfiel ich in Teilnahmslosigkeit. Man entschuldigte sich, man habe nach Lösungen gesucht, aber man sähe keine mehr. Dann Siegfrieds Stimme. Sie vibrierte.

„Jahrelang hat meine Frau sich für das Entstehen dieser Gruppe stark gemacht und jetzt, wo alle anderen fein untergebracht sind, können wir unseren Sohn nach Hause nehmen."

Beklommenheit auf allen Gesichtern.

Was Siegfried dann noch hinzufügte, glich einem Paukenschlag! Er riß auch mich aus meiner Benommenheit.

„Wir werden unseren Sohn nicht *stillschweigend* nach Hause nehmen."

Stille. Es schien, als müßte sich in den Köpfen erst mal festsetzen, was er da gesagt hatte.

Nach einer Weile Herr Flothau: „Und was werden Sie tun?"

„Ich weiß es noch nicht", sagte Siegfried. „Irgendwas. Zu einer höheren Stelle gehen. Vielleicht zu Ihrem Vorgesetzten. Oder zum Petitionsausschuß."

Meine Gedanken liefen wie Ameisen, kreuz und quer. Ich mußte versuchen, dieser Kündigung die Endgültigkeit zu nehmen. Ich mußte! Ich mußte jetzt etwas sagen.

„Würden Sie Markus wieder nehmen, wenn wir ihn vorübergehend in eine Psychiatrie geben würden?" Dieser Vorschlag, unseren Sohn einweisen zu lassen, war von seiten der Werkstatt vor einiger Zeit gemacht worden. Wir hatten jedoch abgelehnt. Markus war in nervenärztlicher Behandlung, und das mußte genügen.

Jetzt aber war es eventuell die einzige Chance, der Absage die Endgültigkeit zu nehmen, ein Hinauszögern zu erwirken.

Ja, vielleicht sei man gewillt, ihn nach einem Klinikaufenthalt wieder zu nehmen. Vielleicht. Dann, wenn er sich durch eine Therapie geändert haben würde.

Nein, Markus würde sich nicht ändern; wir kannten ihn seit dreiundzwanzig Jahren. Das hatten wir in den zahlreichen Gesprächen immer wieder zu verstehen gegeben. Man hatte es uns nur nicht abgenommen. Glaubte man hier am Ende auch wieder an eine Entwicklungsfähigkeit? Aber wenigstens würde es weitergehen! Und das erschien mir in dieser Stunde des Zusammenrbuchs als das wichtigste.

Heute bin ich froh, den Weg, Markus in die Klinik einweisen zu lassen, gegangen zu sein. Sind wir doch ausgerechnet in der Psychiatrie wieder mal auf Menschen gestoßen, die uns den Rücken gestärkt haben.

Hinhaltetaktik

Um Markus einweisen zu lassen, mußten wir ihn entmündigen lassen. Diesen „Advokatenkram", die Entmündigung, hatten wir bisher vor uns hergeschoben, weil wir sie unnötig fanden. Markus war gar nicht in der Lage, Staubsaugergeschäfte an der Haustür oder ähnliches abzuschließen.

Das Entmündigungsverfahren zog sich über fünf Monate hin. Behördenwege sind lang. Zur Entmündigung mußte Markus persönlich beim Amtsgericht erscheinen. Aber er war sich der Würde des Augenblicks kein bißchen bewußt. Im Gerichtssaal angekommen, schwang er sich als erstes auf die Fensterbank, um sich von dort aus, daumenlutschend, die Gegend anzugucken. Die Richterin, feierlich in Amtsrobe – unter der die beigen Cordjeans vorlugten – stellte Markus pflichtgemäß einige Fragen. Es war nicht zu sagen, ob sie in sein Verstehen vordrangen. Dann ging alles sehr schnell. Ein paar Sätze ins Diktiergerät, und wir waren wieder draußen!

Nun war der Tag da, vor dem mir so gegraut hatte. Der Tag der Einlieferung. Der Abschied ging Siegfried genauso an die Nieren wie mir. Fein angezogen, glaubte Markus, Papa würde heute wieder eine Bahnfahrt mit ihm machen.

So beklommen mir anfangs zumute war, so schnell änderte ich meine Meinung. Markus hatte dort alles, was er brauchte: einen Garten zum Auslaufen, eine Schaukel und – eine Buddelecke. Jetzt, als ich Markus gut aufgehoben wußte, atmete ich freier durch.

Ich verlebte einen glücklichen, fast unbeschwerten Sommer. Ging ungebunden aus dem Haus, wann es mir Spaß machte, tat Dinge, zu denen ich sonst kaum kam. Normalität kehrte in unseren Haushalt ein; eine Normalität, wie ich sie, seit Markus ein Jahr alt war, nicht mehr gekannt hatte. Selbst seine alljährliche Kur-Abwesenheit war nicht dasselbe, weil in diesen fünf Wochen, prall angefüllt mit dem Allernotwendigsten, oftmals Hektik aufkam.

Zu seinem Geburtstag im September holten wir ihn das erste Mal nach Hause. Um ihm eine Freude zu machen, luden wir Verwandte und Bekannte ein; alle, die er mochte. Freudig aufgeregt lief er durchs Haus, auf die Terrasse und wieder zurück, vom alten Leben Besitz ergreifend. Mit allem hatte er gerechnet, aber nicht damit, daß wir ihn nach zwei Tagen wieder abliefern würden. Als die Tür sich hinter ihm schloß, sah ich durch die Scheibe, wie er auf den erstbesten zulief und – ihn biß.

Als der Herbst endgültig Einzug hielt und die Rückzugsmöglichkeiten in den Garten aufhörten, mehrten sich seine aggressiven Anfälle. Wenn ich nach solchen Besuchstagen, an denen ich von seinen neuerlichen Angriffen hörte, nach Hause kam, schaute mich die Traurigkeit aus allen Ecken an. Einen Sommer lang hatte ich Illusionen gehabt. Es gibt doch Medikamente, die stimulierend, ausgleichend wirken. Wie, wenn man auf d*as eine* Medikament stoßen würde, durch das Markus' Aggressivität in den Griff zu bekommen wäre!

Meine Traurigkeit hatte noch einen anderen Grund. Je länger er von zu Hause fort war, desto mehr vermißte ich ihn. Ich sehnte mich danach, daß er abends beim Fernsehen neben mir auf der Couch sitzen würde, den Kopf an meine Schulter gelehnt. Oder daß er, wie er öfter den Tag über getan, mich unvermittelt in den Arm nehmen würde, Liebe nehmend und gebend. Die drei oder vier Stunden Besuchszeit waren kein Ersatz. Es vergingen immer zwei Stunden, ehe sich seinerseits ein Stück Vertrautheit einstellte.

Die Aggressionen ihrer Kinder sind für viele, auch heute noch, ein Tabuthema. Man schweigt darüber, aus Furcht, sonst noch mehr in die Isolation zu geraten. Daß Markus auf mich, seine eigene Mutter, losgeht, vertraute ich höchstens ein paar guten Freunden an. Heute bin ich offener. Wie muß einem Menschen, wie Markus, zumute sein, wenn er unpäßlich ist, Kopf- oder Bauchschmerzen hat und ihn selbst seine Mutter nicht versteht? Schmerzen sieht man bekanntlich nicht. Und wenn ihm dann noch etwas abverlangt wird, wozu er momentan nicht in der Lage ist! Wir, die „Normalen", wehren uns doch auch, und zwar mit Worten. Was aber bleibt einem, der sich durch Worte nicht äußern kann, anderes übrig, als sich auf solch massive Weise auszudrücken?

Im Januar 1990, auf den Tag genau nach acht Monaten, wurde Markus aus der Klinik entlassen.

Wie vorhergesehen, hatte er sich nicht geändert. Würde die Werkstatt ihn trotzdem wieder nehmen, fragte ich mich bange?

Aber Herr Seyfarth als begleitender Dienst der Werkstatt hatte während der Zeit Kontakt gehalten, sowohl zu uns Eltern als auch zu der Klinik. Das gab Anlaß zu Hoffnungen.

Das Abschlußgespräch mit dem Stationsarzt verlief auch im positiven Sinne. „Die Werkstatt soll sich ruhig für Ihren Sohn stark machen", meinte er. „Haben Sie keine Beziehungen zu Politikern, die Sie einschalten können?"

Nun, die Zeiten, in denen wir betroffenen Eltern wegen der

Sondergruppe geschlossen an Kommunalpolitiker herangetreten waren, sind vorbei. Wir, Familie Koppetsch, sind zum Einzelschicksal geworden. Da rechnete ich mir wenig Chancen aus, auf diesem Wege etwas zu erreichen.

In meiner Eigenschaft als Vormünderin stellte ich an die Werkstatt formell einen Antrag auf Wiederaufnahme meines Sohnes und bekam ein Schreiben, aus dem ich die wichtigsten Passagen wiedergebe, um einen Eindruck zu vermitteln, wie sorglos mit dem Vertrauen von Eltern umgegangen wird:

„... wir bestätigen den Eingang des Wiederaufnahmeantrages von Ihrem Sohn Markus vom 12.02. d.J. und bedanken uns für die Überlassung des Gutachtens der ...-Klinik.

Den Aussagen des Gutachtens, insbesondere denen ‚hinsichtlich einer möglichen Weiterbeschäftigung' Ihres Sohnes in unserer Einrichtung können wir uns anschließen. Wir möchten jedoch betonen, daß wir nach wie vor nicht in der Lage sind, ein ausreichendes Raumangebot mit entsprechenden Rückzugsmöglichkeiten für Ihren Sohn anzubieten. Insofern ist dies noch derselbe Sachstand, wie wir ihn mit Ihnen in mehreren Gesprächen im vergangenen Jahr erörtert haben.

In Gesprächen mit dem Begleitenden Dienst – Herrn ... – haben wir Lösungsmöglichkeiten erörtert, die daraufhin abzielen, eine adäquate Betreuungsmöglichkeit zu schaffen.

Wir werden uns umgehend mit den erforderlichen Gesprächspartnern im ... (der Name des Trägers) und beim Landschaftsverband in Verbindung setzen, um eine Klärung herbeizuführen. Wir hoffen, spätestens 1991 über entsprechende Räume zu verfügen, in denen wir dann die Betreuung Ihres Sohnes und anderer Behinderter in einer ähnlichen Problemlage durchführen können."

Für mich war nach Erhalt dieses Briefes klar, daß die Werkstatt Markus wieder aufnehmen würde. Allerdings – und das war der Haken – würde ich Markus ein Jahr oder noch länger zu Hause haben.

Wie aber sollte ich die Zeit bis dahin überbrücken? Ich wandte mich an das Diakonische Werk wegen eines Zivildienstleistenden und hatte Glück. Wenig später kam Oliver zu uns. Er leistete ungefähr die Hälfte seiner Dienststunden bei uns ab; das waren drei Stunden täglich, an fünf Tagen in der Woche. Damit war mir schon mal geholfen. Und vor allem, es gab keine Probleme zwischen Markus und seinem Betreuer. Nur leider hörte dieser engagierte junge Mann vorzeitig auf wegen der neuen gesetzlichen Regelung für den Wehrdienst, die mit dem Zusammenschluß beider Teile Deutschlands zusammenhing, nach der auch die Dienstzeit für Zivildienstleistende um fünf Monate verkürzt wurde. Dadurch war das Potential an Zivildienstleistenden dermaßen zusammengeschmolzen, daß kaum noch ein neuer zu bekommen war. Mike, der uns als nächster zugeteilt wurde, war von einer anderen Zivildienststelle abgezweigt worden. Er kam für ganze vier Stunden – in der Woche.

Eigentlich sollte mein Buch an dieser Stelle enden. Der Schlußsatz sollte in etwa so lauten: Nach einer langen Odyssee landete Markus im Sommer 1991 im Hafen der Werkstatt. Also ein Happy-End, wenn man so will! Aber es kam anders. Ich hätte nicht gedacht, daß sich Markus' Geschichte noch mal so dramatisch zuspitzen würde.

An diesem Morgen, am 17. Juli 1991, hatte ich einen Vorsorgetermin bei meiner Ärztin. Ich war früher als angenommen fertig geworden. Nun schlenderte ich durch die Stadt. Eigentlich hätte ich das Geschenk, markusfrei zu haben, auskosten sollen. Aber ich war mit meinen Gedanken woanders. Während ich mir im City-Center die Pullis am Wühltisch ansah, lustlos in den Blusen blätterte und schließlich zwei Stück Seife kaufte, beschäftigte ich mich mit der Überweisung für das Radiologie-Center, die ich nach der Vorsorgeuntersuchung in die Hand gedrückt bekommen hatte. Mich dem Menschenstrom anschließend, landete ich im vierten Stock, direkt vor der Cafeteria. Die zusätzlichen Kalorien überschlagend widerstand ich der Verlockung, mir das Frühstück, das auf unübersehbaren Plakaten hier angeboten wurde, bringen zu lassen und entschied mich für lediglich eine Tasse Kaffee. Und wie man zusätzlich noch nach Widerwärtigem greift, wenn man sich ohnehin schon innerlich zerrissen fühlt, beschloß ich, während ich den Kaffee trank, zur Werkstatt zu fahren.

Ich fand die Tür verschlossen. Mir war beklommen zumute. Sollte der Werkstattumzug in den Neubau bereits stattgefunden haben?

Was war in den eineinhalb Jahren, seit ich den in Auszügen wiedergegebenen Brief von der Werkstatt erhalten hatte, geschehen? Einige Wochen später, kurz nachdem Oliver seinen Zivildienst bei uns angetreten und ich somit Gelegenheit hatte, aus dem Haus zu kommen, hatte ich mit der Werkstatt ein Gespräch vereinbart. Um lange Behördenwege wissend, hatte ich Herrn Flothau darum gebeten, *beizeiten* alles Nötige in die Wege zu leiten, damit unser Sohn bei Fertigstellung der Räumlichkeiten unverzüglich aufgenommen werden könne. Das war vor genau einem Jahr. Um die Verbindung nicht abbrechen zu lassen, hatte ich danach des öfteren mit ihm telefoniert. Ich möge nicht mehr anrufen, er sei wegen des Neubaus sehr eingespannt, er würde sich zu gegebener Zeit bei mir melden, gab mir der Leiter zu verstehen. Darüber war es Frühjahr 1991 geworden. Die Zeitungen berichteten mehrfach über den Fortschritt an den Werkstattbaulichkeiten. Nur wir, Familie Koppetsch, hatten nichts wieder gehört.

Ich rief Herrn Flothau an.

Ja, der Bezugstermin, Mitte 1991, würde voraussichtlich eingehalten, berichtete er freundlich. Allerdings war auf einmal nicht mehr von „Rückzugsmöglichkeiten“ wie im Brief vom 12. Februar 1990 die Rede, sondern von „Einzelbetreuung“. Diese Einzelbetreuung würde von seiten der Werkstatt in Kürze beim Landschaftsverband, dem Kostenträger, beantragt.

Warum erst in Kürze, warum nicht bereits vor einem Jahr?

Die Fachausschußsitzung, an der gleichberechtigt sowohl Vertreter der Werkstatt als auch des Landschaftsverbandes und des Arbeitsamtes teilnehmen, in der diesmal unter anderem über Markus beraten werden sollte, würde Ende März stattfinden. Sie wurde dann vom März auf den April, von April auf Mai vertagt und schließlich auf den 27. Juni verschoben.

Ich möge bitte nicht mehr anrufen, ich würde über den Fortgang der Dinge unterrichtet, hatte Herr Flothau auch diesmal wieder versprochen. Aber das fiel mir jetzt erst richtig auf, während ich um den Neubau herumlief und den Eingang suchte, seit dem Brief vom 14. Februar 1990, also seit eineinhalb Jahren, war von seiten der Werkstatt weder angerufen noch geschrieben worden. Auch seit der Fachausschußsitzung am 27. Juni waren wiederum drei Wochen verstrichen, ohne daß ich das Ergebnis, auf das ich dringend wartete, mitgeteilt bekommen hätte.

Verwirrt schaute ich mich in dem neuen Gebäude um, in dem noch Putzkolonnen am Werk waren, unschlüssig, wohin ich mich wenden sollte. Endlich hatte ich gefunden, was ich suchte: das Büro des Leiters Herrn Flothau. Er schien ein wenig verdattert zu sein, mich so urplötzlich vor sich stehen zu sehen.

„Meinen Brief haben Sie doch erhalten?" sagte er.

„Einen Brief von Ihnen? Nein, bis heute ist noch nichts bei mir eingegangen. Aber wenn ich schon mal hier bin, so können wir uns doch über den Inhalt des Schreibens unterhalten", schlug ich vor. Er lehnte ab. Er führe morgen in Urlaub, und er habe noch eine Menge zu tun, und das müsse ich doch verstehen! Der Brief kam aber nicht an jenem Tag an. Konnte er auch nicht, denn er wurde erst zwei Tage später geschrieben. Unterzeichnet war er mit der Unterschrift des Herrn Seyfarth, und er enthielt einen Vermerk, daß Herr Flothau nach dem Diktat verreist sei.

Wegen dieser offensichtlichen Unwahrheit fing mein Vertrauen erheblich an zu bröckeln. Und nicht allein deswegen.

Freundlichkeit, Verständnis für den anderen haben und Einfühlungsvermögen sind Eigenschaften, die Beziehungen vertiefen, Vertrauen aufbauen. Von dem Leiter dieser Werkstatt wurden sie eingesetzt, um mir, seinem Gegenüber, auszuweichen, mich hinzuhalten. Derartigen psychologischen Winkelzügen war ich nicht gewachsen.

Mitte August, als ich meinte, er könnte aus dem Urlaub zurück sein, rief ich wieder an. Ich wollte erfahren, wie sich der Landschaftsverband zu einer Einzelbetreuung stellte.

Nein, einen Bescheid in dieser Sache gäbe es noch nicht, ich würde benachrichtig. Fünf Wochen später rief ich noch mal an. Wirklich, ich kam mir vor wie eine lästige Fliege, die schon wieder aufsitzt. Diesmal hatte ich Glück. Der Landschaftsverband hatte geantwortet. Doch nun kam die herbe Enttäuschung. Es war nur ein Betreuungsschlüssel eins zu vier bewilligt worden; also für vier Behinderte würde ein Betreuer zuständig sein.

„Ja und jetzt?" fragte ich Herrn Flothau. „Ich meine, als Sie diesen Sachverhalt zur Kenntnis nahmen, haben Sie sich doch sicher Gedanken gemacht, wie es nun mit Markus weitergehen soll?"

Aber Herr Flothau sagte das, was er während dieser fast dreijährigen Warteschleife häufig gesagt hatte: „... Ich *kann* Ihnen jetzt nichts dazu sagen ... Ich lasse mich nicht unter Druck setzen ... Ich möchte an dieser Stelle das Gespräch beenden."

Die Vorstellung von der Zusammenarbeit mit Herrn Seyfarth im Hinterkopf, wie ich sie von der Entstehung der Sondergruppe her kannte, hatte ich es bisher immer wieder im Guten versucht. Im Guten erreicht man mehr. Doch jetzt war ich am Ende. Denn es würde voraussichtlich immer so weitergehen mit „Ich kann Ihnen jetzt nichts dazu sagen."

„Ich mache so nicht mehr mit", rief ich ungehalten in den Hörer. Ich fragte nach der diensthöheren Stelle, die mir Herr Flothau bereitwillig nannte. Er jedenfalls hatte keine Unannehmlichkeiten zu befürchten, schien es.

In den darauffolgenden Tagen und Wochen – ja Wochen – versuchte ich, den Mann von der diensthöheren Stelle, den Behindertendezernenten, zu erreichen. Aber bald war er im Außendienst, dann wieder in einer Sitzung. Als ich durch seine Sekretärin um einen Rückruf bat, ließ er mir ausrichten, er sei über den Vorgang informiert, und ich möge mich an Herrn Flothau wenden. An Herrn Flothau wenden? Um wieder an der „Ich kann Ihnen dazu nichts sagen"-Mauer abzuprallen? Da biß sich doch die Katze in den Schwanz! Aus meiner Ohnmacht heraus steigerte ich mich in Wut.

„Vielleicht bist du Herrn Flothau gegenüber zu forsch vorgegangen", sagte Siegfried. „Wenn man einen so verhaltensauffälligen und dazu noch aggressiven Sohn hat, tut man besser daran, schön unten zu bleiben."

„Schön unten zu bleiben, den Kopf demütig gesenkt. Jedes Wort sorgfältig abwägen, ja nicht anecken! Das ist doch die Haltung, die wir Behinderteneltern im Laufe der Jahre angenommen haben."

Nein! Seit der Episode mit Herrn Langhammer, als ich mir unter dem Druck der Ausschulungsdrohungen so hilflos, so klein vorgekommen war wie ein Wurm, hatte ich mir vorgenommen – nein geschworen –, nie wieder Wurm zu sein. Man kann so leicht dabei zertreten werden. Trotzdem, ich mußte Siegfried recht geben. Ich hatte mich in eine Sackgasse manövriert. Der Behindertendezernent nahm mich nicht an, und reumütig zu Herrn Flothau zurückkehren mochte ich nicht.

Abends rief Anne-Kathrin an. Sie arbeitete zur Zeit in einem Pressebüro in Berlin.

„Heute mußte ich in einer Behindertenwerkstatt für eine Reportage recherchieren", sagte sie. „Was glaubst du, wie ungläubig man mich angeguckt hat, als ich die Geschichte von Markus erzählte. Ob es so etwas denn auch noch gäbe, daß Behinderte abgewiesen würden? Mama, du hättest sofort nach Markus' Entlassung den Rechtsweg einschlagen sollen."

„Kind", sagte ich seufzend, „recht haben und recht bekommen ist zweierlei. Wo finde ich einen Rechtsanwalt, der in dieses Sachgebiet eingearbeitet ist?"

Ähnlich hörte sich das an, was Cornelia zu sagen hatte. Sie studierte Psychologie und steckte augenblicklich bis über beide Ohren in ihrer Diplomarbeit.

„Hier in Hamburg gibt es eine kostenlose Rechtsberatung. So etwas müßte es in eurer Nähe doch auch geben. Dich erkundigen, ob du, im Falle eines Rechtsstreits, überhaupt Aussicht auf Erfolg hast, könntest du doch alle Male."

Ich sprach mit Siegfried über diese neue Variante.

„Darüber würde die Werkstatt sich höchstens noch freuen", sagte er. „Was glaubst du, wieviel Zeit über einen Rechtsstreit ins Land geht. Zeit gewonnen, alles gewonnen! Irgendwann muß diese Mutter doch mürbe werden und aufgeben. Nein, meiner Meinung nach solltest du noch eine Stufe höher gehen, dich an die Hauptgeschäftsstelle des Trägers wenden."

„Wer sind Sie überhaupt?" fragte der erste Vorsitzende, mit dem ich mich verbinden ließ.

„Eine Mutter, die seit fast drei Jahren darauf wartet, daß ihr Sohn wieder in eine Ihrer Werkstätten aufgenommen wird."

„Bei mir sind Sie nicht richtig. Da müssen Sie sich an den Behindertendezernenten weden", wies er mich an den Vorigen zurück. Wie bei einem Auszählspiel, wo einer auf den anderen zeigt! Aber ich ließ mich nicht abwimmeln. Daraufhin versprach mir der Mann aus der Chefetage, den Behindertendezernenten zu veranlassen, sich bei mir zu melden. Aber je mehr Zeit verstrich, desto weniger glaubte ich, daß er es tun würde. Vielleicht hatte ich zu hoch gepokert? Und überdies, was versprach ich mir letzten Endes davon? Wie ich auch argumentieren mochte, die Gegenpartei würde immer die besseren Argumente haben. Ein ungleicher Kampf! Auf der einen Seite die Werkstatt mit dem Verwaltungsapparat ihres Trägers im Rücken, vielleicht sogar mit eigener Rechtsabteilung; auf der anderen Seite winzig klein wir, die Eltern.

Wäre ich Hauptdarstellerin in einem Fernsehstück, so würde ich, selbst als Unterlegene, aufrecht meinen Weg gehen. Am Ende würde meine Sache siegen, weil in solchen Geschichten immer das „Gute" siegt. Aber ich bin keine Romanheldin, und dies hier ist keine erfundene Geschichte, sondern graue, nackte Wirklichkeit. Vielleicht gibt es auch im wirklichen Leben Menschen, die geradeaus ihren Weg gehen, ohne Rücksicht auf Verluste. Ich hingegen bin leicht zu verunsichern. ‚Wenn ich doch nur einen Menschen hätte, der mir sagen könnte, wo es langgeht' dachte ich manchmal in meiner Verzweiflung.

Und so strampelte ich wieder mal in der Milchschüssel, hilflos, wie schon lange nicht mehr. Die Situation glich der von damals, als Markus noch klein war, als ich versucht hatte, ihn in einer Tagesstätte unterzubekommen. Auch jetzt ließ mich die seelische Anspannung wieder ruhelos durchs Haus laufen.

Ich starrte das Telefon an, nahm den Hörer ab, legte ihn wieder auf, zwang mich, einer Beschäftigung nachzugehen, kam wieder am Telefon vorbei und wählte die Telefonauskunft, um, wie Cornelia mir geraten hatte, bei der kostenlosen Rechtsauskunft anzurufen. Wie ich vermutet hatte, es gab hier so etwas nicht. Aber, so wie ich in der Vergangenheit oft erlebt hatte, daß sich aus vielen Einzelteilen ein Ganzes zusammenfügte, so ergab sich auch diesmal wenigstens eine Spur, der ich nachgehen konnte. Die Dame von der Telefonauskunft wies mich, als sie das Wort „Rechtsberatung" hörte, aufs Amtsgericht hin. Nein, auch beim Amtsgericht war ich nicht richtig. Aber dort nannte man mir die Telefonnummer von der Vormundschaftssstelle. Und diesen Mann, der sich dort am anderen Ende meldete, hatte mir Gott geschickt. Ich wunderte mich, warum diese Einrichtung nicht allgemein bekannt ist. Der Vormundschaftspfleger erklärte es mir: „Wären wir personell besser ausgestattet, würden wir eine breitere Öffentlichkeitsarbeit durchführen können."

Deshalb möchte ich an dieser Stelle alle, die ein Mündel haben und Hilfe brauchen, darauf hinweisen, daß hier eine Möglichkeit besteht, sich Rat zu holen.

Am besten erkundigt man sich beim zuständigen Amtsgericht. Dort wird man die nächste Vormundschafts-Beratungsstelle benannt bekommen.

Zunächst fand mein Ratgeber es gut, daß Eltern sich wehren und nicht auf „Tauchstation" gehen. Seine Ratschläge waren so prägnant und einleuchtend, daß ich mich wunderte, warum ich nicht selbst darauf gekommen war.

„Vor allem dürfen Sie sich nicht länger hinhalten lassen. Bestehen Sie auf einer Entscheidung. Anders kommen Sie nicht weiter!" sagte er.

Nach einigen Tagen meldete sich tatsächlich der Behindertendezernent bei mir. Er schlug vor, daß wir uns am 30. Oktober 91 in der Werkstatt treffen sollten. Markus würde derweil dort betreut.

„Danke", sagte ich leise, erleichtert, daß nun doch noch etwas von dieser Seite gekommen war.

Wir Eltern wurden in Herrn Flothaus Büro gewiesen. Die Herren erwarteten uns bereits. Ich sah es ihnen an. Ich sah es ihren Gesichtern an! Sie hatten ihre Strategie bereits festgelegt. Sie würden darauf hinweisen, daß wir ja auch immer älter würden und daß wir an später denken müßten und daß sie, von der Werkstattleitung, uns behilflich sein wollten, ein „gutes Heim" zu finden. Es war dies ein Lieblingsthema der Werkstatt. In unseren Augen ein Versuch, das „Problem Markus" zu verlagern. Und wir hatten dann immer geantwortet, daß wir den Zeitpunkt für diesen Schritt noch nicht für gekommen hielten; aus unterschiedlichen Gründen. Bei unseren Überlegungen spielte der Gesichtspunkt eine Rolle, daß Behinderte nicht nur vom Versorgt-Werden leben oder bestenfalls von Therapie, sondern – genau wie wir – von Erlebnisfreude als Höhepunkte im Leben. Nicht, als ob wir dächten, in Heimen würden keine Ausflüge unternommen. Nur, Markus, der zwischen mehr als fünf Menschen nie zu greifen ist, der auf Dauer zu anstrengend würde, weil er wieselflink das täte, was er nicht soll, er würde, wie die Erfahrung lehrt, bei solchen Gelegenheiten ausgegrenzt.

Bei einem solchen Gespräch über Heim oder nicht, wie es Herr Flothau anstrebte, würde die Unterredung in Meinung und Gegenmeinung versickern. Bestenfalls würden wir noch mal vertröstet. So bliebe alles beim alten.

Aber die Unterredung verlief anders, als die Herren gedacht hatten. Nach ein paar einleitenden Worten des Herrn Flothau steuerte ich geradewegs aufs Ziel los: „Sie haben dieses Gespräch doch sicherlich arrangiert, um uns Eltern etwas mitzuteilen."

Auf eine klare Frage konnte es nur eine eindeutige Antwort geben. Wie würde sie ausfallen? Es war eine Absage!

„Haben Sie Vertrauen", hatte Herr Flothau des öfteren gesagt. Es war eine leere Worthülse.

Nun saß ich hier, wollte antworten, würgte aber nur einen einzigen Satz zusammen: „Und um uns das mitzuteilen, dazu haben Sie drei Jahre gebraucht?" Ich wollte noch mehr sagen, aber ich konnte keinen klaren Gedanken fassen. Ich rang nach Luft, verhaspelte mich und wiederholte immer wieder den einen Satz: „Drei lange Jahre! Drei lange Jahre brauchten Sie dazu!" Ich steigerte mich und schleuderte den Satz schließlich voller Zorn meinem Gegenüber ins Gesicht.

„Sie haben kein Recht, so mit Herrn Flothau zu reden", wies mich der Behindertendezernent zurecht. Kollege Flothau konnte einem leid tun. Mit solch einer Frau war ja auch kein Auskommen.

Als ich mich beruhigt hatte, ließ man es sich tatsächlich nicht nehmen, das Gespräch an der Stelle anzuknüpfen, wo ich es mittels Zielstrebigkeit vereitelt hatte. Man wies auf eine Vollzeitunterbringung hin. Selbstverständlich aus Verantwortung unserem Sohn gegenüber.

Es war sinnlos! Es hatte keinen Zweck, hier noch weiterzureden! Ich stand auf.

„Wir möchten Ihre Zeit nicht länger in Anspruch nehmen", sagte ich mit spröden Lippen. Zögernd folgte Siegfried meinem Beispiel. Eine solche Inszenierung war nicht nach seinem Geschmack. Er war immer für Einlenken. Einlenken aber hätte wahrscheinlich wieder Hinhalten zur Folge gehabt.

Trotz anderer Meinung fiel er mir aber nicht in den Rücken. Erhobenen Hauptes, ohne nach rechts oder links zu sehen, ging ich zur Tür hinaus. Diesmal, so hatte ich das Gefühl, war ich nicht Wurm gewesen!

Wie aber sollte es zu Hause weitergehen? Zwar wollte ich nicht aufgeben, jetzt erst recht nicht, aber seit August, seit Mike seinen Zivildienst beendet hatte, standen wir praktisch ohne Hilfe da. Ich kauerte in der Sofaecke. Siegfried redete schon eine ganze Weile auf mich ein, aber ich nahm nichts mehr auf. Die in solchen Fällen bei mir übliche Blockade hatte eingesetzt. Wohltuend, wie eine schützende Decke, hüllte sie mich ein. Nichts hören, nichts sehen, nichts fühlen! Siegfried rüttelte mich leicht am Arm.

„Hörst du überhaupt zu?"

Ich richtete meinen Blick auf ihn, einen nichts wahrnehmenden Blick.

„Margret, wir werden es schaffen! Ganz bestimmt! Wir sind beide gesund. Hast du schon mal darüber nachgedacht, wie unser Leben jetzt verlaufen würde, wenn die Mammographie, die du neulich im Radiologischen Center machen ließest, einen positiven Befund ergeben hätte?"

Siegfried tat recht daran, mich in diesem Augenblick zu erinnern. Es war einer unserer Grundsätze zur Lebensbewältigung: uns vor Augen halten, daß alles ja noch viel schlimmer sein könnte. Und überdies: niemals vergangenen guten Zeiten nachtrauern, sondern uns bewußtmachen und dafür danken, was wir *heute* an Gutem haben.

Am nächsten Morgen rief ich meinen Berater an, um ihm den Verlauf des Gesprächs mitzuteilen.

„Haben Sie sich die Absage schriftlich geben lassen?" fragte er.

„Ja", sagte ich, „sie wird uns nachgeschickt. Hoffentlich", fügte ich hinzu. Ich hatte längst kein Vertrauen mehr.

„Gut so. Sobald Sie die schriftliche Absage haben, setzen Sie sich mit dem Landschaftsverband in Verbindung, und fragen Sie schlicht, *warum* eine Einzelbetreuung abgelehnt wurde. Eine Tagesunterbringung, selbst mit Einzelbetreuung, würde doch weit weniger kostenaufwendig sein als eine Vollzeitunterbringung. Vom humanitären Aspekt ganz zu schweigen. Sollten Sie beim Landschaftsverband auch nicht weiterkommen, lassen Sie sich den Bescheid wiederum schriftlich geben. Sie haben dann die Möglichkeit, sich an den Petitionsausschuß in Düsseldorf zu wenden. In diesem Gremium wird es dann zur Sache gehen. Man wird sich damit befassen müssen, daß hier noch Versorgungslücken bestehen. Eine Vollzeitunterbringung, wie Ihnen allseits als einzig verbleibender Ausweg vorgeschlagen wird, kann nämlich nicht die Alternative zur Tagesförderung sein."

Plötzlich war mir klar, daß der Kontakt zur Vormundschafts-Betreuungsstelle die Wende in meinem Froschdasein bedeutete. Mir war ein Weg aufgezeigt worden. Dadurch hatte ich wieder Rückhalt. Den Weg als solchen mußte ich allerdings selber gehen. Und Behördenwege sind lang. (Der Sachbearbeiter, den man gerade sprechen möchte, kommt unter Garantie erst in drei Wochen aus dem Urlaub zurück.) Kein Wunder, wenn viele Eltern den Weg nicht zu Ende gehen, vorher resignieren. Ist es doch die Zweifachbelastung, die durchgestanden werden muß. Zum einen die Rund-um-die-Uhr-Betreuung des behinderten Kindes, zum anderen der seelische Streß, der inmitten des Strudels von Antragstellungen und Ablehnungen aufkommt.

Wieder war ein Dreivierteljahr vergangen, obwohl ich bei allen Beteiligten auf eine zügige Bearbeitung meiner Sache gedrängt hatte. Nach der Absage der Werkstatt hatte ich mich, wie der Vormundschaftsbetreuer mir geraten, an den Landschaftsverband gewandt. Der Landschaftsverband aber, der vom grünen Tisch aus nicht einzusehen vermochte, weshalb Markus unbedingt eine Einzelbetreuung brauchte – als man mich befragte, hatte ich die Notwendigkeit bestätigt –, also der Landschaftsverband fand keine andere Lösung, als der Werkstatt eine vierwöchige Probezeit „aufzudrücken". Ich fand diese Maßnahme unsinnig, denn alles, was lediglich „aufgedrückt" wird, kommt zu keinem guten Ende, weil Einsicht und Engagement fehlen. Sie verzögerte nur mein Vorhaben, mich im Falle einer Ablehnung an den Petitionsausschuß zu wenden. Aber es wäre unklug gewesen, ihr nicht zuzustimmen. Nach etlichen Terminverschiebungen wurde Markus schließlich am 17. Mai wieder aufgenommen. Zum Ende des Eingangsverfahrens sollte erneut eine Fachausschußsitzung einberufen werden.

Zwischenzeitlich hatte ich mich an die Bundesvereinigung „Lebenshilfe" in Marburg gewandt. Ich wüßte keine Stelle, die versierter in Behindertenfragen wäre. Warum ich nicht eher darauf gekommen bin, mich hier beraten zu lassen, ist mir unbegreiflich.

„Sie sollten darauf dringen, daß Sie bei der Fachausschußsitzung, bei der es um die Aufnahme Ihres Sohnes geht, ebenfalls teilnehmen können", hieß es unter anderem im Antwortschreiben.

Für diese Fachausschußsitzung, die nach drei Wochen Eingangsverfahren am 10. Juni stattfand, hatte Siegfried sich einen Tag Urlaub genommen. Ohne ihn wäre ich mir noch zusammengeschrumpfter vorgekommen.

Als wir Punkt zehn Uhr an den Tagungsraum klopften, wurden wir gebeten, uns noch eine Weile zu gedulden. Aus dieser Weile wurde eine ganze Stunde. Ob man mit dem Abteilungsleiter des Landschaftsverbandes, der sich eigens für diese inzwischen hochstilisierte Angelegenheit hierherbemüht hatte, auch so umgehen würde?

Wie es aussah, hatte Herr Flothau es in dieser einen Stunde geschafft, alle Anwesenden – seine drei Mitarbeiter, den Mann vom Arbeitsamt, die beiden Vertreter vom Landschaftsverband und den Behindertendezernenten vom Träger der Werkstatt – auf seine Linie einzuschwören. Man war geschlossen der Ansicht, daß diese Werkstatt nicht das Richtige für unseren Sohn sei. Und das trotz Sondergruppe, für deren Entstehung ich mich seinerzeit eingesetzt hatte. Ich holte die Briefe hervor, die ich von der Werkstatt erhalten hatte, wies darauf hin, daß von ihr selbst im Schreiben vom 19. Juli 1991 eine Einzelbetreuung angesprochen worden war. Aber was kümmerte es den Leiter dieser Einrichtung, was er vor einem Jahr geschrieben hatte.

Doch diesmal kamen wir gerüsteter in die „Höhle des Löwen" als an jenem Tag vor neun Monaten, an dem die Werkstatt die Absage ausgesprochen hatte. Nicht umsonst hatten wir uns von mehreren Seiten Rat geholt. Präzise, ohne überflüssige Redewendungen, stellte ich meine Fragen:

„Also, wenn nicht Werkstatt, was dann?" sagte ich zu dem Abteilungschef vom Landschaftsverband, der zufällig neben mir saß.

„Dann bleibt Ihnen nur die Vollzeitunterbringung."

„Vollzeiteinrichtung wollen wir nicht", blieb ich hartnäckig. Härte auch auf der anderen Seite.

„Dann müssen Sie Ihren Sohn eben weiterhin zu Hause betreuen. Sie müssen wissen, was Ihnen lieber ist."

Dann, von allen Seiten! Wie schwer es ihnen falle, uns diese Entscheidung mitteilen zu müssen. Und: Das möchten wir ihnen bitte abnehmen, daß ihnen von den über tausend Behinderten, über die sie zu befinden hätten, niemand soviel Kopfzerbrechen bereite wie unser Sohn. (Das letztere glaubte ich sogar.)

Als es den Anschein hatte, daß nichts mehr vor- und zurückging, holte ich meinen Joker aus dem Ärmel: „Dann wird uns nichts anderes übrigbleiben, als das Fernsehen einzuschalten. Eine Redakteurin war bereits bei uns gewesen, um zu recherchieren. Ich glaube nicht", wandte ich mich an meinen Nachbarn vom Landschaftsverband, „daß der Mann – die Frau – vorm Fernseher Verständnis dafür aufbringt, daß einerseits an allen Ecken und Enden gespart werden soll und andererseits Geld hinausgeworfen wird. Eine Vollzeitunterbringung kostet 5500,– DM im Monat. Ich kann mir nicht vorstellen, daß eine Einzelbetreuung für dreißig Stunden in der Woche nur annähernd so teuer ist."

Und zu meinem Gegenüber, zum Behindertendezernenten, sagte ich: „Aus sicherer Quelle weiß ich, daß Ihre Trägerschaft seinerzeit das Monopol für diesen Einzugsbereich übernommen hat, um auf diese Weise Konkurrenzdenken, das der Behindertenarbeit nicht förderlich sei, auszuschalten. Und nun sind Sie dabei, frischfröhlich zu selektieren."

Auf einmal glich die Versammlung dem mit einem Stock aufgestöberten Ameisenhaufen. Wie ich die finanzielle Seite darstelle, davon sei so nie die Rede gewesen. Und wenn ich die Sache mit dem Monopol ins Fernsehen brächte, könnte ich mich auf etwas gefaßt machen! Meine Güte, wer sind wir denn schon?! Schlimmer als in den vier hinter uns liegenden Jahren kann es nicht werden. Und außerdem: Es geht uns nicht um Verunglimpfung, sondern darum, etwas für unseren Sohn zu erreichen.

Auf alle Fälle, es war Bewegung hineingekommen.

„Ich gebe Ihnen recht", sagte der Behindertendezernent auf einmal, „daß hier eine Alternative fehlt. Ihnen wird sicherlich das Wohnheim für Behinderte in dieser Stadt bekannt sein. Es ist eine Einrichtung unseres Trägers. In diesem Heim gibt es eine Tagesfördergruppe. Die Mitarbeiter dieser Gruppe befassen sich schon seit langem damit, die Tagesfördergruppe für Außenstehende zu öffnen, also für Behinderte, die zu Hause wohnen."

Schade, daß diese Einblendung erst jetzt kam, erst, nachdem ich die Sache vom Fernsehen hineingebracht hatte.

Einige Monate später, nachdem noch einige Formalitäten erledigt worden waren, wurde Markus in diese Tagesfördergruppe aufgenommen. Wir hatten unser Ziel erreicht. Die Einzelbetreuung war bewilligt worden.

Seitdem wird Markus jeden Vormittag vier Stunden betreut. Von seinem Therapeuten kommen positive Meldungen. Endlich mal wieder eine Behinderteneinrichtung, wo Behinderte nicht ausgeschlossen werden, weil sie Behinderungen haben. Und Markus? Er freut sich an einem jeden Morgen, an dem er abgeholt wird. Mittags, wenn er nach Hause kommt, ist er in guter Stimmung. Ein Zeichen, daß es ihm dort gefällt. Vorläufig wird in einem separaten Raum mit ihm gearbeitet. Das

Ziel jedoch ist, ihn mehr und mehr in die Gruppe zu integrieren.

So hat Markus' Irrfahrt endlich ein Ende gefunden. Das Leben verläuft für uns wieder in glatten Bahnen. Früher, als Markus noch zur Schule fuhr, war er zwar bis zum Nachmittag unterwegs, aber da war die Familie ja auch noch größer, weil unsere Töchter zu Hause wohnten. Diese vier Stunden jeden Vormittag reichen mir, um das zu tun, was ich in seiner Anwesenheit nur schwer oder unmöglich erledigen kann.

Mein Wunsch ist, daß sich durch die Veröffentlichung dieses Buches einiges ändert, daß Eltern nicht länger klein beigeben, daß sich aber auch bis hinauf in die höchsten Gremien etwas tut.

Damit Markus und seinesgleichen nicht, weil es nun mal nichts anderes gibt und weil den Eltern die Kraft ausgeht, dorthin müssen, „wo sie gut aufgehoben" sind.